MARGIT KRUSE

Mörderisches aus Westfalen

PUMPERNICKELBLUES Privatermittlerin Margareta Sommerfeld reist Uli hinterher, ihrer Jugendliebe, die sie in den 80er-Jahren in Lieberhausen kennengelernt hat. Als er tot in der Aggertalsperre gefunden wird, gerät sie selbst unter Verdacht. Wer hat Doppelkorn-Jürgen in die Kornmühle einer Brennerei gesteckt? Wer den Entertainer Tommi, der beim tanzenden Publikum in Bad Sassendorf äußerst beliebt war, verschwinden lassen? Natürlich kann Margareta Sommerfeld, zufällig vor Ort, es nicht lassen, zu ermitteln.

Zwölf spannende Kurzkrimis entführen auf skurrile und humorvolle Weise nach Westfalen, in Klöster, auf Burgen und Reiterhöfe sowie zu sagenumwobenen Gründergestalten wie Hermann der Cherusker und Originalen wie »Der tolle Bomberg«. Der Merfelder Bruch darf als Tatort nicht fehlen, ebenso wenig eine historische Wassermühle samt Leiche. Begleiten Sie Margareta Sommerfeld zu einem Seminar auf Schloss Corvey, wo ein Toter in einem Baum gefunden wird. Die Lachmuskeln kommen trotz der fiesen Taten nicht zu kurz.

Margit Kruse wurde 1957 in Gelsenkirchen geboren. Bekannt wurde sie vor allem durch ihre Revier-Krimis »Eisaugen«, »Zechenbrand«, »Hochzeitsglocken«, »Rosensalz« und »Bergmannserbe«. Sie ist ein echtes Kind des Ruhrgebiets. Seit 2004 ist die Gelsenkirchenerin als freiberufliche Autorin tätig. Neben etlichen Beiträgen in Anthologien hat sie zahlreiche Bücher veröffentlicht. Labrador Enja ist stets dabei, wenn sich Margit Kruse auf Recherche-Tour begibt. Besonders der Hauptfriedhof ihres Heimatortes hat es der Autorin angetan. Margit Kruse ist Mitglied im Verband deutscher Schriftsteller und war für den Literaturpreis Ruhr nominiert.

MARGIT KRUSE

Mörderisches aus Westfalen

KRIMINALROMAN

Immer informiert

Spannung pur – mit unserem Newsletter informieren wir Sie
regelmäßig über Wissenswertes aus unserer Bücherwelt.

Gefällt mir!

Facebook: @Gmeiner.Verlag
Instagram: @gmeinerverlag
Twitter: @GmeinerVerlag

MIX
Papier | Fördert
gute Waldnutzung
FSC® C014496

Besuchen Sie uns im Internet:
www.gmeiner-verlag.de

© 2023 – Gmeiner-Verlag GmbH
Im Ehnried 5, 88605 Meßkirch
Telefon 0 75 75 / 20 95 - 0
info@gmeiner-verlag.de
Alle Rechte vorbehalten
1. Auflage 2023

Herstellung: Julia Franze
Umschlaggestaltung: U.O.R.G. Lutz Eberle, Stuttgart
unter Verwendung eines Fotos von: © Pixel62 / shutterstock.com
Druck: GGP Media GmbH, Pößneck
Printed in Germany
ISBN 978-3-8392-0394-1

PROLOG

Westfalen, die Region rechts vom NRW-Bindestrich, ist die Krimiregion schlechthin.

Der dort lebende Menschenschlag wird vor allem als bodenständig, derb, nüchtern, aufrichtig, praktisch und beharrlich charakterisiert. Als klassischer Urtyp der Region gilt der westfälische Bauer. Wälder, Fahrräder und Pferde prägen das Bild von Westfalen ebenso wie sagenumwobene Gründergestalten, darunter Hermann der Cherusker, und Originale, beispielsweise »Der tolle Bomberg«. Diese wurden vor allem in älteren Filmen gern in Szene gesetzt.

In Westfalen trinkt man Korn, isst Pumpernickel und Schinken dazu.

Westfalen wohnen im Sauer- und Siegerland, in Wittgenstein und Ostwestfalen, in Minden-Ravensberg, natürlich im Münsterland, aber auch im östlichen Ruhrgebiet.

Westfalen ist Teil des Bundeslandes Nordrhein-Westfalen, das 1946 von der britischen Militärregierung aus den zuvor preußischen Provinzen Rheinprovinz (Nordhälfte) und Westfalen gebildet wurde. Westfalen erstreckt sich über 209 Kilometer Luftlinie von Preußisch Ströhen im Norden, einer Ortschaft der Stadt Rahden im Kreis Minden-Lübbecke, bis zur Gemeinde Burbach im Kreis Siegen-Wittgenstein im Süden. Fast identisch ist mit 211 Kilometern Luftlinie die Entfernung zwischen den äußersten Grenzpunkten im Westen bei Anholt, zugehörig zur Stadt Isselburg im Kreis Borken, und Stahle im Osten, Stadt und Kreis Höxter. Das im Norden und Osten an Niedersachsen, im Süden an Hessen und Rheinland-Pfalz, im Westen an die rheinländischen Regierungsbezirke Köln und Düsseldorf sowie die Niederlande grenzende westfälische Gebiet umfasst eine Fläche von über 21.000 Quadratkilometern, das sind 63 Prozent der Landesfläche Nordrhein-Westfalens. In Westfalen leben rund 8,5 Millionen Menschen.

1. AUF DEM RÜCKEN DER PFERDE

Die blonden Haare hingen ihr wie eine Gardine vor dem schmalen Gesicht. Sie spielte die Rolle des süßen Mädchens gut, schlug die Lider nach oben und riss die blauen Augen auf, was hier in dem dunklen Raum allerdings nicht zur Geltung kam.

Wieso bin ich bloß auf sie hereingefallen, fragte Timo sich mehr als einmal. Blond und blauäugig, dazu die zarte, knabenhafte Figur. Dabei war Mandy schon 40! Sie lief jedoch wie ein verträumtes Mädchen durch die Gegend, überließ alle wichtigen Entscheidungen ihrem 15 Jahre älteren Ehemann Dietmar, ein Justizvollzugsbeamter, der mit beiden Beinen im Leben stand, wie er selbst meinte. Er war die Langeweile pur, konnte nirgendwo mitreden. Seine Standardantwort lautete stets: »Mir doch egal.«

Mandys und Dietmars Tochter Svenja war das Ebenbild ihrer hübschen Mutter, blond, blauäugig, zart und blöd, genau wie die Mutti. Dieses Tochterfrüchtchen hatte mit ihren 14 Jahren sämtliche Tricks drauf, den Jungs die Köpfe zu verdrehen. An erster Stelle stand jedoch für sie das Reiten.

So auch bei Timos Tochter Franka, die leider ebenfalls nach ihrer Mutter schlug. Stämmig, kurzbeinig, breitgesichtig, bebrillt, picklig, dafür megaschlau und Klassenbeste am örtlichen Gymnasium. Und auch eine Pferdenärrin, was Timo gar nicht in den Kram passte. Seine Katja war stolz auf die gemeinsame Tochter und unterstützte ihre Pferdeleidenschaft, wo sie nur konnte. Sie machte Überstunden im Supermarkt, in dem sie an der Wursttheke Kunden bediente und wie verrückt Schinken und andere Wurstsorten vom Stück schnitt. Jeden Euro legte sie beiseite, und Franka tat es ihr nach. Sie sparten für ein eigenes Pferd, wovon Timo überhaupt nichts hielt. Ihm reichte die Reitbeteiligung an »Abendwind«, der seine Tochter mehrmals wöchentlich in dem übel riechenden Reitstall frönte. Hin und wieder musste er sie begleiten, beim Satteln helfen, dem Ross die Hufe reinigen und den Gaul trensen. Und für die ganze Schufterei bezahlte man auch noch Geld, was er nicht verstehen konnte. Das gesündeste Pferd war »Abendwind« auch nicht. Er litt unter stressbedingtem Kotwasser, was bedeutete, dass ihm des Öfteren sein Pferdehintern mit einem Schwamm gereinigt werden musste, auch von Timo, wenn er seine Tochter zum Reiten begleitete und das Pferd überall alles aus sich herausließ.

Dem Reiterhobby der beiden Mädchen hatte er es zu verdanken, dieses Wochenende hier zu sein, auf einem der zahlreichen Pferdehöfe im Kreis Borken im westlichen Münsterland. Hier machten Kinder in den Schulferien ohne Eltern Reiterurlaub, Schulklassen kamen auf Klassenfahrten, und am Wochenende belagerten ganze Familien mit Kindern den Hof. In der Gegend konnte man nicht nur reiten, sondern auch herrlich ausspannen, Wanderungen unternehmen und am Freizeitprogramm des Hofes teilnehmen. Planwagenfahrten durch die waldreiche Landschaft wurden geboten, Volleyball, Basketball und Tischtennis ebenfalls. Idylle pur, wären da nicht Mandy, Dietmar, seine Frau Katja und die beiden Mädchen.

Timo hatte eher an Im-Liegestuhl-Herumhängen und Faulenzen gedacht. Er hatte nicht vor, ein Pferd zu satteln, zu putzen oder zu trensen. Er hatte mit Katja und Franka ein Familienzimmer bezogen, was ihm nicht passte. Seine große Tochter blockierte stundenlang das Bad, um für irgendeinen Gaul schön auszusehen, dem das völlig egal war. Außerdem hätte er wenigstens die Nächte gerne allein mit seiner Frau verbracht.

Nun saßen sie alle zusammen beim Frühstück, und die Mädchen freuten sich auf ihre Reitstunden und den anschließenden Einzelunterricht. Für heute Nachmittag war ein gemeinsamer Ausritt zu den Teufelssteinen geplant, einem jungsteinzeitlichen Ganggrab aus Findlingen. Es befand sich in einer mit Kiefern bewachsenen Dünenlandschaft, die während der letzten Kaltzeit vor 50.000 Jahren entstanden war. Vor rund 5.000 Jahren, während der jüngeren Steinzeit, wurden die bis zu sieben Tonnen schweren und vom Eis geschliffenen Findlinge zu einer Grabanlage von 11,7 Metern Länge und 1,7 Metern Breite zusammengestellt.

Das alles interessierte Timo reichlich wenig. Während seine Katja sich ein Brötchen nach dem anderen dick belegte und einverleibte, kaute Mandy lustlos auf einem Vollkornbrot herum. Die Frauen unterhielten sich über Reiterläden, wo man was am besten einkaufen könne. Wenn er nur daran dachte, wie viel von seinem sauer verdienten Geld seine beiden Weiber für dieses Pferdegedöns in solchen Buden ließen, wurde ihm schlecht. Dauernd neue Reiterhosen und Stiefel, dann irgendwelche Bürsten, um ein fremdes Pferd damit zu striegeln.

Dietmar in seinem karierten, zeltähnlichen Hemd sagte nichts, fraß wie ein Irrer sein Rührei, schlürfte es regelrecht in sich hinein, goss Kaffee hinterher. Schuppen flogen ihm aus seinen nach hinten gekämmten fettigen Haaren. Kein schöner Anblick. Er roch nach Kaloderma-Seife. Außer dieser altertümlichen Seife benutzte er auch Kaloderma-Reispuder und bestäubte damit seinen riesigen Körper, wie er immer wieder erzählte. Na ja, jedem das Seine, dachte Timo.

Als das Frühstück beendet war, ließ Dietmar verlauten, dass er sich die Ziegen ansehen wolle.

Geh nur, das passt zu dir, bist selbst ein alter Ziegenbock, wollte Timo ihm nachrufen, konnte sich aber gerade noch beherrschen.

Die Mädchen stürmten in die Ställe, die Frauen, eine breit, die andere schmal, gingen gemächlich schnatternd hinterher.

Timo atmete tief durch, betrat den Garten hinter dem Grillhäuschen und setzte sich in einen bequemen Stuhl unter einem Sonnenschirm. Er schloss die Augen und ließ seinen Gedanken freien Lauf. Ob er auch mal wieder auf ein Pferd steigen sollte? Es war Jahre her, dass er regelmäßig geritten war.

Nein, er wollte nicht reiten und am liebsten auch nicht hier sein. Mit Mandy! Wie hatte es eigentlich angefangen mit ihr? Die Frauen kannten sich über die Mädchen, die die gleiche Schulklasse besuchten und sich angefreundet hatten. Katja hatte ihm irgendwann von Mandy vorgeschwärmt, der tollsten Fußpflegerin der Welt, und ihm zum Geburtstag einen Gutschein für eine Behandlung geschenkt. Das hätte sie besser nicht gemacht. Denn bis dahin hatte er Fußpflege für völligen Unsinn gehalten, sich seine Fußnägel selbst geschnitten und die Hornhaut mit dem Hobel aus dem Drogeriemarkt wie ein Weltmeister regelmäßig heruntergehobelt. Doch dann hatte er sich von Mandy eines Besseren belehren lassen. Mit ihren langen dünnen Fingern hatte sie ihn bei der abschließenden Massage regelrecht in Trance versetzt, sodass es nicht bei der einen Fußpflege geblieben war und sie später mit den flinken Fingern auch noch anderes an ihm bearbeitet hatte. Mangels sonstiger Gelegenheit trafen sie sich seither in der bruchfälligen Laube des Schrebergartenvereins, in dem ihr Vater der Vorsitzende war.

Zuerst fand er es aufregend und lustig, mittlerweile stieß ihn diese jämmerliche Bude, in der es nach abgestandenem Bier und feuchtem Wischmopp roch, nur noch ab. Spartanische schmuddelige Küche, Wandverkleidung aus Holz wie in einer Sauna. Hinter einem muffigen Vorhang lagerten etliche Bierkästen mit vollen und leeren Flaschen, Sitzecke im altbayerischen Stil, überall schreckliche Deko: verstaubte Rehgeweihe an den Wänden, Porzellanmaulwürfe mit Schal um den Hals, Milchkrüge mit fürchterlichen Motiven.

Alles totale Abturner, fand Timo. Ebenso wie das schrille Gestöhne der scharfen Mandy auf dem Kiefernholztisch, die einfach nicht genug bekommen konnte von ihm, dem kleinen Finanzbeamten. Ihr elendes Parfum mit den Kopfnoten Amber und Patschuli verursachte bei ihm inzwischen Migräne. Sogar im Winter zwang Mandy ihn zu ausdauernden Schrebergartenbesuchen, sodass er nicht selten total erkältet durch die Gegend lief, obwohl er sich beim Mandy-Sex in eine olle Wolldecke hüllte. Klar, es gab auch einen Gasofen, doch der bullerte so stark, dass Timo Angst hatte, er würde das kleine Häuschen in die Luft fliegen lassen. Deshalb zündeten sie ihn erst gar nicht an.

Zu Hause hatte er dagegen ein wahres Paradies, ein kuscheliges, stets sauberes Bett, warm und behaglich. Nachts sind alle Katzen grau, hatte er sich irgendwann gesagt, ob nun Katja oder Mandy. Sex wurde sowieso überbewertet, fand er. Doch sämtliche Versuche, die Liaison mit Mandy zu beenden, waren kläglich gescheitert. Dabei hatte er die andere Seite der zärtlichen, verständnisvollen Mandy kennengelernt. Jedes Mal hatte sie die Zähne gefletscht und ihm gedroht, seiner Gattin alles zu erzählen.

So ging es jedenfalls nicht weiter. Er war am Ende. Ausgepowert. Ein echtes Mandy-Burn-out plagte ihn.

Plötzlich stand sie hinter seinem Stuhl und streichelte mit ihren dünnen Griffeln seinen Nacken.

»Na, wie wäre es mit einem Nümmerchen irgendwo in einer abgelegenen Ecke? Hast du Lust?« Mandy schloss die Augen und stöhnte.

Wie sie wieder aussah in ihrem kurzen Frotteekleid, das nicht einmal strandtauglich war.

»Bist du verrückt? Verschwinde! Wenn Katja oder Dietmar dich sehen! Außerdem habe ich keine Lust auf Sex.«

Verstimmt schob sie ab. Befahl ihm, ihr in die Reithalle zu folgen, wo die Mädchen gerade Unterricht erhielten.

Lustlos schritt er wenig später durch die Stallgasse, äugte in jede Box und schaute sich die Pferde an, die sich darin befanden, den Hofhund immer an seiner Seite. Anschließend suchte er die Reithalle auf, in der es nach Sägemehl roch, und sah seine Tochter aufrecht im Sattel einer braunen Stute sitzen und den Anweisungen der Reitlehrerin folgen. Wie langweilig, nur im Kreis zu reiten, fand er. Am liebsten würde er jetzt nach Hause fahren. Ob er irgendwelche Schmerzen vorschützen sollte? Die Ruhe daheim in dem kleinen Reihenhaus würde ihm guttun.

Ein Blick in Katjas mürrisches Gesicht ließ ihn den Gedanken verwerfen. Ob sie etwas ahnte? Mandy laberte auf Katja ein und grinste dazu. Was für eine Freundin, die mit deren Mann in die Kiste stieg!

Ich muss das beenden, sagte er sich wieder und überlegte haarscharf, wie er das hinkriegen könnte.

Dietmar war nicht in der Halle. Er sei nach Groß-Reken gefahren, sechs Kilometer entfernt, nachdem es ihm bei den Ziegen zu langweilig geworden war, erzählte man ihm auf Nachfrage. Dort wollte er sich die Wehrkirche St. Simon und Judas ansehen.

Timo holte sein Handy aus der Hosentasche und gab den Kirchennamen ins Internet ein. Er erfuhr, dass die alte Kirche seit Fertigstellung der neuen nur noch als sakrales Museum und hin und wieder für Gottesdienste genutzt wurde. Die Kirche verfügte über barocke Altäre, die an ihren Originalstandorten verblieben waren, und war bekannt für die Zweischiffigkeit. Ein echter Hingucker sollten auch die Bibelfliesen sein.

Timo wurde auf die alte Windmühle in der Nähe der Kirche verwiesen, die ein Heimatmuseum beherbergte. Dort ging es um »Vom Säen zum Ernten«, und man konnte die dafür benötigten Werkzeuge und Maschinen bestaunen, die bis zum Jahre 1945 in Gebrauch gewesen waren.

Timo steckte sein Smartphone weg und musste schmunzeln. Ja, das war das Richtige für den furztrockenen Justizvollzugsbeamten, dachte er. Dietmar hätte ihn trotzdem fragen können, ob er ihn begleiten wollte. Jedenfalls schien niemand Dietmar zu vermissen.

Beim Mittagessen – es gab Schnitzel, Pommes und Erbsen, das aßen die Kinder gerne – war die Stimmung ein wenig gedrückt. Franka und Svenja schwiegen, wieso auch immer, Mandy war sauer, dass Dietmar nicht pünktlich zum Essen erschienen war. Nicht, dass sie ihn vermisste. Eher passte es ihr nicht, dass er machte, was er wollte, und sich einen feuchten Kehricht um seine Familie kümmerte. Katja gähnte, sagte mehrmals, dass sie sich hinlegen wollte. Ihr Mittagsschläfchen ging ihr über alles, auch zu Hause, wenn sie mal nicht an der Wursttheke stand.

Obwohl Mandys Mundwinkel nach unten hingen und sie kaum sprach, spürte Timo plötzlich ihren Fuß an seiner Wade hochwandern. Erschrocken zuckte er zusammen und sah sie böse an.

»Ich werde ein wenig spazieren gehen. Bis zum Wald und wieder zurück. Das wird mir guttun«, verkündete sie, während sie den Vanillepudding aß, und suchte immer wieder Timos Blick.

Da hat sie sich geschnitten, dachte er. Ich werde ihr nicht folgen. Hoffte sie das etwa? Dachte sie an eine flotte Nummer im Wald? Die hatte doch einen Knall! Eindeutig.

Gerade als die kleine Gruppe sich auflösen wollte – die Mädchen zog es in den Stall zu den Pferden –, erschien Dietmar und stürzte sich, wie ein Wasserfall redend, auf die Reste des Essens. Niemanden interessierten seine Ausführungen über die Kirche, und Katja und Timo gingen in ihr Zimmer.

Am Nachmittag sammelten sich die Reiter vor dem Stall zum Ausritt zu den Teufelssteinen. Franka und Svenja sprachen wieder miteinander. Die Stimmung in der Gruppe war gut.

Endlich brach auch Timo zu seinem Spaziergang auf. Keine 400 Meter weiter, und er war mitten im Wald. Hier fühlte er sich langsam besser. Zwischen den Bäumen wollte er darüber nachdenken, wie er sein Mandy-Problem loswerden könnte. Die Sonne schickte Strahlen durch die eng stehenden Bäume, die Vögel zwitscherten, weit und breit keine Mandy. Es musste doch vernünftig mit ihr zu reden sein, dachte er. Ein ähnliches Problem hatte er schon einmal gehabt. Damals, in der Grundschule, hatte sich Dori für viele Jahre an seine Fersen geheftet. Das Mädchen war lästig wie eine Schmeißfliege und stammte aus noch ärmeren Verhältnissen als er. Er fand ihre Durchtriebenheit anziehend, klaute mit ihr Süßigkeiten in den umliegenden Geschäften, spielte Nachbarn üble Streiche. Dori hatte immer neue

Ideen. Obst aus fremden Gärten stehlen, Wäsche von den Leinen verschwinden lassen, sich durch die Hintertüren in die Zechenhäuser schleichen, um auch hier irgendetwas mitgehen zu lassen. In der Mittelstufe brachte Dori ihm das Rauchen und das Küssen bei. Mit 14 war er dieses Mädchen leid, das sich äußerlich nicht so prächtig entwickelt hatte und inzwischen mit fettigen Haaren, Akne und einem riesigen Busen glänzte, den sie in eine Art kugelsichere Weste presste. Sie fanden sich zu einer Aussprache zusammen, und Timo legte ihr dar, dass er die Freundschaft gerne beenden wollte. Mit Tränen in den Augen hatte Dori nur genickt, und die Sache war von da ab erledigt gewesen. Kein Betteln, nichts!

Das musste doch auch mit Mandy klappen.

Kaum hatte er den Gedanken zu Ende gedacht, sprang Mandy aus dem Gebüsch und stürzte sich auf ihn. Sie trug noch immer ihr buntes Frotteekleid mit den scheußlichen Orangenmotiven.

»Überraschung! Na, freust du dich, mich zu sehen?«

Ihre schmalen Fußpflegerinnengriffel legten sich um seinen Hals. Den Kuss konnte er gerade noch abwehren.

»Was willst du? Wenn uns jemand sieht!«

»Na und? Dann machen wir eben Nägel mit Köpfen.«

»Womit wir beim Thema wären, liebe Mandy.«

Er setzte sich laut schnaufend auf einen Baumstumpf am Wegesrand und begann mit seiner Ansprache. Genau wie damals bei Dori wollte er die Angelegenheit ein für alle Mal klären.

Doch Mandy war nicht Dori. Sie rastete völlig aus, sprang wie ein Eichörnchen durch den Wald, schrie wie eine Verrückte, sodass Timo das Schlimmste befürchtete. Sie jammerte und heulte Rotz und Wasser. Was tun? Kurz überlegte er, ob er ihr eine runterhauen sollte, damit sie wieder zu sich käme. Aber er befürchtete, dass dies noch ärgere Folgen haben könnte. Also saß er nur da auf seinem Baumstamm und wartete ab, bis dieses tobende Rumpelstilzchen sich etwas beruhigen würde.

»So nicht, mein Freund! Nicht mit mir!«, schrie sie hysterisch und rannte in ihrem Frotteefähnchen davon, das inzwischen mit Fadenziehern und Knötchen übersät war, da sie ständig an den ausladenden Zweigen der Bäume hängen blieb.

Timo schmunzelte. Ihr Verhalten war ihm nicht neu, deshalb war er felsenfest überzeugt, dass sie sich bis zum Abendessen gefangen hatte und die Bombe nicht platzen lassen würde. Immer wieder musste er an Dori denken, die seine Entscheidung auch hatte hinnehmen müssen.

Nach dem Abendessen – Mandy hatte sich unter dem Vorwand einer Migräne abgemeldet – setzten sich die beiden Familien draußen an einen Tisch, um Monopoly zu spielen. Irgendwann kam Mandy mit verheultem Gesicht angeschlichen und hockte sich dazu. Doch kaum eine Stunde später bat sie Dietmar, sie auf ihr Zimmer zu begleiten.

Spätabends, die Sonne war fast untergegangen, betrat Timo während einer Hofrunde den Pferdestall und lief langsam die Stallgasse entlang. Er brauchte Ruhe nach diesem nicht gerade prickelnden Abend, an dem keine Stimmung hatte aufkommen wollen und er ständig Angst gehabt hatte, dass Mandy etwas Unüberlegtes vom Stapel lassen würde. Da nützten auch die drei Flaschen Bier nichts, die er sich einverleibt hatte.

Er atmete tief durch, hörte hier und da das Schnauben eines Pferdes, das Schaben der Hufe und das Klirren von Eisenstangen, wenn ein Pferd diesen zu nahe gekommen war. Der Geruch nach Heu beruhigte ihn. Ein Wallach steckte ihm den Kopf aus seiner Box entgegen. Timo näherte sich dem Tier vorsichtig und streichelte ihm die Nüstern. »Dante« stand auf dem Schild an seiner Tür. Eine Box weiter traf er auf Sissy, die ihn jedoch kaum beachtete.

Erst jetzt sah er den Mann. Hinten im Stallgang war er dabei, mit einem breiten Besen Stroh beiseite zu fegen. Wer ist das? Wieso habe ich ihn bisher nicht bemerkt, fragte Timo sich. Er ging auf den kleinen Mann mit der Stoppelfrisur zu und grüßte ihn freundlich.

Der Kerl in Jeans und Karowollhemd schaute Timo skeptisch an. Ein zögerliches Hallo verließ seinen Mund.

Trotz der schwachen Beleuchtung konnte Timo die braunen Zähne des Mannes erkennen. Da waren die Gebisse der Gäule in einem besseren Zustand, dachte er.

»Ich wollte Sie nicht erschrecken, tut mir leid. Arbeiten Sie hier auf dem Hof? Als eine Art Knecht?«

Eifrig nickte der scheue Mann, der ihn an einen Knacki erinnerte. »Genau«, sagte er. »Ich helfe hier aus. Wohne auch hier. Kalle heiße ich. Ist schön, mit den Pferden zu arbeiten. Die sagen nichts Falsches und lassen mich in Ruhe.« Kalle fegte weiterhin Strohreste zusammen und schaute hin und wieder misstrauisch zu Timo.

Timo hoffte, dass sie dieses arme Wesen auf dem Hof nicht schikanierten.

Er sei 45 Jahre alt und habe vorher auf dem Wasserschloss Velen gearbeitet, erzählte Kalle. Nur reiches Volk habe dort verkehrt. Hier sei es besser. Er arbeite überwiegend abends und nachts, wenn Ruhe einkehre auf dem Hof. Mit Menschen habe er schlechte Erfahrungen gemacht. Besonders mit Frauen, ließ er verlauten.

Timo war das Hotel in Velen als exklusives Tagungshotel bekannt. Das Märchenschloss stammte aus dem 13. Jahrhundert, wusste er. Es lag in der herrlichen Umgebung der gleichnamigen Ortschaft. Die verschiedenen zum Schloss gehörigen Gebäude waren denkmalgeschützt, das ganze Anwesen strahlte ein edles Ambiente aus. Kollegen von ihm hatten dort schon an Seminaren teilgenommen und durchweg nur Positives berichtet.

Sicherlich war Kalle hier auf dem Reiterhof besser aufgehoben als in dem großen Hotel. Er konnte gut mit Tieren, das hatte Timo gleich gespürt.

»Daisy war krank, hatte Durchfall. Was Falsches gegessen. Der Tierarzt war da.« Er deutete auf eine Box hinter ihm, in der eine kleine Tinkerstute stand und Timo mit großen Augen ansah.

»Ich darf ihr nichts geben. Nicht mal eine Möhre, hat der Arzt gesagt. Aber es geht ihr schon besser.« Liebevoll kraulte Kalle ihre Mähne. »Weshalb sind Sie hier auf dem Hof? Um auszuruhen? Abzuschalten?«, fragte Kalle neugierig.

»Ja, so ungefähr.« Timo wusste nicht, wieso, doch plötzlich brach es aus ihm heraus, und er erzählte diesem Mann, der nur die Hälfte von dem, was er sagte, kapierte, von seinem Problem. Natürlich war das auch den drei Bieren geschuldet, die seine Zunge lösten. Er ging ins Detail, ließ nichts aus und hackte auf Mandy herum.

Voller Mitleid schaute Kalle ihn an, kratzte sich an seinem stoppeligen Kinn und dachte nach. »Frauen taugen sowieso nichts. Ich will keine mehr. Die nutzen einen nur aus. Von mir wollten sie nur Geld. Dabei habe ich gar keins.«

Nach einer guten Stunde, es war fast Mitternacht, entschloss sich Timo, zurück zum Haus und ins Bett zu gehen.

Er schlug Kalle freundschaftlich auf die Schulter. »Danke, Kumpel, dass du zugehört hast.«

Kalle wuchs um mindestens zehn Zentimeter, war stolz wie Oskar, dass Timo ihn ins Vertrauen gezogen hatte.

Timo grinste. Der hatte in ein paar Minuten sowieso alles vergessen, was er ihm erzählt hatte, davon war er überzeugt. Er fühlte sich irgendwie befreit. Befreit und leicht.

»Für dein Problem gibt es nur eine Lösung«, rief Kalle ihm hinterher. »Die Alte muss weg!«

»Ja, ja«, murmelte Timo und verließ den Stall. Wenn alles so einfach wäre ...

Murmeltiertag: Wieder saßen sie beim Frühstück. Timo mit dickem Kopf, Katja mit megaschlechter Laune neben ihm, Mandy mit verquollenem Gesicht ihm gegenüber. Kalle und das Bier vom gestrigen Abend waren vergessen.

Die Mädchen bettelten, mit zwei 18-jährigen Typen, die gestern Abend auf dem Hof aufgetaucht waren, zum Römersee fahren zu dürfen. Da die Heimfahrt erst gegen Abend geplant war, sprach eigentlich nichts dagegen. Katja und Mandy erteilten die Erlaubnis, während der nasenbohrende Dietmar sich wie immer aus allem heraushielt.

Timo kannte den nur wenige Kilometer entfernten kleinen Römersee aus seiner Jugend. Er wurde von den Besuchern eines danebenliegenden Campingplatzes genutzt. Nicht nur das Wasser, sondern auch Wald und Büsche rundherum sorgten für eine angenehme Abkühlung an heißen Sommertagen.

Timo war überzeugt, dass die Burschen vom Campingplatz stammten und sich am Hof mit Sicherheit nach Frischfleisch umsahen. Was hatten diese Jungs vor? Die wollten bestimmt nicht nur baden. Außerdem hatten die beiden erst seit ein paar Tagen den Führerschein, da konnte auch auf einer noch so kurzen Strecke wer weiß was passieren. Der alte rote Polo, mit dem Timo sie gestern auf den Hof hatte fahren sehen, wirkte auch nicht gerade vertrauenserweckend. Doch was sollte er machen? Einen Aufstand proben? Er versuchte es mit der noch ausstehenden Reitstunde und dem anschließenden Ausritt, an dem Franka und Svenja eigentlich hatten teilnehmen wollen.

Die Aussicht auf das Baden mit den Jungs war jedoch verlockender. Timo war überstimmt.

Während er sich resigniert ein Brötchen mit Leberwurst bestrich, spürte er wieder die dämliche Fußspitze von Mandy an seiner Wade. War die verrückt? Kapierte sie absolut nichts? Es war vorbei! Wann schnallte sie das? Er gab ihr mit dem harten Absatz seiner Budapester einen heftigen Stoß, sodass ihr kleiner Fuß zurückschnellte. Tränen sammelten sich in ihren geschminkten Augen. Timo hatte endgültig genug von dieser Schmierenkomödie.

Kurz darauf verließ Katja genervt an Dietmars Seite den Raum. Sie weiß Bescheid, dachte Timo. Die beiden wollten zum Pröbstingsee nach Borken fahren. Das hatten sie ihm mitgeteilt, ohne ihn zu fragen, ob er sie begleiten wolle. Stellten ihn vor vollendete Tatsachen. Warum wollte Katja mit diesem staubtrockenen Gefängniswärter zu einem romantischen See? Die eine fuhr mit pickligen Buben zum Römersee, seine Gattin mit einem Schließer zum Pröbstingsee. Der hatte zumindest wesentlich mehr zu bieten als der kleine Römersee, auch für Segler und Angler. Am Bootshaus am Westufer konnten Tretboote von jedermann ausgeliehen werden. Und am Westende befand sich ein separater Badesee. Außerdem gab es vier wunderschöne Inseln. Zwei davon lagen auf der Südseite und waren über Brücken begehbar.

Die Nordinseln dienten als Brutstätte für Wasservögel und durften nicht betreten werden. Die örtliche Sparkasse veranstaltete alljährlich einen Dragonboat-Cup, der von der Bevölkerung sehr geschätzt wurde. Alles in allem sehr viel touristisches Flair mit Gastronomie.

Timo verließ als Letzter den Frühstücksraum. Im Garten überlegte er, was er tun könnte. Sich wieder wie gestern in den Sessel hauen und den Vögeln beim Zwitschern zuhören?

Er beschloss, den Pferdestall aufzusuchen, bereute seinen Entschluss jedoch schon am Eingang. Es wimmelte von Mädchen, großen und kleinen, die die Boxen stürmten, um die Pferde für den Ausritt vorzubereiten, den Svenja und Franka nun verpassten.

Keiner beachtete ihn. Er ging zur Box von Daisy, der es besser zu gehen schien als am Vorabend. Am Ausritt durfte sie allerdings nicht teilnehmen, blieb einsam in ihrer Box zurück.

Hatte er den Stallknecht Kalle etwa nur geträumt oder wieso war er nicht vor Ort? Er erinnerte sich schwach, wie Kalle ihm gesagt hatte, dass er nur abends arbeite.

Die Schritte, die sich näherten, zerrissen die Stille in der Sattelkammer, und Timo verharrte einen Moment. »Zutritt für Unbefugte verboten«, sagte ein Schild an der Tür, das ihn nicht davon abgehalten hatte, sie trotzdem zu betreten. Er hatte die verschiedenen Sattelschränke und -wägen, den Schrank mit dem Putzzubehör, die große Truhe mit verschiedenen Gurten und Zügeln bestaunt. Satteldecken waren fein säuberlich auf einen Ständer gehängt worden, Zügel daneben an der Wand, ebenso Zaumzeug und Trensen. Peinliche Ordnung überall. Nun lauschte er angestrengt.

Das Geräusch der Schritte kam näher und endete abrupt vor der Tür, die sich nun langsam öffnete.

Da stand sie, grinsend wie ein Honigkuchenpferd, und langsam trat sie auf ihn zu. Sie wollte doch nicht etwa ...

»Bist du mir hinterhergeschlichen? Was willst du hier? Sag mal, kapierst du es nicht? Es ist aus und vorbei mit uns!« Wütend stieß er sie von sich, als sie sich ihm näherte.

Wieder trug sie ihr urkomisches Frotteekleid, das auf der Brust deutliche Flecken zeigte.

»Und das hast du zu bestimmen oder wie? So einfach lasse ich mich nicht abservieren. Hörst du? Das Liebchen hat ihre Schuldigkeit getan, meinst du?« Tränen tropften auf die Orangen ihres Frotteeungetüms.

Timo hatte Angst, entdeckt zu werden, und schaltete einen Gang zurück. »Lass uns hier verschwinden und woanders darüber reden, obwohl alles gesagt ist.«

Sie startete einen weiteren Angriff und hängte sich an seinen Hals. Er stieß sie erneut von sich, und sie landete unsanft in dem Regal zwischen Zügel und Trensen. Doch das kümmerte ihn nicht sonderlich. Sein Blick heftete sich an einen rosafarbenen Führstrick rechts neben ihm. Greif ihn dir und mach Mandy den Garaus, sprach eine Stimme in ihm. Die Stimme, die endlich Ruhe wollte. Ab mit dem Strick um den dünnen Hals der nervigen Mandy und kräftig zugezogen. So lange, bis sie für immer die Klappe halten würde.

Mädchenstimmen lösten ihn aus der Starre. Raus hier! Er musste raus hier! Sofort! Er ließ die heulende Mandy zurück, verließ die Sattelkammer und den Stall und lief eiligen Schrittes in Richtung Pferdekoppel. Frische Luft, Weite und ganz viel Stille.

Das muntere Pferdequartett, das fröhlich graste und ihn

neugierig anschaute, beruhigte ihn, obwohl sein Problem noch lange nicht gelöst war. Timo kam langsam runter.

Beim gemeinsamen Kaffeetrinken nach 16 Uhr im rustikalen Aufenthaltsraum – es gab frischen Pflaumenkuchen mit Sahne – war die Stimmung fast wieder gelöst. Bis auf Mandy waren alle anwesend. Sogar Dietmar war guter Dinge, erzählte und lachte, scherzte mit seiner Tochter. Der Ausflug mit Katja an den See musste ihm gutgetan haben. Es schien ihm nichts auszumachen, dass seine Gattin nicht anwesend war. Auf die Frage von Katja, wo diese denn stecke, zuckte er nur mit den Schultern. Gepackt habe sie auch noch nichts, meinte Dietmar gleichgültig, obwohl sie gegen 17 Uhr starten wollten, heim ins Ruhrgebiet.

Timo ahnte Schreckliches. Er trank seinen Kakao aus und sprang wie von der Tarantel gestochen von seinem Stuhl auf. Ein letzter Gang führte ihn direkt in die Sattelkammer. Er war sich seiner selbst nicht mehr sicher und befürchtete, dass er sie im Affekt tatsächlich mit dem Führstrick erdrosselt hatte.

Doch von Mandy keine Spur. In der Ecke vor der Futterkammer stand Kalle und rauchte eine Zigarette, obwohl Rauchen im Stall streng verboten war. Er wirkte äußerst nervös und hob grüßend die Hand, als er Timo entdeckte.

Zögerlich ging Timo auf Kalle zu, der heute in einem viel zu engen Arbeitsanzug steckte. Ahnte er etwas? War Kalle in Mandys Verschwinden verstrickt?

»Wir sind auf der Suche nach Mandy, der Frau, von der ich dir gestern erzählt habe. Sie ist spurlos verschwunden. Hast du sie vielleicht gesehen?« Timo schaute dem hektisch wirkenden Mann tief in die Augen.

Kalle hielt jedoch seinem prüfenden Blick stand. »Ist

gut, wenn sie weg ist. Das wolltest du doch. Oder nicht?« Kalle kapierte anscheinend nicht, wieso sich Timo so echauffierte.

»Mensch, Kumpel, ich war heute Nacht betrunken. Ich weiß gar nicht mehr, was ich alles gesagt habe. Also, hast du sie nun gesehen oder nicht?« Am liebsten hätte er ihn geschüttelt.

»Das weiß ich nicht so genau. Ist ja auch egal. Jetzt ist sie jedenfalls weg.«

Kalle schien sich darüber zu freuen. Aber weshalb war er dann so nervös? Er trat die Zigarette aus und verließ beleidigt den Stall.

Timo war fix und fertig, suchte seine Familie auf, um ihnen beim Packen zu helfen und die Koffer ins Auto zu schaffen. Was ging ihn Mandy an? Sollte Dietmar auf sie warten. Schließlich war er ihr Ehemann.

Katja und Franka liefen in dem Zimmer hin und her, rafften ihre Klamotten zusammen. Katja fragte ihn, ob er wüsste, wo Mandy sei.

Er schaute aus dem Fenster in die herrliche Landschaft und dachte nach. Dachte an Mandys biegsamen, anschmiegsamen Körper, der zu allem bereit gewesen war. Diese samtige Haut, die er überall gespürt hatte. Vermisste er sie etwa schon, obwohl er sie mehr als einmal loswerden wollte? Dieses ambivalente Verhältnis zu dieser Frau war nicht normal. Einfach losfahren und die anderen hier zurücklassen in ihrer Not? Er spürte Wut in sich aufsteigen, obwohl er nicht genau sagen konnte, auf was sie beruhte. Niemals hätte er was mit Mandy anfangen dürfen. Das war klar.

Katja umarmte ihn von hinten und bat ihn liebevoll, endlich loszufahren. Keiner schien sich groß um Mandy zu scheren. Sie war weg und fertig.

Draußen lief Dietmar im Garten herum, pfiff fröhlich vor sich hin. Laut Katjas Aussage waren die Mädchen im Stall, um sich von den Pferden zu verabschieden. Der Badeausflug mit diesen jungen Schnöseln schien wohl nicht von Erfolg gekrönt gewesen zu sein. Wahrscheinlich hatten die pickligen Halbwüchsigen mehr gewollt als die 14-jährigen Mädchen. Mit einem kleinen Küsschen hatten die sich vermutlich nicht zufriedengegeben.

Nur eine halbe Stunde später ging auf dem Hof die Post ab. Es wimmelte von Polizeiautos. Kurz darauf hielten vor dem Pferdestall ein Notarztwagen und ein nobler Daimler, der einen Herrn in Zivil ausspuckte, wohl der Kommissar. Aufgeregte, schreiende Kinder, dazwischen die noch aufgeregteren Gastgeber.

Timos Tochter Franka stand verzweifelt am Ziegenauslauf und weinte. In ihrem Arm Svenja. Der krächzende Kalle wurde von Polizeibeamten aus dem Stall geführt, ließ sich nur schwer bändigen, ruderte wie verrückt mit den kurzen Armen, verheddert sich in Widersprüche und wurde flugs in einen Polizeiwagen verladen und mitgenommen. So einfach ging das. Nur weil er eine kleine Schraube locker hatte und nicht die hellste Kerze auf der Torte war, ging man so mit ihm um? Kaum drei Sätze hatte der Kommissar mit ihm gewechselt.

Passanten und die Eltern einiger Pferdemädchen sonnten sich in dem Geschehen. Ein Pferdegespann hielt, es kam gerade von einer Fahrt durch die Umgebung zurück. Die völlig verdutzten Menschen, die stolpernd den Planwagen verließen, wurden von den umstehenden Leuten sofort mit den Schreckensnachrichten konfrontiert: Eine Frau sei aufgespießt worden, Mörder auf dem Hof. Die kleineren Kinder schrien, die älteren Frauen rissen erschrocken die faltigen Münder auf. Weg hier, nur weg hier, dachten sie. Die Panik übertrug sich auf die Pferde, die wieherten und immer unruhiger wurden. Schnell wurden sie in ihre Boxen gebracht.

Mandy war in der Futterkammer gefunden worden. Mit einer Mistgabel in der Brust. Ihre weit aufgerissenen toten Augen starrten an die Decke, als stünde dort der Name ihres Mörders. Der Notarzt und sein Team konnten nichts mehr ausrichten.

Noch immer trug sie dieses Frotteekleidchen. In ihren blonden Haaren klebte Blut, überall klebte Blut. Die SpuSi und der Gerichtsmediziner machten sich an die Arbeit.

Timo stand am Rande der Stallgasse. Er hatte Mandy kurz gesehen, jetzt jedoch versperrten ihm die Spurensicherer die Sicht. Dass man ihn überhaupt bis hierher vorgelassen hatte, wunderte ihn. Das tragische Ende eines Familienwochenendes, dachte er verzweifelt.

Der Kommissar wollte ihn sprechen, fragte, ob er Timo sei, und führte ihn nach draußen. Der Stallknecht habe ihm erzählt, dass er mit der Frau befreundet gewesen sei und Streit mit ihr gehabt habe.

Timo bejahte seine Fragen, betonte aber mehr als einmal, dass er sie nicht umgebracht habe.

Der Kommissar ermittelte jedoch in eine ganz andere Richtung. Für ihn war zweifelsohne klar, dass dieser Kalle Mandys Mörder war.

Die Welt war voller Vorurteile, dache Timo traurig. Nur weil dieser Kalle Miloscheck nicht der Klügste war, wurde er gleich zum Mörder abgestempelt. Was für eine Welt! Dabei hatte Timo ein viel stärkeres Motiv.

Als die Befragung beendet war, forderte der Kommissar ihn auf, morgen auf dem Präsidium vorbeizuschauen, um seine Aussage zu protokollieren. Wenn es mehr nicht ist, dachte Timo.

Eine Polizeipsychologin kümmerte sich um Svenja, während ihr Vater Dietmar noch immer im Sessel im Garten saß und blöd grinste, als wäre nichts geschehen.

Eine Stunde später ging es rund um den Tatort schon ruhiger zu. Die nicht involvierten Menschen waren von den Polizeibeamten regelrecht verscheucht worden. Mandy wurde abtransportiert. Timo samt Familie trat endlich die Heimreise an.

Timos Gedanken waren bei Kalle. War er tatsächlich der Mörder von Mandy, wie jedermann annahm? Hatte er etwas in den falschen Hals bekommen und Timo einen Gefallen erweisen wollen? So blöd konnte selbst Kalle nicht sein.

Okay, Timo war zum Schluss sehr wütend auf Mandy gewesen. Doch deshalb hätte er sie nicht umgebracht. Wenn er jeden gleich umbringen würde, auf den er irgendwann wütend war – wo käme man denn da hin? Das musste doch auch Kalle so sehen. Wäre er, Timo, überhaupt dazu fähig, einen Menschen umzubringen?

Als er vom Hof fuhr, stand Dietmar an seinem jämmerlichen Uralt-Astra und grinste ihn an. Selbstgefällig und erhaben. Dabei steckte er doch sonst voller Komplexe. Wieso dieser plötzliche Wandel? Wie ein trauernder Ehemann wirkte er jedenfalls nicht. Svenja saß wie ein Häufchen Elend auf dem Beifahrersitz, den Blick gesenkt.

Timo schaute kurz zu Katja, als sie auf die A 31 auffuhren. Sie saß schnatternd neben ihm, erzählte Belanglosigkeiten vom Allerfeinsten. Hatte sie überhaupt registriert, dass vor wenigen Stunden ihre Freundin ermordet worden war? Einzig Franka machte sich Gedanken und kam immer wieder auf Mandy zu sprechen.

»Stimmt das, was Dietmar erzählt hat, dass du ein Verhältnis mit Mandy gehabt hast?«, fragte sie plötzlich rundheraus.

Timos Pulsschlag erhöhte sich. »So was erzählt dieser Penner?« Er wunderte sich, dass Dietmar davon Wind bekommen hatte.

»Hast du sie umgebracht, Papa?« Große blaue Augen schauten ihn von hinten im Rückspiegel wütend an.

»Was soll das, Franka?«, mischte sich nun Katja ein. »Dein Vater ist doch kein Mörder! Und selbst wenn er was mit Mandy hatte – das ist ja jetzt vorbei. Er wird sich seine Fußnägel in Zukunft wieder allein schneiden müssen. Ansonsten wird alles wie gehabt weitergehen. Svenja wird ihre Trauer überwinden. Nicht wahr, Timo?«

Franka weinte angesichts der emotionslosen Worte ihrer Mutter.

Timo schluckte schwer und fragte sich, ob seine Gattin bei Mandys Tod die Finger im Spiel hatte. Mord aus Eifersucht war schließlich ein typisches Motiv. Auch sie war vom Kommissar befragt worden. War dem dabei nichts spanisch vorgekommen?

»Dietmar schien nicht sehr betroffen. Im Gegenteil, er wirkte gelöst, als sei er froh, seine Frau los zu sein«, sagte Timo.

»Das wundert dich?« Katja bedachte ihn mit einem giftigen Blick von der Seite. »Es wird schon dieser Kalle gewesen sein. Vielleicht hat sie ihn scharf gemacht. Wer weiß?«

»Du machst es dir einfach.« Alles auf Kalle zu schieben, war leicht. Hoffentlich bekam er einen guten Verteidiger, der ihn da rausboxte, hoffte Timo.

Endlich verließ auch Dietmar samt seiner Tochter das Gelände des Reiterhofes. Fröhlich pfeifend steuerte er Gelsenkirchen entgegen.

»Bist du denn gar nicht traurig, dass Mama tot ist?«, wollte Svenja wissen.

»Doch, natürlich bin ich traurig. Manche Menschen können das nicht so zeigen, weißt du?«

Dietmar war nicht ganz bei der Sache. Seine Gedanken waren bei dem herrlichen Ausflug, den er heute mit Katja unternommen hatte. Er ärgerte sich schwarz, dass sie keinen Abstecher ins wunderschöne HeidenSpassBad gemacht hatten. Über den Heidener Herbst wäre er auch gerne geschlendert. Dieser bunte Jahrmarkt, der alljährlich stattfand und den ganzen Ortskern belagerte, zog die Menschen aus sämtlichen Himmelsrichtungen an. Die Geschäfte und die Gastronomie hatten ihre Türen an diesem Sonntag geöffnet. Sämtliche Vereine waren mit interessanten Aktionen vor Ort. Er hätte mit Katja noch ein Gläschen Wein trinken und dabei über alte Zeiten reden können. Ja, das waren schöne Zeiten gewesen, mit Katja und ihm.

Der Abstecher hätte aber zu viel Zeit gekostet, wo er doch eine Mission zu erfüllen gehabt hatte.

Alles hatte gut geklappt. Was wollte er mehr? Er drehte das Radio lauter, ließ sich von dem Hit »Die rote Sonne von Barbados« der Flippers bedudeln und sang textsicher mit.

Svenja war über das Verhalten ihres Vaters geschockt.

Außer sich schrie sie ihn an: »Mama ist gerade gestorben! Hast du das vergessen?«

Schuldbewusst drehte Dietmar das Radio leiser. Sie wird schon noch verstehen, dass ich es tun musste, dachte er und streichelte seiner Tochter mit der rechten Hand über ihr blondes Haar.

2. IM FEUER GESCHMIEDET

Das mittelalterliche Klosterleben war die Wurzel für die heutige Kultur und Wissenschaft, davon war Prof. Dr. Paul Bökenhans, Kulturwissenschaftler an der Universität Paderborn, überzeugt. Der stämmige Kerl, groß und blond, mittleren Alters, bereitete sich seit Wochen auf das Tagungsprogramm mit dem Thema »Klosterleben damals und heute« vor, das seine Fakultät in wenigen Tagen im Kloster Dalheim abhalten wollte. Auf seinen Assistenten Dr. Peter Graunert war in organisatorischer Hinsicht wenig Verlass.

Zur Tagung waren zahlreiche WissenschaftlerInnen, aber auch Klostervorstehende, TourismusveranstalterInnen und BibliothekarInnen aus Deutschland, Österreich und der Schweiz geladen.

Der erste Punkt im Programm war die Begrüßungsrede, natürlich von Paul Bökenhans persönlich gehalten. Er übte sie täglich vor dem Spiegel. Danach würde Graunert ins Tagungsthema einführen und anschließend ein Kollege von der Universität Erfurt über die Probleme der Klöster heute referieren. Abschließend wollte Paul noch etwas über die Chancen der Klöster erzählen.

Nach dem Imbiss im Kloster würde der Shuttlebus die Referenten nach Paderborn bringen, wo sie für die Dauer der Tagung in einem Hotel untergebracht waren.

An den folgenden Tagen würde es dann von morgens um 9 Uhr bis abends um 17 Uhr zahlreiche Fachvorträge geben. Paul hatte spitzenmäßige ReferentInnen gewinnen können, darunter die Nonne Sr. Thea, die einige Jahre in Klöstern auf der ganzen Welt gelebt hatte, bevor sie sich in Deutschland fest ihrem Orden verschrieb.

Noch zwei Tage, dann würde es endlich so weit sein. Mehr als nervös goss er sich ein Glas Weißwein ein. Edlen, guten Messwein. Das war für ihn Medizin, die er jetzt unbedingt brauchte.

Dr. Reto Hunziker von der Universität St. Gallen machte keinen Hehl draus, dass er den Paderborner Professor und Tagungsverantwortlichen unter seiner Würde fand. Deshalb hörte er bei der Begrüßungsrede nur mit halbem Ohr und spöttischem Blick zu, bestaunte seine gepflegten Fingernägel und schaute anschließend aus dem Fenster in den herrlichen 7,5 Hektar großen Klostergarten. Sein Sitznachbar und Stellvertreter an der Uni, Urs Leuenberger, lauschte mit voller Aufmerksamkeit den Ausführungen des deutschen Kollegen. Alle wussten, dass der gute Urs am Stuhl des Dr. Hunziker sägte, und das nicht zu knapp.

Unter den Tagungsgästen waren auch zwei Frauen aus der Schweiz angereist: Prof. Dr. Fadri Käli, Kulturwissenschaftlerin an der Universität Zürich, dunkelhaarig und eher als unscheinbar zu bezeichnen, und Mareile Schär, Leiterin einer kleinen Klosterbibliothek, kaum 30 Jahre alt, blond und knackig.

Paul Bökenhans schaute immer wieder zu ihr hin.

Der Hauptreferent und Bökenhans' Assistent Dr. Peter Graunert – seine Vorträge waren erst für den nächsten Tag geplant – übte sich in Bescheidenheit, legte den Kopf schief und lauschte andächtig mit leicht lächelndem Gesichtsausdruck. Nach außen hofierte er Paul Bökenhans von vorne bis hinten. Insgeheim hasste er ihn. Bökenhans war der Dekan ihrer Fakultät. Ihm hingegen würde es nie gelingen, in der Karriereleiter an der Uni aufzusteigen. Zumal ohne Habilitation. Er würde immer nur der kleine Dekanatsassistent mit einem enormen Pensum an Lehrverpflichtung bleiben. Deshalb hatte er sich auch außerhalb der Universitäten beworben, auf alle möglichen leitenden Stellen im Kulturbereich. Alles ohne Erfolg. Er wäre sogar bereit, in die Schweiz überzusiedeln, wenn sich da eine geeignete, besser dotierte Stelle auftun würde. Dass es vielleicht an seinem Charakter lag – er war bieder, besserwisserisch, heuchlerisch –, darauf kam der 49-jährige Mann nicht. Er war überzeugt, dass er sein Wesen mit sehr guter Leistung, die sich ja herumsprechen musste, wettmachen konnte. So manche Nacht verbrachte er lesend, steckte die lange Nase in seine Fachbücher. Dennoch hatte er keine Habilitation zustande gebracht. Und mittlerweile fühlte er sich zu alt dafür.

Ausgerechnet der schöne Reto setzte sich im Klosterwirtshaus Paul gegenüber an den fein gedeckten Tisch. Sollte er ihm etwa den Platz verwehren? Nein, er nickte ihm freundlich zu. Schlimm genug, dass der lästige Leuenberger rechts neben ihm saß und ihn volllaberte. Zu seiner Linken der nervige Dr. Graunert. Die beiden Frauen aus der Schweiz hatten sich am anderen Ende des Tisches niedergelassen, scherzten und lachten. Ihm schräg gegenüber fand die Nonne Thea in ihrem verschwitzten Gewand ihren Platz – auf der Brust vereinigten sich zahlreiche unterschiedlich große Flecken. So ein ungeschminktes Kernseifen-Gesicht hatte er selten gesehen, stellte jedoch fest, dass sie noch nicht so alt sein konnte, wie sie aussah. Ohne mit der Wimper zu zucken, kippte sie sich den Humpen mit dem hausgebrauten Dalheimer Klosterbräu in den Hals. Das Bier schmeckte aber auch vorzüglich. Ihre Augen wurden mit jedem Schluck größer. So etwas Feines gab es in ihrem kleinen Kloster in der Wallachei wahrscheinlich nicht. Dort kam nur Dunkelbier in die Gläser, war Paul überzeugt. Auch die KollegInnen aus Österreich sprachen dem herrlichen Tropfen ausnahmslos zu.

Immer frisch auf den Tisch, lautete die Devise der Klosterküche, die Westfälische Spezialitäten bot. Zu dem großen Steak vom Schwäbisch-Hällischen Landschwein gab es Klöße und Speckbohnen, die allen gut mundeten, wie es aussah. Das Essen hatte Paul zusammengestellt. Es überstieg den geplanten Etat bei Weitem, doch er wollte sich vor den Gästen nicht blamieren und erst recht nicht als Geizkragen dastehen.

Das Ambiente in der Chorherrenstube war vom Allerfeinsten, man fühlte sich in frühere Zeiten zurückversetzt. Die Gewölberäume mit den hübschen Kerzenhaltern und Gemälden an den Wänden sorgten für eine Wohlfühlatmosphäre.

Gesättigt und zufrieden sowie leicht angeheitert wollten alle noch einen Blick in den sehenswerten Braukeller werfen. Etliche »Ahs« und »Ohs« verließen kurz darauf die noch vom Essen verschmierten Münder. Fettige Nasen drückten sich an den polierten Braukesseln platt.

Paul atmete tief durch, als die kleine Gruppe endlich in den Bus stieg, um nach Paderborn zu fahren. Mareile Schär schmiss sich an Reto Hunziker und quiekte vor Vergnügen. Paul war sich sicher, dass hinter den Hotelmauern in dieser Nacht noch die Post abgehen würde.

Am anderen Morgen – Paul hatte die ganze Nacht kaum ein Auge zugetan – war er schon früh unterwegs. Alles musste klappen, die Honoratioren sollten den Aufenthalt in guter Erinnerung behalten und übermorgen beschwingt den Heimweg antreten. Seine Frau Beate brabbelte während des kleinen Frühstücks, das sie ihm bereitet hatte, munter drauflos, alles dummes Zeug, wie er fand. Als er aufstand und sich auf den Weg machen wollte, holte sie zu allem Überfluss einen Kamm und zog ihm den Scheitel neu. Was haben die Ordensbrüder es doch gut, dachte er einen kurzen Moment, sie hatten keine Frau, brauchten sich so etwas nicht gefallen zu lassen.

Während er auf dem Klostergelände parkte und aus seinem Polo stieg, bog der kleine Shuttlebus um die Ecke und spuckte die muntere Schar ReferentInnen aus. Wie gut die schon drauf waren am frühen Morgen, dachte er, die hatten sicherlich die halbe Nacht durchgezecht.

Dr. Reto Hunziker sah wieder aus wie aus dem Ei gepellt. Graues Jackett zur Jeans, darunter ein leuchtend gelbes Hemd, was sehr gut zu seinem dunklen Teint passte. Die Haare lagen wie eine Eins. Sogar Urs Leuenberger, Retos furztrockener Vertreter, hatte ein Lachen im Gesicht. Fadri und Mareile sprangen als Letzte aus dem Bus. Mareile trug das zünftige Dirndl von gestern, das mehr einer Tracht ähnelte in dem gedeckten Grau. Nicht anders wie bei den Ordensschwestern, dachte Paul, die trugen auch täglich den gleichen Sack.

Reto lächelte ihn wissend an, und Paul war überzeugt, dass er und Mareile was miteinander hatten, das über die berufliche Ebene hinaus reichte.

Im Seminarraum saßen bereits einige interessierte Gäste sowie ganz vorne Sr. Thea, die wohl mit ihrem eigenen Pkw angereist war. Soweit Paul unterrichtet war, übernachtete auch sie im Hotel in Paderborn, hätte also ebenfalls den Bus nehmen können. Eigenwillige Person, dachte er.

Als nach langem Stühlerücken endlich alle saßen, begrüßte er sie. Seine Worte kamen ihm fad und lustlos heruntergeleiert vor. Er fragte sich, wieso er so missgelaunt war, wo doch bisher alles so gut geklappt hatte.

Während Sr. Thea emotionsgeladen mit ihrem Vortrag loslegte, lehnte Paul sich in seinem Stuhl zurück und ließ die Gedanken abschweifen zu seinem persönlichen Highlight der Tagung, der morgigen Vorführung in der klostereigenen Schmiede. Bis ins kleinste Detail hatte er alles geplant. Sogar ein Imbiss würde gereicht werden, dazu selbstverständlich das himmlische Klostergebräu. Alle würden staunen, was er sich ausgedacht hatte, war er überzeugt. Die Vorführungen in der historischen Schmiede waren Kult, Paul hatte sie schon oft besucht. Allein wie die historische Schmiede untergebracht war – das kleine Häuschen abseits der Klostermauern an dem ruhigen Gewässer, das vom Piepenbach gespeist wurde, war eine Welt für sich.

Überhaupt war das Kloster eine Augenweide. Das ehemalige Augustiner-Chorherrenstift im Kreis Paderborn mitten in Westfalen war im 15. Jahrhundert gegründet und im Barock prachtvoll erweitert worden. Die fast vollständig ausgebaute Klosteranlage wurde nach der Säkularisation als Gutshof genutzt. Seit 2007 beherbergte das Kloster Deutschlands einziges Landesmuseum für klösterliche Kulturgeschichte, die Stiftung Kloster Dahlheim. Dauer- und Sonderausstellungen zur klösterlichen Kulturgeschichte wurden in den neu gestalteten Ausstellungsräumen präsentiert. Mühle, Schmiede und Stellmacherei gehörten ebenso zum Gelände wie der barocke Wirtschaftshof sowie die wunderbaren Klostergärten und die eigene Brauerei innerhalb des Klosterwirtshauses. Der Dahlheimer Klosterladen bot Käse, Wein oder Kosmetik sowie Bücher, Geschenkartikel und Kunsthandwerk an. Erzeugnisse aus klösterlicher Produktion garantierten achtsame Herstellung, Spitzenqualität und Reinheit. Die Dahlheimer Klosterschule präsentierte das vielfältige Wissen der Nonnen und Mönche. Führungen, Kurse und Ferienprogramme waren nur ein Teil des Angebotes für alle Altersstufen.

Ein perfekter Ort für die Tagung – noch dazu so nahe bei Paderborn, Pauls Arbeitsstätte.

Nachdem Sr. Thea nach gefühlten fünf Stunden endlich zum Schluss kam und alle aufatmeten, war Dr. Peter Graunert, der emsige Dekanatsassistent, an der Reihe.

Paul wusste, wie ausführlich Sr. Thea referierte. Sie biss sich oft an den Themen fest wie eine ausgehungerte Ratte an einem menschlichen Bein, was seinem Vater einmal passiert war. Noch heute hatte er Narben davon. Deshalb war Paul froh, dass ihr Vortrag nun hinter ihnen lag.

Sr. Thea stöhnte, als sie sich mit ihrem Mineralwasserfläschchen auf ihrem Platz neben Paul niederließ und ihn mitleidheischend anschaute. »Die Knochen, die wollen nicht mehr«, jammerte sie, rieb sich ihre Unterschenkel und verzog dabei schmerzverzerrt ihr Gesicht.

»Na ja, so alt sind Sie doch noch nicht.« Er musste an die Geschichten denken, die man ihm zugetragen hatte, von wegen, was sich unter ihrem Ordenskleid befand und was abgehen würde, wenn sie es abends an den Nagel hängte. Gerüchte? Er konnte es nicht sagen.

»Das hat mit dem Alter nichts zu tun. Ich hatte schon immer Probleme mit den Knochen, Bandscheibenvorfälle und Morbus Bechterew. Besonders das lange Stehen fällt

mir schwer. Wenn ich sehe und höre, was andere noch voll-
bringen in meinem Alter ...« Sie sandte einen giftigen Blick
in Richtung Reto Hunziker, der mit der schönen Mareile
plauderte, die hin und wieder laut auflachte.

»Ja, manche wissen sich nicht zu benehmen«, meinte Paul
mit spöttischem Nicken in die gleiche Richtung. »Ich hoffe,
Sie hatten wenigstens in der Nacht Ruhe?«

»Wie man's nimmt«, sagte Sr. Thea.

Dachte ich es mir doch. Paul war mehr als überzeugt,
dass in der Nacht im Hotel die Post abgegangen sein musste.

Nach Graunerts Vortrag konnte jeder die Dauer- und Sonderausstellungen des Klosters besuchen oder einfach durch
die Gebäude und über das Gelände spazieren. Anschließend
war eine offene Diskussion geplant.

Die Besucher schritten durch den mittelalterlichen Kreuz-
gang, der mit beweglichen Spiegelflächen und einer ausge-
fallenen Deckenmalerei versehen war. Die Pflanzenmotive
ließen sie wie in einem Paradies lustwandeln. Der Kapitel-
saal war die Schaltzentrale des Klosters gewesen. Hier waren
wichtige Entscheidungen getroffen worden. Im ehemaligen
Refektorium, dem Speisesaal, hatte es strenge Regeln gegeben. Fast modern kam dieser schlicht ausgestattete Saal daher
und ließ die Gäste staunen.

Der wahre Schatz befand sich allerdings im Bereich des
Cellerars, des klösterlichen Kellermeisters. Hier waren Vor-
räte gelagert gewesen, die das Kloster autark gemacht hatten.

Nach der Klosterbegehung trafen sich alle zur abschließenden Diskussionsrunde.

Wieder tauschten Reto und Mareile vielsagende Blicke
aus, während Paul sich fragte, ob seine Beate ihn eigentlich

noch glücklich machte. Da brauchte er jedoch nicht lange zu überlegen. Nein, tat sie nicht, diese biedere Hausfrau, zu der sie sich in 20 Ehejahren entwickelt hatte.

Die Diskussion nahm keine Fahrt auf, plätscherte dahin, bis Paul dem ein Ende setzte und den Tag für beendet erklärte.

Speis und Trank gab es heute nicht mehr, deshalb stiegen sie gegen 18 Uhr in den Bus zurück nach Paderborn. Einen Abend konnten die Leute auch selbstständig verbringen. Als er sicher war, dass auch Graunert sich vom Acker gemacht hatte, betrat er das Klostergasthaus. Weder seinen Assistenten noch seine Frau konnte er nach dem anstrengenden Tag noch ertragen.

Dritter und vorletzter Tag. Paul hörte kaum zu, was der erste Referent Dr. Peter Graunert vom Stapel ließ. Verschwitzt und genervt versuchte er die Zuhörer mitzureißen. Suchte öfters Pauls Blick, dessen Gedanken jedoch bei der Schmiedevorführung am Nachmittag waren. Mit der Schmiedin hatte er heute Morgen noch einmal alles durchgesprochen. Er war noch eine Weile bei ihr gestanden und hatte in das Feuer gestarrt. Währenddessen hatten sich die rhythmischen Hammerschläge in sein Gehirn eingemeißelt und ihn daran erinnert, dass noch etwas anderes ins Haus stand: sein 20. Hochzeitstag, den Beate groß feiern wollte. Wozu? Um unnötig Geld aus dem Fenster zu werfen?

Die nächste Referentin war erneut Sr. Thea. Das öde Thema »Heute noch ins Kloster gehen?« interessierte ihn reichlich wenig. Immer wieder schaute die Ordensschwester ihn an und lächelte ihm verschmitzt zu. Er hingegen betrachtete einen Fleck auf ihrer Nonnentracht unterhalb der Gürtellinie. Ungefähr fünf Zentimeter im Durchmesser stach er in tiefem Braun aus der grauen Kutte heraus. Was war das? Bratensoße, Nutella oder gar etwas Schlimmeres? Ihm wurde schlecht bei der Vorstellung. Könnte aber auch ein Brandfleck sein, dachte er. Hatte sie sich nicht im Spiegel angesehen, bevor sie ihr Hotelzimmer verlassen hatte?

Irgendwann war es geschafft. Um 14 Uhr waren die Fachvorträge beendet. Erleichtert stürmten die Leute auseinander. In einer Stunde wollte man sich vor der Schmiede treffen.

Paul suchte den Klostergarten auf, setzte sich auf eine Bank und atmete tief durch. Morgen! Morgen war die Tagung zu Ende und die Gäste würden wieder verschwinden. Die innere Ruhe, die sich langsam breitmachte, hielt nicht lange an.

Sr. Thea ließ sich neben ihn auf die Bank plumpsen und begann gleich damit, ihn vollzuquatschen. Ohne Erbarmen drang sie nach Kurzem in sein Privatleben vor, fragte ihn, ob er verheiratet sei, woraufhin sie von ihrer zweijährigen Ehe berichtete, bevor sie sich dazu entschieden hatte, lieber Gott zu dienen als diesem Volltrottel von Ehemann.

Besagter brauner Fleck leuchtete in der Sonne, lachte Paul regelrecht an, und ihm lag schon die Frage auf der Zunge, was diesen Fleck denn verursacht habe.

Doch er kam nicht zu Wort. Thea bemerkte nicht einmal, dass er ihre gestellten Fragen gar nicht beantwortete. Wahrscheinlich suchte sie nur jemanden, dem sie ihren Seelenmüll vor die Füße kippen konnte.

Nach einer Weile verschwand sie so plötzlich, wie sie erschienen war, als hätte sie noch eine Mission zu erfüllen.

Nanu, dachte Paul, wo wollte sie so eilig hin? Er stand ebenfalls auf und gönnte sich einen Kaffee im Klosterwirtshaus, bevor er sich zur Schmiede begab. Auf dem Weg dorthin schlossen sich ihm einige der Teilnehmenden an. Reto war nicht dabei, worüber Paul sich jedoch keine Gedanken machte. Wird schon noch kommen, sagte er sich.

Das kleine Häuschen, das die Schmiede beherbergte, lag idyllisch in der Sonne. Die breite Tür stand offen, und so trat Paul resolut als Erster ein. Die Flamme schlug kräftig oben aus dem alten Schmiedeofen bis zum Kamin. Die Schmiedin war anscheinend noch nicht da.

Paul ging weiter in den Raum, der Flamme entgegen, und traute seinen Augen nicht. Quer über dem riesigen Amboss lag eine Person. Das Jackett und die Hose kamen ihm bekannt vor. Er trat näher, erkannte Dr. Reto Hunziker. Zu seinen Füßen lag die glühende Schmiedezange, mit der dem Schweizer der schöne Schädel eingeschlagen worden war. Jetzt sah der gute Mann gar nicht mehr schön aus. Blut tropfte aus der Stirn und aus der rechten Augenhöhle. Überall Blut. Seinen Puls zu fühlen, hatte wohl wenig Zweck, dachte Paul. So zerschlagen, wie der Kopf war, konnte nichts mehr zu retten sein.

Sein Blick streifte die Wand mit den aufgehängten Werkzeugen. Zangen in verschiedenen Größen, Hämmer, Beitel und ihm unbekannte Schmiedewerkzeuge. Nichts durcheinander. Peinliche Ordnung.

Mittlerweile hatten auch die anderen die Schmiede betreten, schrien auf, als sie Reto Hunziker sahen, wandten sich angeekelt ab und redeten durcheinander.

Paul ging vor die Tür, um per Handy die Polizei zu verständigen. Sr. Thea kam ihm aufgeregt entgegengelaufen und fragte übertrieben scheinheilig, was denn los sei. Sie wirkte hochgradig verdächtig auf ihn. Und wo war Graunert, dieser Trottel? Alles in Pauls Kopf war völlig wirr. Er wusste nicht, was er als Nächstes tun sollte. Und was war mit der Schmiedin geschehen? Hatte der Mörder sie etwa auch um die Ecke gebracht?

Seine Pläne für die restliche Tagung, die Exkursion morgen Mittag ins ehemalige Benediktinerkloster und UNESCO-Weltkulturerbe Corvey, konnte Paul vergessen. Kaum jemand würde nach dem Vorfall noch Lust dazu haben. Von Corvey aus wären die Gäste zurück nach Paderborn gebracht worden, um in den Zug zu steigen und ihrer Heimat entgegenzureisen. Er hätte in Corvey kräftig gewinkt, bis der Bus aus seinem Sichtfeld verschwunden wäre. Und was sollte aus dem heutigen Abendessen in Paderborn werden? Er hatte einen Tisch im Deutschen Haus bestellt. Konnte er nun bestimmt vergessen.

In seine Gedanken hinein erklangen die Martinshörner zweier Polizeiautos und eines Krankenwagens. Nicht viel später, und ein Kommissarenduo begann damit, die umstehenden Menschen, ihn eingeschlossen, zu befragen. Die SpuSi und der Gerichtsmediziner waren ebenfalls von der schnellen Truppe, sicherten den Tatort und beäugten den Toten.

Mareile Schär heulte sich die Augen aus, bejammerte Dr. Reto Hunziker. Jetzt kann sie sich einen neuen Liebhaber suchen, dachte Paul gehässig.

Der Kommissar Daniel Echsel – wilder Lockenkopf, Columbo-Mantel – starrte Paul feindselig an. Vermutlich passte es ihm nicht, dass ausgerechnet am Freitagnachmittag, wo das Wochenende beinahe angefangen hatte, eine Leiche gefunden worden war.

»Wer ermordet denn einen Schmied, der den Leuten etwas zeigen, ihnen einen schönen Nachmittag bereiten will? Das ist doch nicht normal«, sagte Echsel vorwurfsvoll.

»Der Tote ist nicht der Schmied. Außerdem gibt es hier keinen Schmied, sondern eine Schmiedin. Das hier ist Dr. Reto Hunziker von der Universität St. Gallen. Ich habe

Ihnen bereits erklärt, dass ich die Fachtage organisiert habe, zu denen, als kleines Schmankerl sozusagen, eine Schmiedevorführung gehören sollte, und zwar genau jetzt. Ihnen die exakten Zusammenhänge zu erläutern, würde zu lange dauern.«

Der mies gelaunte Kommissar schaute kurz zu seiner Kommissarenkollegin mit Namen Sabine Ulfkötter, die gerade Urs Leuenberger, Retos Vertreter, verhörte, der weinend auf einem Hocker vor der Schmiede saß. Echsel schien zu bemerken, dass er hier so schnell nicht wieder wegkam, und machte nun einen auf hartnäckig. »Guter Mann, ob lang oder kurz, das haben nicht Sie zu entscheiden. Ich muss schon die genauen Umstände kennen, schließlich soll ich den Mörder finden. Und Sie werden mir dabei helfen. Ist das klar?«

»Soweit es in meiner Macht steht. Ich bin nicht der liebe Gott. Auch wenn ich gerade in einem Kloster tage«, erwiderte Paul kleinlaut. Was bildete dieser dämliche Kerl sich ein, dachte er und ließ seinen Blick zu den Schmiedezangen an der Wand schweifen. Die Größte wäre geeignet, auch ihm die Birne einzuschlagen.

Zwei Uniformierte kamen mit der Schmiedin zwischen sich zur Tür herein. Die Frau hatte eine Beule am Kopf und sah aus wie nach einer Schlägerei. Ihr grauer Kittel war in Fetzen gerissen und schmutzig. Die Haare standen ihr zu Berge.

»Wir haben sie im Toilettengebäude gefunden, ihr Mund war mit einem Tape zugeklebt. Als wir sie davon befreit haben, sagte sie, sie sei überfallen und gefesselt worden. Man habe sie von ihrem Schmiedeofen weggelockt.«

Der Wutpegel des Kommissars stieg ins Unermessliche. »Und alleine sprechen kann sie nicht?«, fauchte der Kommissar den Polizisten an.

Die Schmiedin war völlig fertig, löste sich von den beiden Polizeibeamten und folgte dem Kommissar, von dem sie sich verstanden fühlte, vor die Tür zu einer Bank. Ein Arzt kümmerte sich um sie, während sie behutsam befragt wurde. Nein, sie habe niemanden in die Schmiede kommen sehen, sei damit beschäftigt gewesen, das Feuer ordentlich anzuheizen, weil in wenigen Minuten die Vorführung für die Tagungsgäste losgehen sollte. Plötzlich habe ihr Handy geklingelt, eine Frauenstimme habe sie aufgefordert, sofort zur gegenüberliegenden Toilette zu kommen, dort sei etwas Schlimmes passiert. Einen solchen Hilferuf ignoriere man nicht, deshalb habe sie alles stehen und liegen lassen und sei zum WC gerannt. Als sie die Tür aufgemacht habe, sei jemand von hinten gekommen, habe sie in den kleinen Raum gestoßen und ihr einen Lappen unter die Nase gehalten. Das Nächste, an das sie sich erinnere, sei, wie sie in der Ecke des Toilettenraumes wach wurde, mit zusammengebundenen Händen und zugeklebtem Mund. Sie war sich sicher, dass zwei Personen im Spiel gewesen seien, eine davon vielleicht eine Frau. Es habe fürchterlich nach Lavendel gerochen.

Der Arzt versorgte die Wunden der Schmiedin an den Händen und am Kopf, danach konnte sie gehen, sollte sich aber zur Verfügung halten. Der Kommissar gab ihr sein Kärtchen.

Kommissar Echsel konnte sich kein rechtes Bild von der Situation machen. Auf jeden Fall musste der Mörder, nachdem er die Schmiedin in die Toilette gesperrt hatte, eiligst zur Schmiede gerannt und dort auf das Opfer getroffen sein, mutmaßte er. Hatte der Mörder Hunziker dort hinbestellt oder war es Zufall gewesen? Hatte der Tote Feinde gehabt? Wenn ja, welche?

Mit dem Tagungsleiter, diesem Paul Bökenhans, dem sturen Vogel, kam er überhaupt nicht zurecht. Dennoch nahm er sich ihn erneut vor. Doch im Grunde genommen wusste der Kerl gar nichts, sondern spekulierte nur.

Nach 15 Minuten warf Echsel das Handtuch, reichte auch ihm seine Visitenkarte und nahm sich die Nonne vor, die er auf einer Bank im Kräutergarten erblickte. Ihm war zugetragen worden, dass sie vor der geplanten Schmiedevorführung einige Minuten nicht auffindbar gewesen sei.

Ohne einen Gruß oder sich vorzustellen, setzte er sich neben sie auf die Steinbank. Sonnenstrahlen trafen ihr Gesicht. Ihr freundliches Lächeln und der verträumte Blick auf die Kräuter zu ihren Füßen verwunderten ihn. Auch er bemerkte den großen braunen Fleck auf der Vorderseite der Nonnentracht unterhalb der Gürtellinie. Den Fleck zierten einige Brandlöcher, was dafür sprach, dass sie sich in der Schmiede aufgehalten hatte. Eigenartige Ordensschwester, dachte er.

»Sie sind eine Referentin der Fachtagung, erzählte man mir«, begann Echsel das Gespräch. »Wo waren Sie, als der Mord verübt wurde?«

»Der Thymian und der Salbei gedeihen prächtig, nicht wahr? Eine schöne Tasse Salbeitee wirkt Wunder. Und die Calendula, dieses Gelb und Orange ... Sehen Sie nur! Herrlich! Ringelblumensalbe hilft bei vielen Beschwerden. Ich reibe mir oft die Beine damit ein. Die kribbeln dann nicht mehr so. Engelwurz und Malve sind auch nicht zu verachten. Kräftige Pflanzen haben sie hier.«

War die blöd oder tat sie nur so, fragte sich der Kommissar. »Haben Sie Probleme mit den Ohren? Ich habe Sie gefragt, wo Sie waren, als der Mord verübt wurde.«

»Was weiß ich! Bin ein wenig ums Kloster gelaufen. Es war ja noch Zeit bis zur Vorführung. Schauen Sie sich mal die Engelwurz an. Dieses zarte Grün. Hilft bei Verdauungsbeschwerden. Gibt man auch den Pferden. Dahinter steht die Große Engelwurz. Da, die Pflanze mit den dunkelroten Blüten.« Eifrig ruderte sie mit ihren langen Griffeln in der Luft herum.

»Hören Sie, gute Frau. Das interessiert mich nicht. Es ist ein Mensch ermordet worden, und ich suche den Mörder. Ich möchte keine Unterweisung in Naturheilkunde. Also lassen Sie das! Wenn ich Schmerzen habe, egal wo, gehe ich zum Arzt, der verschreibt mir dann was Anständiges.«

Mit bösen blauen Augen starrte sie ihn an, als versuchte sie, ihn zu hypnotisieren, was den Kommissar rasend machte.

Sein Urteil war längst gefällt: Die Alte hatte nicht alle Latten am Zaun. Oder handelte es sich um ein Ablenkungsmanöver? Er musste sie unbedingt aufs Präsidium bestellen, um das herauszufinden.

Ein Windhauch wehte ihm entgegen. Mit ihm streifte ihn der Geruch nach Lavendel. Mit der stimmte was nicht, war Echsel sich sicher. War sie die Mörderin? Hatte sie ein Motiv?

Da gefiel ihm Mareile Schär, trotz des dunklen Dirndls, deutlich besser. Unumwunden gab die hübsche Frau mit den verweinten Augen zu, mit dem schönen Reto ein Verhältnis gehabt zu haben. Sie leite eine kleine Klosterbibliothek in der Schweiz und sei ihm zum ersten Mal vor zwei Jahren begegnet. Er habe sie beim Aufbau der Bibliothek aus kulturwissenschaftlicher Sicht beraten, denn die große Stiftsbibliothek in St. Gallen sei sein zweites Wohnzimmer. Seither führten sie ein intimes Verhältnis. Heulend erzählte sie aus seinem Leben als treusorgender Familienvater, der er auch gewesen sei. Feinde? Ihre braunen Augen leuchteten auf. Die Wimpern schlugen bis an die Augenbrauen. Bestimmt habe ein so erfolgreicher und schöner Mann auch Feinde. Wen genau, wisse sie nicht. Nein, nicht seine Frau, die habe keine Ahnung von ihnen beiden. Er solle sich lieber mal Prof. Dr. Fadri Käli von der Universität Zürich zur Brust nehmen. Und Sr. Thea, die in einer Nacht im Hotel an Retos Tür gelauscht und obszöne Worte herausgelassen habe. Reto habe die Tür geöffnet und Thea zur Rede gestellt. Die habe ihn daraufhin als Schwein beschimpft, als Ehebrecher und vieles mehr.

Der Kommissar war angetan von der Frau und hätte ihr noch stundenlang zuhören können. Ihr Schweizer Dialekt verzauberte ihn regelrecht, und er konnte Dr. Reto Hunziker durchaus verstehen. Er kam gar nicht hinterher, alles zu notieren, bei den vielen Verdächtigen, die sie aus dem Ärmel schüttelte. Der kleine, honigsüße Mund stand einfach nicht still.

Wie aus dem Nichts tauchte plötzlich Dr. Peter Graunert auf und begab sich an den Ort des Geschehens. Der schöne Reto wurde gerade aus der Schmiede getragen. Mit versteinertem Gesicht starrte er dem Sarg hinterher. Salü, du schöner Schweizer, dachte er, selbst schuld. Wieso war er auch so arrogant gewesen? Wie er ihn behandelt hatte! Am ersten Abend hatte Peter den Herrn Doktor zu später Stunde im Klosterwirtshaus angesprochen und ihn gefragt, ob er in St. Gallen, an seinem Institut oder in der berühmten Stiftsbibliothek, vielleicht Verwendung für ihn hätte. Reto hatte schon leicht gläserne Augen vom guten Klosterbräu gehabt, als Peter ihm seine Qualifikationen aufzählte, angefangen bei der Grundschule, gefolgt vom Gymnasium bis hin zum Studium, seiner Dissertation und seiner jetzigen Position als Dekanatsassistent. Nichts ließ er aus und machte Paul Bökenhans ordentlich schlecht, ließ kein gutes Haar an ihm.

Irgendwann rollte Reto nur noch mit den Augen, grinste ihn an und sagte: »Das schläckt kei Gais wäg! Jetzt isch gnueg Heu dune!«

Was diese schwitzerdütschen Sprichwörter bedeuteten, wusste er zwar nicht, er konnte sich aber denken, dass Reto genug von seinen Ausführungen hatte.

Reto bekam einen Lachanfall und schüttete Peter dabei Bier auf seinen guten alten Anzug. Das Fass zum Überlaufen brachte allerdings seine folgende Aussage: »Ich kann nur gute Leute gebrauchen, nicht so einen Löli wie dich. Und nun mach dich vom Acker!«

Peter hatte die Gesichtsfarbe gewechselt, war vor Wut übergeschäumt und hatte schweigend das Klostergasthaus verlassen. Das wirst du mir büßen, hatte er sich geschworen.

Als der tote Reto abtransportiert war, ging Peter Graunert, ohne zu zögern, auf den Mann zu, den er für den Kommissar hielt, und teilte diesem mit, wer er war und dass er sich bis jetzt im Klostergasthaus aufgehalten habe, noch bevor er gefragt wurde. In die Bresche springen konnte nicht schaden, war er überzeugt.

Der lockenköpfige Hauptkommissar Echsel sah an dem biederen beigen Anzug seines Gegenübers hinunter und registrierte die vielen Flecken. »Was wollten Sie im Klostergasthaus?«

»Ja, was will man dort? Ich hatte großen Durst und brauchte außerdem etwas Ruhe nach dem anstrengenden Vormittag.« Mit seiner forschen Art, die er an den Tag legte, konnte er den Kommissar anscheinend nicht beeindrucken. Dessen Augen sprachen Bände.

»Wie mir zu Ohren kam, sollte es nach der Schmiedevorführung einen Imbiss geben. So lange konnten Sie nicht warten? Kommen wir gleich zur Sache. Hatten Sie Ärger mit
Reto Hunziker? Kam er Ihnen krumm?« Echsel fuhr sich
durch seinen Lockenkopf und richtete seinen Trenchcoat.

»Was heißt Ärger? Wir hatten eine kleine Auseinander-
setzung, und er hat mich beleidigt. Schwer beleidigt. Zugu-
tehalten muss ich ihm, dass er betrunken war.«

»Um was ging es?« Echsel merkte auf.

»Ich habe mich um eine Stelle beworben.«

»In der Schweiz? Sie wollten zu den Eidgenossen über-
siedeln?«

»Ja, ich wollte in die Schweiz. In Deutschland komme
ich nicht weiter.«

»Aber er wollte Sie nicht?« Echsel schmunzelte wissend.

»Nein, er hat sich über mich lustig gemacht.« Graunert
erschrak, so viel hatte er nicht preisgeben wollen. Er ahnte,
was Echsel nun dachte: Das ist ein Motiv! Ein richtig gutes
Motiv. Verletzte Eitelkeit. Bestimmt sah ihn der Kommissar schon im Gefängnis sitzen.

Paul Bökenhans war mit den Nerven am Ende. Was würde
die Presse über die Fachtagung berichten, die für einen Teil-
nehmer tödlich geendet hatte? Das warf kein gutes Licht auf
seine Fakultät. Er schaute zum Kommissar und zu Graunert hinüber, der vorhin auf der Bildfläche erschienen war.
Wo hatte er gesteckt? Wie er aussah! Sein Gesicht hatte die
gleiche Farbe wie sein erbärmlicher Anzug. Retos Stellvertreter Leuenberger hatte ihm berichtet, dass es im Gasthaus
neulich einen kleinen Disput zwischen seinem Chef und
Graunert gegeben habe. Hatte sein Assistent ihm etwa das
Leben ausgehaucht?

Hoffnung keimte in ihm auf. Wenn Graunert in den Mord involviert war, würde er ihn schneller loswerden, als er gedacht hatte. Dieser Mann war ihm lästig wie eine Schmeißfliege, und der Gedanke, dass er sich bald nicht mehr um ihn und sein Team in der Fakultät reihte, ließ ihn aufatmen.

Bestimmt hatte Graunert, der sehr hartnäckig sein konnte, Reto um eine Stelle angebettelt, was der stolze Schweizer abgelehnt hatte.

Pauls Handy klingelte. Wer könnte es anderer sein als seine Angetraute. Er drückte das Gespräch weg, hatte keine Lust, sie jetzt von dem Vorfall zu unterrichten. Das würde sie früh genug erfahren.

Seine Augen bissen sich an den beiden Männern fest, die sich nun auf eine Bank nahe dem Klostergarten setzten und sich unterhielten. Schade, dass er aus der Entfernung nicht hören konnte, worum es ging. Zu Dr. Graunert musste er dem Kommissar unbedingt noch einiges erzählen. Von dessen Neid und Missgunst, die er immer wieder an den Tag legte, und dass er sich gut vorstellen konnte, dass Graunert dem Leben des schönen Reto ein Ende gesetzt hatte.

Er wird die Schmiedin weggelockt, Reto in die Schmiede bestellt und ihm das Teil über den Kopf gezogen haben. Sr. Thea hat ihm sicherlich geholfen. Die beiden können anscheinend sehr gut, zwei so graue Mäuse. Oder etwa nicht?

Immer wieder schaute Paul auf die Uhr. Wann würde er heute hier wegkommen? Na ja, dafür spielte sich morgen nichts mehr ab.

»Ich hatte ihm eine Freundschaftsanfrage bei Facebook gestellt, die er abgelehnt hat. Ohne Begründung! Als Antwort schickte er mir einen kotzenden Smiley.« Graunerts Augen sprühten Funken vor Wut. Jetzt war ihm alles egal, er konnte nicht mehr zurück.

»Und das ist ein Grund, ihm die Schmiedezange über den Kopf zu ziehen?«

»Nicht nur!«

Echsel horchte auf. Das war ein Geständnis, wenn auch nur ein halbes. Los, reize ihn. Lass ihn hier und jetzt gestehen. »Was denn noch? Haben Sie ihn in die Schmiede bestellt, oder hatten Sie einen Handlanger? Obwohl, das erfordert überlegtes Vorgehen, und sehr klug erscheinen Sie mir nicht!« Schütte Wasser auf die Mühle, sagte Echsel sich und sah ihn spöttisch an.

»Hüten Sie Ihre Zunge! Sind das die neuesten Verhörmethoden? Die Verdächtigen erst einmal beleidigen?«

»Wer war denn Ihr Komplize? Wenn Sie Herrn Hunziker in die Schmiede bestellt hätten, bevor die Vorführung losging, hätte er Sie bestimmt abgewimmelt. Also, wer war es? Die Schmiedin musste ja auch noch weg. Stimmt's?«

»Die haben wir ins Klo gesperrt.«

»Wer ist ›wir‹?«

»Sr. Thea und ich. Sie wollte Reto bestrafen, weil er gegen das sechste Gebot verstoßen hat. Er hatte als verheirateter Mann Sex mit einer anderen.«

»Er erschien dann tatsächlich in der Schmiede?«

»Nachdem Thea ihm gedroht hat, sich über ihn an oberster Stelle zu beschweren, ist er aufgetaucht. Hatte eine große Klappe, wollte sie sogar erwürgen.«

»Und da kamen Sie dazu?«

»Ich war schon da. Stand in der Ecke des Raumes, starrte auf das glühende Eisen, das in der Schmiedezange klemmte. Konnte meinen Blick nicht davon lösen. Als er dann Thea bedrängte, zog ich ihm die Zange über den Kopf. Einmal, zweimal, dreimal. Salü, du oller Schweizer!«

»Sind Sie stolz darauf? Alles nur, weil er Ihnen keine Stelle verschaffen wollte?« Echsel rief die Polizeibeamten herbei und ließ Graunert abführen. Sr. Thea würde er gleich im Kräutergarten abholen lassen, falls sie dort noch saß.

Ging schnell, dachte der Kommissar. Ein Blick auf die Uhr sagte ihm, dass das Wochenende gerettet war.

3. SINGE, FLIEGE, STIRB

Der marode Bus hielt mit quietschenden Reifen vor der Kirche und öffnete die Türen. Es regnete junge Hunde. 30 Frauen mit hängenden Mundwinkeln und zusammengekniffenen Augen verließen den Unterstand vor dem Kircheneingang und sprangen über Pfützen zum Bus, um schnellstens hineinzugelangen. Der übergewichtige Fahrer biss genüsslich in ein Leberwurstbrot und grinste gehässig.

Brigitte Angermüller richtete, kaum im Bus, mit den Händen ihr schütteres braunes Haar und wollte sich gerade auf den Sitz neben dem Fahrer hocken, als Henriette Kyeck aufbegehrte.

»Nichts da, das ist mein Platz! Du bist nur die Kassiererin. Ich bin die erste Vorsitzende, falls du es vergessen haben solltest. Also, verschwinde und gehe nach hinten, wo du hingehörst!«

Sigrid Kähler, die bescheidene zweite Vorsitzende der Frauengruppe »Fleißige Lieschen« mit der verwaschenen blonden Frisur, sah Brigitte traurig an, zuckte aber nur mit den Schultern. Sie hatte nicht die Kraft, gegen Henriette aufzubegehren, und nahm alles, was von der garstigen Vorsitzenden kam, mit einer stoischen Gelassenheit hin. Die meisten anderen Frauen bekamen den kleinen Disput gar nicht mit, und wenn, belächelten sie die erste Vorsitzende Henriette.

Bis endlich alle saßen, verging einige Zeit. Die Frauen waren gespannt auf die Festungsanlage Sparrenburg, die sie besichtigen wollten, und hofften, dass das Wetter aufklärte, wenn sie Bielefeld erreichten. Geplant war unter anderem eine Besichtigung der unterirdischen Kasematten, danach ein Restaurantbesuch mit Mittagessen – im Fahrpreis von 19,90 Euro enthalten – und anschließendem Aufstieg zur Plattform des Aussichtturms mit sagenhafter Weitsicht, falls das Wetter mitspielte. Über 40 Höhenmeter und 120 Stufen waren zu überwinden, was für die älteren Frauengruppenmitglieder nicht ohne war.

Brigitte Angermüller hatte sich mittlerweile in die dritte Reihe platziert. Wütend starrte sie aus dem Fenster, als der Bus die Cranger Straße in Gelsenkirchen Richtung Autobahnauffahrt hinunterfuhr. Scheißausflug, dachte sie. Allein die Vorbesprechungen waren die Hölle gewesen. Diese Hexe hatte sich ständig in den Vordergrund gespielt, hatte alles bestimmt – wohin es gehen würde, was vor Ort unternommen werden sollte, wer absolut nicht daran teilnehmen durfte und auf wen besonders geachtet werden musste. Was war daran noch christlich, hatte Brigitte sich gefragt. Eine kirchliche Gruppe durfte niemanden ausschließen. Dann diese Endlosdiskussion über den Fahrpreis. Brigitte war die Kassiererin, hatte alle Zahlen im Kopf. Immer wieder hatte sie versucht, Henriette klarzumachen, dass der Preis von knapp 20 Euro all inclusive zu günstig sei und sie viel Geld aus dem Kassenbestand dazulegen müssten. »Papperlapapp«, hatte Henriette gesagt, »das geht schon.«

An dem Tag war Brigitte endgültig klar geworden, dass die Ära Henriette ein Ende haben musste. Eine neue Vorsitzende musste her. Dabei dachte sie natürlich an sich. Viele Nächte hatte sie sich den Kopf zerbrochen, wie man Henriette ausschalten könnte. Ein paar gute Ideen waren dabei herausgekommen. Würde sich heute die Gelegenheit ergeben? Brigitte war nicht untätig gewesen und hatte einiges vorbereitet.

Aus dem krächzenden Lautsprecher erklangen 60er-Jahre-Schlager, und fast alle Frauen sangen mit. »Weiße Rosen aus Athen« von Nana Mouskouri, »Tanze mit mir in den Morgen« von Gerhard Wendland und »Ich zähle täglich meine Sorgen« von Peter Alexander, um nur einige Titel zu nennen.

Ja, das mache ich auch, dachte Brigitte und musste über den Hit vom schönen Peter schmunzeln. Auf was für ein Niveau begebe ich mich hier, fragte sie sich mehr als einmal. Unterste Schublade auch dieser Busfahrer mit seinen schmierigen Witzen. Musste Henriette das billigste Busunternehmen beauftragen?

Brigitte starrte auf die löchrige Strickjacke des Mannes. Die fettige Haarpracht könnte auch mal wieder einen Haarschnitt inklusive Wäsche vertragen. Ihr Blick ging zur Seite, zu Alma und Jutta, den beiden ältesten Mitgliedern. Ihre Augen leuchteten, sie sangen fröhlich mit und sahen Brigitte dankbar an.

Plötzlich ging Brigittes Stimmungsbarometer in die Höhe. Gönne den armen Menschen die Freude. Und noch mehr Freude hätten sie, wenn eine neue Vorsitzende die Gruppe leiten würde.

Vielleicht würde es auf der Sparrenburg ja ganz nett werden, tröstete sich Brigitte und schaute schräg nach vorne zu Sigrid, der zweiten Vorsitzenden. Dieses dämliche Schaf, dachte sie. Die würde Henriette noch danken, wenn sie von ihr verprügelt werden würde.

Der Schmierlapp von Busfahrer suchte über den Rückspiegel Brigittes Blick, lächelte ihr zu und formte mit seinen Specklippen einen Kussmund. Verschämt schaute Brigitte zu Boden. Oh nein, auf solch einen Verehrer konnte sie verzichten. Dann lieber alleine bleiben, sagte sich die dunkelhaarige 62-jährige Witwe. Für ihr Alter sah sie gut aus, war schlank, lustig, hatte interessante, rehbraune Augen und das gewisse Etwas, das auch der Busfahrer bemerkte.

Tatsächlich verzogen sich die Regenwolken, als der Bus nach knapp zwei Stunden auf dem Parkplatz unterhalb der Sparrenburg hielt. Sonnenstrahlen kämpften sich hinter den Wolken hervor.

Der Busfahrer, trotz seines maroden Aussehens äußerst freundlich, heftete sich an die Fersen von Brigitte und Sigrid und quatschte sie voll. Henriette schrie wie eine Furie über den Burghof, faltete die alten Damen zusammen und kommandierte sie wie eine Gefängnisaufseherin herum.

»Das ist aber ein olles Stück«, meinte der Busfahrer, der sich als 65-jähriger Olli mit viel zu wenig Rente outete und deshalb als Busfahrer etwas dazuverdienen musste. »Ist die immer so?«

Sigrid fühlte sich dazu berufen, den Mann über Henriette aufzuklären, was Brigitte wunderte, da sie sonst eher der verschlossene Typ war. Wahrscheinlich musste das alles einmal raus. Sie war ohne Vater aufgewachsen, und ihr Ehemann, der 20 Jahre älter gewesen war, war schon vor vielen Jahren verstorben. Die Frauengruppe gab ihr seither Halt.

»Und das lasst ihr euch gefallen?«, wandte Olli sich nun an Brigitte. »Wählt sie ab. Oder entsorgt sie, falls ihr sie nicht abwählen könnt.« Olli lachte und zeigte sein gelbes, jedoch gepflegtes Pferdegebiss. »Wenn ihr mich braucht, ich helfe euch!« Freundschaftlich klopfte er Brigitte auf die Schulter und zwinkerte ihr zu.

Die Worte des Busfahrers, auch wenn sie nur Spaß waren, gingen Brigitte nicht mehr aus ihrem Kopf. Vielleicht konnte sie ihn wirklich noch gebrauchen, den gutmütigen Olli.

Die gebuchte Kasemattenführung bildete den Auftakt der Sparrenburgbesichtigung, der Festungsanlage aus dem Jahre 1256. 45 Minuten lang führte ein schick gekleideter Herr die Damen durch die unterirdischen Kasematten. Er erzählte von Redewendungen wie »Lunte riechen« und »vom Pech verfolgt sein«, die aus dem Burgenalltag längst vergangener Tage stammten. Das 300 Meter lange Gangsystem ließ die alten Frauen vor Ehrfurcht oft verstummen. Außerdem hatten sie Angst, unverkennbar, schritten ganz langsam durch die Katakomben. Über 750 Jahre Burggeschichte wusste der Herr zu berichten, schwang an besonders dunklen Stellen seine Taschenlampe und wies auf äußerst skurrile Dinge hin wie zum Beispiel Fledermäuse. Nirgendwo in Deutschland gebe es so viele Fledermausarten wie hier. 14 Arten, vom großen Abendsegler bis zur kleinen Bartfledermaus, überwinterten hier unten. Deshalb fänden im Winter auch keine Führungen statt.

Brigitte wurde immer euphorischer. Sie war begeistert und voller Elan, konnte nicht genug bekommen von den dunklen Steinmauern, versteckten Verliesen und engen Lichtschächten. An einem besonders furchterregenden, tiefen Schacht beugte sie sich vor und schaute hinunter ins schwarze Nichts. Schon schaurig, unter welchen Bedingungen die Soldaten damals Burg und Stadt vor Feinden verteidigen mussten. Musste sie, obwohl nur Kassiererin, nicht auch die Frauengruppe vor Feinden verteidigen, fragte sich Brigitte. Wie der Zufall es wollte, gesellte sich Henriette in dem Moment direkt neben sie. Brigitte spürte, wie ihre linke Hand zu zittern begann, als stünde sie unter Strom. Ihr ganzer Körper vibrierte.

Beim zigsten Male »Oh, wie grausam« aus Henriettes Mund krallte sich Brigittes Hand am beigen Regenmantel der ersten Vorsitzenden fest. Stoß sie hinunter, sagte ihre innere böse Stimme. Und auch Olli flüsterte ihr ins Ohr: »Nun mach schon! Dann seid ihr sie los!«

Brigitte kam wieder zu sich, schüttelte sich und ging weiter. Ihr Herz klopfte, sie musste dringend ans Tageslicht. Raus hier, nur raus hier.

Als sie auf dem Burghof stand und die alten Damen langsam aus den Kasematten herausgekrochen kamen, freute sie sich auf die Einkehr ins Restaurant. Okay, diese Chance hatte sie vertan, doch die nächste würde kommen. Ganz sicher.

Sie blickte zum imposanten Aussichtsturm. Mit dem gezackten Rand erinnerte dieser Turm sie an den Märchenfilm »Drei Nüsse für Aschenbrödel«. Dort gab es einen ähnlichen Turm. Sie schaute sich um und besah sich die altertümliche Backsteinfront des Restaurants mit den großen Sprossenfenstern. Mal sehen, was für ein Gericht die blöde Henriette ausgesucht hatte.

Olli hakte sich bei Brigitte unter und schob sie zum Eingang. Da hatte sie ja einen tollen Beschützer aufgetan, dachte sie schmunzelnd, konnte aber nicht abstreiten, dass sie ihn irgendwie mochte.

Der zeitliche Ablauf sah vor, dass vor dem Aufstieg zur Aussichtsterrasse das Mittagessen eingenommen wurde. Die ausgelassenen Frauen, allen voran Henriette, stürmten das Lokal und suchten den für sie reservierten Raum auf. Brigitte mit Olli an der Seite hatte ein wachsames Auge auf das Geschehen.

Der nette Ober bot Henriette an, auf der Terrasse zu speisen, woraufhin die alten Frauen wild protestierten. Zu windig, die Ohren, das Rheuma, nein, bloß nicht!

Der reservierte Raum hatte etwas von einem Rittersaal, was er früher bestimmt gewesen war. Rustikal eingerichtet mit viel Holz, hübsche, rot karierte Tischdecken, niedliche kleine, mit Astern gefüllte Vasen. Um die Plätze an der langen Tafel wurde sich regelrecht geprügelt. Brigitte und Olli hatten es nicht eilig, ließen lächelnd den anderen den Vortritt.

Henriette setzte sich an die Stirnseite, ruderte wild mit dem rechten Arm und zeigte auf den Platz neben sich. »Hiieer Brigitte, hier ist dein Platz«, ließ sie barsch verlauten.

Du kannst mich mal, dachte Brigitte, grinste nur und setzte sich mit Olli ans andere Ende der Tafel. »Blöde Kuh«, flüsterte sie Olli zu und strahlte ihn an.

»Der Busfahrer gehört nicht an die Tafel, für den ist der kleine Tisch in der Ecke«, rief Henriette durch den Raum und schenkte Olli einen abfälligen Blick.

»Es ist doch genug Platz am Tisch«, versuchte Sigrid leisen Widerspruch.

Olli beachtete Henriette nicht und blieb zwischen Brigitte und Sigrid an der großen Tafel sitzen. Er war schließlich kein Mensch zweiter Klasse, nur der Busfahrer.

Henriette sagte nichts mehr dazu, allerdings schlug sie, nachdem einfach keine Ruhe einkehren wollte, mit der Gabel hysterisch an ihr Wasserglas und bat um Aufmerksamkeit. »Ich habe mir erlaubt, für alle das gleiche Gericht zu bestellen, auf Vegetarier oder Allergiker konnte ich keine Rücksicht nehmen. Schaut auf die Menükarte, die ihr vor euch habt, und achtet selbst darauf, was ihr essen könnt oder wollt.«

»Bete, dass du das hier und heute überlebst«, murmelte Brigitte vor sich hin und zog mit der Gabel ein Muster auf der Tischdecke.

Doch Olli hatte es gehört und lachte. »Das sollte sie. Wie gesagt, ich bin dir gerne behilflich. Die erste Gelegenheit hast du bereits verpasst. Du hättest sie in den Katakomben in den tiefen Schacht stoßen sollen. Sie hing weit über dem Geländer.«

Per Du waren sie also auch schon, Olli und Brigitte. Sie nahm die Menükarte in die Hand.

Zwei Stühle weiter jammerte die alte Bogdanski, dass sie laktoseintolerant sei und das Gericht nicht essen dürfe. Ein paar »Ihhs« und »Ähhs« kamen von einigen anderen Frauen.

Na ja, so schlecht hörte sich die Speisefolge nicht an. Um ehrlich zu sein, sogar ziemlich lecker, fand Brigitte. Sie öffnete ihre Handtasche und suchte nach dem Fläschchen, das sie heute Morgen darin versteckt hatte. Sie konnte es fühlen und atmete auf. Es war noch da.

Als Vorspeise gab es Tomatensuppe, das Hauptgericht punktete mit einem Schnitzel »Ravensberg«, einem Schweineschnitzel mit einer pikanten Paprikasoße, und Bratkartoffeln, dazu ein grüner Salat.

»Ich mag keinen Paprika«, wusste die Schneider aufzubegehren, wogegen Graumüller kein Schwein verspeisen wollte.

»Es wird gegessen, was auf den Tisch kommt. Ihr seid ein undankbares Volk!«, rief Henriette mit wutverzerrtem Gesicht. An den Kellner gewandt, der damit begann, die Suppen aufzutragen, ordnete sie an: »Der Fahrer kriegt nur ein einfaches Schnitzel und keine Suppe!«

Brigitte hatte die Nase voll. Am liebsten hätte sie das

Lokal auf der Stelle verlassen. Sie legte ihre Hand auf Ollis Unterarm. »Ärgere dich nicht! So ist sie nun mal.«

»Und jeder nur ein Getränk«, gab Henriette noch lautstark von sich und löffelte anschließend ihre Suppe.

Brigitte begab sich gedanklich auf eine Zeitreise ins vergangene Jahr. Sie musste an den letzten Ausflug denken, zur Dechenhöhle ins Sauerland. Grausam! Billigste Busfahrt, Mittagessen: Kohlrouladen mit Salzkartoffeln, wie bei einer Werbeverkaufsveranstaltung, und Kaffeetafel mit Päckchenkuchen. In der Tropfsteinhöhle hatten die Frauen die kostbaren Stalagmiten und Stalagtiten betatscht und waren teilweise so dreist gewesen, einige abzubrechen und in ihre muffigen Handtaschen zu stopfen. Auch da hatte Henriette schon durch die Gegend geschrien. Was hatte es genützt? Nichts! Die Frauen bräuchten eine bessere Leiterin, eine empathische Person, die es verstand, die Gruppe mit sanftem Druck und viel Liebe zu führen. Eine Leiterin, wie Brigitte eine sein würde.

Als könnte Olli ihre Gedanken lesen, sagte er etwas ganz Ähnliches zu ihr, was Brigitte um mindestens zwei Zentimeter auf ihrem Stuhl wachsen ließ.

Hubert kam ihr in den Sinn. Er war zu den Frauen gestoßen, als seine Lilli verstarb und er einsam war. Eine zarte Freundschaft war zwischen Brigitte und Hubert gewachsen. Brigitte hatte sich vorstellen können, dass irgendwann mehr daraus werden würde. Doch das hatte die Hexe Henriette zu verhindern gewusst, denn sie war selbst scharf auf den gutsituierten Rentner gewesen. Überall, wo Hubert und Brigitte sich getroffen hatten, war auch Henriette plötzlich aufgetaucht. Sogar am Grab von Huberts Lilli und im Café am Friedhof, ständig hatte sie Unruhe vom Allerfeinsten gestiftet. Hubert war dann von heute auf morgen verstorben, und Henriette hatte ihnen die Chance auf eine kurze, glückliche gemeinsame Zeit genommen. Das verzieh Brigitte ihr nicht.

»Du darfst dir das nicht alles gefallen lassen! Setze dich zur Wehr! Sich zurückzuziehen, ist vollkommen falsch. Die anderen Frauen mögen dich.« Mit großen Augen sah Olli zuerst Brigitte an und bestaunte anschließend die Suppe, die sie für ihn auf ihre Kosten geordert hatte.

»Kommt Zeit, kommt Rat, heißt es doch so schön. Warte mal ab«, erwiderte Brigitte. Wenn Olli nur etwas gepflegter daherkommen würde, dachte sie und stellte sich vor, ihn einer Vorher-Nachher-Aktion zu unterziehen. Dabei konnte er nur punkten, war sie sich sicher.

Henriettes Blicke sandten Giftpfeile in Brigittes Richtung. »Wie lange dauert das denn noch mit der Hauptspeise?«, zeterte sie. »Die Teller stehen doch schon an der Durchreiche bereit, und das Essen wird kalt!«

Brigitte reichte es nun endgültig. »Man lässt Eure Hoheit warten? Ich bringe Euch Euer Essen«, sagte sie sarkastisch, stand auf und marschierte zur Durchreiche, wo der Koch erst eine Millisekunde, bevor Henriette sich beschwert hatte, einige Teller hingestellt hatte. Mit zittrigen Händen griff sie nach dem Fläschchen, das sich inzwischen in ihrer Hosentasche befand. Der Ober und ein junger Gehilfe begannen damit, die Teller an die Leute zu verteilen. Welcher Teller für Henriette gedacht war, wusste Brigitte, er stand jedoch noch nicht in der Durchreiche. Denn Henriette mochte keinen Paprika, reagierte angeblich allergisch darauf. Bereits in der Vorbesprechung hatte sie damit gestrunzt, dass ihr allein eine Änderung vorbehalten sei und sie Pilze statt Paprika geordert habe, frische Waldpilze. Brigitte musste grinsen, sah Henriette schon am Boden liegen, sich vor Schmerzen winden und quälen. Und wenig später: Exitus!

Der Teller mit den Pilzen wurde soeben in die Durchreiche gestellt und hätte nicht schöner aussehen können. Brigitte lief das Wasser im Mund zusammen beim Anblick der dampfenden Waldpilze, die auf dem Schnitzel thronten. Sie öffnete den Verschluss des Fläschchens und wollte gerade den gesamten Inhalt auf die Pilze streuen, als der Ober ihr den Teller vor der Nase wegschnappte.

»Der Teller gehört zum Essen für die andere Gesellschaft«, sagte er wütend zum Koch. Und an Brigitte gewandt: »Bitte setzen Sie sich, ich bringe Ihnen gleich Ihr Essen.«

Geschockt und mit wackeligen Beinen ging Brigitte zurück zu ihrem Platz. Gerade noch mal gut gegangen! Oder auch nicht. Konnte man so oder so sehen. Zweite Chance vertan. Immerhin besser, als wenn eine unschuldige Person ihr Leben hätte lassen müssen. Sollte sie doch auf Ollis Hilfsangebot zurückkommen?

Das kleine Fläschchen enthielt pulverisierten Samen des Wunderbaums und damit Rizin, eines der fünf wirksamsten Gifte, die es gab. Das Fläschchen brannte in ihrer Hand, und sie stopfte es wieder in ihre Tasche. Um an das Gift zu kommen, hatte sie den dicklichen Apotheker, dessen Frau vor Kurzem verstorben war, zum Abendessen einladen und sich sein stundenlanges Gesülze anhören müssen. Geküsst hatte der nach Aceton riechende Kerl sie auch noch. Sollte das alles umsonst gewesen sein?

Laktose-Bogdanski fing an zu heulen, als sie Henriettes Essen sah, und konnte vor lauter Seufzen kaum sprechen. Auch einige der anderen Frauen meckerten, dass die Bogdanski nicht mal die Sahnesoße abbestellen dürfe, wo sie doch laktoseintolerant sei, und die Leiterin fresse Pilze.

Olli, der Busfahrer, der dank Brigitte mit an der Tafel sitzen durfte statt an dem Straftisch in der Ecke, fand das alles äußerst unterhaltsam. Im lauten Stimmengewirr, damit keiner es hörte, fragte er Brigitte: »Was wolltest du da eben an der Essenausgabe?«

»Dieser Hexe Rizin über ihr Essen streuen. Ich wusste, dass sie eine Extrawurst gebraten bekommt. Leider wäre das beinahe in die Hose gegangen. Der Teller war für eine andere Person bestimmt.«

Nachdem alle gegessen und das Getränk ihrer Wahl gierig in sich hineingeschüttet hatten, bestellte Brigitte voller Mut für alle einen Pfirsichlikör.

Prompt kam der Kommentar der ersten Vorsitzenden: »Das bezahlst du selbst! Ist das klar?«

»Das wirst du nicht mehr mitbekommen«, flüsterte Brigitte, »das nehme ich aus der Kasse!« Wozu war sie die Kassiererin?

Brigitte und Olli prosteten sich zu. Auch die anderen Frauen hielten ihr die Likörgläser entgegen, und Henriette raufte sich die Haare.

»Auf, auf, ihr Frauen! Es geht zur Turmbesteigung!« Henriette stand auf und verließ als Erste das schmucke Lokal. Den spendierten Likör hatte sie nicht angerührt.

120 Treppenstufen führten auf den Turm der Sparrenburg. Nur wenige Frauen schritten enthusiastisch voran. Die meisten schnauften erschöpft, waren müde, sehnten sich nach dem Sofa. Alma und Jutta, die beiden ältesten der Frauen, hielten sich tapfer.

Mit vollem Magen die Stufen in Angriff zu nehmen, war nicht die beste Idee gewesen. Der Aufstieg würde sich aber lohnen, meinte Olli, der sich das eigentlich nicht antun müsste und nur wegen Brigitte mitgekommen war. Der Panoramablick über die Universitätsstadt am Teutoburger Wald sei umwerfend, sagte er mehr als einmal. Bis zum Wiehengebirge reiche der Blick. Außerdem wusste er, dass das weitläufige Burggelände an einem der schönsten Höhenwanderwege Deutschlands lag, dem Hermannsweg. Von wegen, er gehöre zum Proletariat. Immer wieder zwinkerte er Brigitte zu, der langsam mulmig zumute wurde.

Das Schlusslicht bildeten nicht etwa die alten Frauen. Nein, es war Henriette, die sich am Geländer die Treppenstufen hinaufzog, die mal aus Holz, mal aus Metall waren. Irgendwann holte sie einen kleinen Inhalator aus ihrer Tasche, nahm ein paar kräftige Züge daraus und hielt sich mit der anderen Hand krampfhaft am Geländer fest. Henriette hatte Asthma!

Brigitte bemerkte es, weil sie gerade nach unten schaute. Sie war überrascht, denn das hatte sie nicht gewusst. Ist Henriette vielleicht schwer krank und ich tue ihr unrecht, fragte sie sich. Sie machte Olli darauf aufmerksam.

»Mensch, das ist doch die Gelegenheit! Schlag es ihr aus der Hand, und bald tut sie ihren letzten Schnaufer. Dein Problem wäre gelöst!« Seine Augen sprühten Funken vor Freude, so begeistert war er von der Idee.

Brigitte schwieg und ging weiter. Die Grafen von Ravensberg hatten sich schon was dabei gedacht, den Turm so hoch zu bauen, fand Brigitte, als sie auf dem Weg nach oben durch eine der Schießscharten schaute. Aber 120 Stufen waren ganz schön viel. Als sie endlich auf der Aussichtsplattform angekommen war und den dunklen Ausgang verließ, um ans Sonnenlicht zu gelangen, atmete sie tief durch. Hinter ihr kamen auch die viel älteren Frauen an. Zwar hatten sie länger gebraucht, waren aber noch immer voller Elan und liefen nun freudig hin und her, um zwischen den Zinnen in die Ferne zu schauen. Die Ängstlichen mieden den Blick nach unten. Brigitte beobachtete sie und kam sich dabei alt und ausgelaugt vor.

Olli streichelte sanft über ihre Wange. »Dir geht es gleich besser.«

»Warum tust du dir das eigentlich an, wenn du die Aussicht ohnehin schon kennst? Du könntest gemütlich mit einem Käffchen auf einer Bank im Schatten sitzen und auf uns warten«, sagte Brigitte.

»Ich finde es aber schön, Zeit mit dir zu verbringen«, antwortete Olli.

Brigitte lächelte ihn an. Das klang überhaupt nicht aufdringlich und unangenehm, fand sie. Olli wurde ihr immer sympathischer.

Sigrid sah so grau aus, als hauche sie jeden Moment ihr Leben aus. Der qualvolle Blick sprach Bände. Alma und Jutta kicherten, rissen Witze über die anderen Frauen. Brigitte war erstaunt. So kannte sie die beiden Frauen gar nicht. Kam das vom Pfirsichlikör?

Henriette sagte gar nichts, saß auf einem Mauervorsprung, um sich zu erholen. Doch alle wussten, dass sie, sobald sie wieder zu Luft gekommen war, erneut die Gefängnisaufseherin herauskehren und an allem was zu meckern haben würde. Mitleid verspürte jedenfalls niemand mit ihr.

Fotoapparate und Smartphones wurden gezückt, und es wurde wild durch die Gegend fotografiert. Logisch, damit die alten Frauen nicht nur was zu erzählen, sondern auch was zu zeigen hatten.

Die ausgelassene Stimmung hielt an. Auch Brigitte entspannte sich. Olli wich ihr nicht von der Seite. Er begann, ihr seine Lebensgeschichte zu erzählen. Frau gestorben, die

Kinder hatten sich von ihm losgesagt. Undankbares Volk, keinen Cent würden die von ihm bekommen. Doch auch Reiseerlebnisse gab er zum Besten. Berichtete über Tagesausflüge und Kurzreisen mit Übernachtung, oft verbunden mit einem Tanzabend, besonders für die ältere Generation. Je älter die Frauen seien, umso lockerer seien sie drauf, allesamt scharf wie Nachbars Lumpi, behauptete er. Es wäre sogar schon mal vorgekommen, dass er sich von einer ausgehungerten Greisin habe abschleppen lassen. Licht aus, und es sei zur Sache gegangen. »Nachts sind alle Katzen grau«, sagte er und lachte.

Gerade noch hatte Brigitte angefangen, ihn zu mögen, sich gesagt, ihm fehle nur eine Frau, die sich um seine Kleidung, seine Frisur und seine Körperhygiene kümmerte. Nun aber riss sie voller Entsetzen die Augen auf. So ein Ferkel! Nein, sie wollte diese Frau nicht sein, die sich um ihn kümmerte. So einen Stinker hatte sie jahrelang umsorgt, ihre Wohnung sollte clean bleiben. Okay, sich hin und wieder mit ihm zu treffen, das könnte sie sich vielleicht vorstellen. Auf einen Wein oder einen Kaffee, mehr aber nicht, erst recht keinen Sex. Da kannte sie bessere Typen, die infrage kämen. Schließlich sah sie mit ihren 62 Jahren noch gut aus. Top Figur, schöne braune Augen und eine glatte Haut.

Während sie in Gedanken versunken war, hatte Olli sich von ihr entfernt. Wie alle anderen lief auch er nun hin und her, schaute hier, schaute dort, unterhielt sich mit der einen oder anderen. Wie auf einem Bahnhofsvorplatz ging es zu. So manch alte Dame zog einen Flachmann aus der Tasche, um sich die gute Stimmung zu erhalten.

Nach ungefähr einer Stunde kehrte Ruhe ein. Die Frauen, zuerst Alma und Jutta, vermissten das Gemecker der ersten Vorsitzenden Henriette. Viel zu lange schon hatten sie kein Geschrei mehr gehört, keine Ermahnungen und kein In-die-Hände-Geklatsche.

Brigitte, die lässig an eine Mauer gelehnt stand, löste sich aus ihrer Lethargie und lief zu dem kleinen Häuschen mitten auf der Plattform, in dem sich der Aufgang befand. Sie schaute in die Dunkelheit hinein und suchte hinter dem Häuschen, doch nichts zu sehen von der ersten Vorsitzenden. Brigitte kehrte zurück zu den anderen und zuckte mit den Schultern. »Wo kann sie nur sein? Ob sie schon nach unten gegangen ist? Ohne uns Bescheid zu geben? Dabei wollte sie doch unbedingt zur Sparrenburg.«

Olli schaute Brigitte verstohlen an, als hätte er ein schlechtes Gewissen.

Brigitte krallte sich an seine alte Strickjacke. »Was ist mit Henriette? Hast du sie gesehen?«

»Vielleicht hast du recht und sie ist schon nach unten gegangen. Was weiß ich. Machst du dir etwa Sorgen um sie?« Ollis großporige Haut glänzte in der Sonne.

Der ist verrückt, dachte Brigitte und schwieg.

Allgemeine Unruhe breitete sich aus. Einige der alten Damen machten sich große Sorgen. Henriette gab ihnen Halt, auch wenn sie noch so blöd und oft rücksichtslos war.

»Vielleicht hat irgendetwas sie in die Kasematten gezogen? Wäre doch für alle das Beste, wenn sie ihrem Leben selbst ein Ende gesetzt hätte«, flüsterte Olli Brigitte zu.

»So ein Unsinn! Henriette und Selbstmord? Dazu ist sie gar nicht der Typ, diese Egoistin.« Brigitte zweifelte erneut an Ollis Verstand.

Gelassen zog er aus seiner Westentasche ein weiteres Leberwurstbrot und begann es genüsslich zu verzehren.

»Du hast doch gerade erst zu Mittag gegessen!«

»Das war vor über einer Stunde. Außerdem ist bald Abfahrt. Da muss ich gestärkt sein. Schließlich bin ich nicht mehr der Jüngste. Lass uns hinuntergehen und noch ein bisschen durch den Park laufen.«

»Und dann ohne Henriette heimfahren?« Er war definitiv verrückt, dachte Brigitte.

»Willst du hier bis morgen auf sie warten? Und wenn sie gar nicht mehr auftaucht, bleiben wir für immer hier oben, oder was?«

Brigitte zuckte erneut mit den Schultern und schaute Sigrid an. Sie war die zweite Vorsitzende. Sollte sie eine Entscheidung treffen.

Die stille Sigrid übernahm das Zepter, beruhigte die alten Damen und schlug vor, den Turm hinabzusteigen und unten Ausschau nach Henriette zu halten.

Bogdanksi fing an zu heulen, als ahnte sie Schlimmes.

Brigitte stolperte erneut über den Platz, schaute durch die Zinnen nach unten, rief nach Henriette, bis sie merkte, dass es zwecklos war. Hier oben war sie nicht. Keine Spur von der ersten Vorsitzenden.

Als sie Richtung Treppe ging, kam ihr Alma entgegen und reichte ihr mit zittrigen Händen ein Asthmaspray.

Olli ging dazwischen und schlug Alma die kleine Dose aus den faltigen Händen. »Ist doch gar nicht gesagt, dass das Ding Henriette gehört.«

»Nee, ist klar. Hier kommen täglich mindestens 50 Asthmakranke rauf und sprühen sich das Zeug in den Hals.« Tränen traten in Brigittes Augen. Was ging hier vor?

Brigitte und Sigrid marschierten voran die Stufen hinunter und riefen immer wieder Henriettes Namen. Jammernd folgten ihnen die alten Frauen. Den Schluss bildete Olli. Hatte er ein schlechtes Gewissen, oder warum mied er Brigitte plötzlich?

Henriette war verschwunden, und Brigitte geriet in Panik. Hatte Olli etwas damit zu tun? Oder war es ein übler Streich von Henriette? War sie aus einer verrückten Laune heraus abgehauen, um die anderen ordentlich zu verschrecken? Und saß jetzt Hände reibend in einem Bielefelder Café? Zuzutrauen wäre es ihr.

Kaum hatten sie den Ausgang erreicht und traten ans Tageslicht, atmete Brigitte auf. Ihr war etwas eingefallen, und sie fühlte sich, als würde ihr ein schwerer Stein von der Brust fallen. Gut möglich, dass Henriette mit dem Ober durchgebrannt war, der hatte ihr gut gefallen, denn er war der Einzige, zu dem sie nett gewesen war. Ihr Blick ging zum Restaurant. Nein, der Ober war noch da und die Terrasse voll besetzt. Kaffeezeit. Ein Stück Pflaumenkuchen wäre jetzt nicht schlecht, dachte Brigitte, vergaß aber angesichts der Aufgabe, die sie zu erfüllen hatte, den Kuchen schnell wieder. Stattdessen zog sie ihr Handy aus der Tasche, um die Polizei zu rufen. Oder lieber zuerst in der Verwaltung der Burg Bescheid geben?

Olli ahnte ihr Vorhaben, kam auf sie zugerannt und schüttelte den Kopf. »Vergiss es. Sie ist eine erwachsene Frau und erst maximal zwei Stunden von der Bildfläche verschwunden.«

Schreie vom Park auf der anderen Seite der Burg ließen sie aufhorchen. Zwei Männer kamen durch den Torbogen gerannt und riefen laut um Hilfe. Einige der Gäste auf der Terrasse sprangen auf und liefen den beiden Männern entgegen.

»Dahinten! Dahinten im Gebüsch liegt eine Frau mit völlig verdrehten Gliedmaßen. Die ist bestimmt tot«, mutmaßte einer der beiden jungen Kerle.

In nur wenigen Minuten waren Polizei, Notarzt und Krankenwagen vor Ort. Fest stand, dass Henriette vom Turm gestürzt war. Olli wollte den Polizisten, der sie zuerst in Augenschein nahm, überzeugen, dass sie sich freiwillig das Leben genommen habe. Doch dem Polizisten kamen Zweifel, und er verständigte die Kripo, die SpuSi und den Gerichtsmediziner.

Der Kripomann war sich sicher, dass da jemand nachgeholfen haben musste und Henriette keinen Selbstmord begangen hatte. Alma schrie den guten Mann an, dass man Henriettes Asthmaspray oben auf der Aussichtsplattform gefunden habe und sie bestimmt erstickt sei. Vielleicht sei es ein Unfall gewesen. Sigrid brüllte wie ein kleines Kind, ebenso Bogdanski, die sowieso nah am Wasser gebaut war.

Olli drängte zum Aufbruch. »Die lange Rückfahrt«, sagte er.

Nicht nur der Kommissar, ein sehr sympathischer junger Mann mit blondem Haar, schaute eigenartig. Auch Brigitte konnte es nicht fassen. »Wir können doch jetzt nicht einfach abhauen. Was denkst du dir?«

»Sollen wir für immer hierbleiben, oder was? Ich habe morgen volles Programm, muss zurück nach Gelsenkirchen.« Olli suchte Brigittes Blick, wollte sie zur Seite drängen, um mit ihr alleine zu sprechen, was ihm nach ein paar Versuchen auch gelang.

Der größte Teil der Frauen hatte sich einen Platz auf der Terrasse gesucht und Kaffee bestellt. Einige konnten sogar schon wieder lachen.

Makaber, dachte Brigitte, diese falschen Schlangen.

»Was regst du dich auf? ›Paradoxe Reaktion‹ nennt man so was. Ist ganz normal. Außerdem war eure Leiterin nicht die Beliebteste. Du wolltest sie auch loswerden. Hast du mir selbst erzählt. Müsstest doch jetzt mehr als zufrieden sein.« Olli strich sich Brotkrümel und Leberwurstreste von seiner groben Strickjacke.

»Sag mal, bist du bescheuert? Willst du mir was anhängen? Wer war denn der Meinung, dass wir sie loswerden sollten, und wollte mir unbedingt dabei helfen? Außerdem: Ich war oben auf der Plattform ständig von anderen Menschen umgeben. Wann hätte ich Henriette hinunterstoßen sollen?«

»Komm, hör auf! Alle liefen hin und her, es war ein ganz schönes Gewusel. Alle haben auf die Aussicht geachtet und nicht mitbekommen, dass jemand Henriette einen kräftigen Schubs gegeben hat. Ich will jetzt nach Hause.« Wie ein kleines Kind stapfte er mit einem seiner großen Treter auf.

Brigitte wusste nicht, was sie von all dem halten sollte. Hatte Olli Henriette vom Turm gestürzt? Mit ihr zusammen zwischen zwei Zinnen hinuntergeschaut und schwupps, runter mit ihr? War er so kaltblütig? Oder hatte er ihr tatsächlich einen Gefallen tun wollen? Sie hatte das, was er erzählt hatte, nicht für bare Münze genommen. Aber geschmeichelt hatte es ihr schon.

Kurz und gut: Olli wurde verdächtigt und durfte nicht die Heimfahrt machen. Das Busunternehmen schickte einen Ersatzfahrer, der den Bus samt der alten Frauen heimbringen sollte.

Es dauerte ganz schön lange, bis der Fahrer endlich ankam. Zwei junge Kerle chauffierten ihn in einem Golf hierher. Die Wartezeit verbrachten die Frauen auf der Terrasse des Restaurants, nachdem sie einzeln von der Polizei verhört worden waren. Niemand wollte etwas gesehen oder gehört haben. Sie hüllten sich in Schweigen.

Alma und Jutta gingen sogar so weit, Listen anzulegen und für Henriettes Beerdigung zu sammeln.

Der blonde Kommissar saß in einer Ecke an dem kleinen Tisch vor dem Fenster, der für Olli gedacht gewesen war, und verhörte ihn, kochte ihn weich.

Auch Brigitte befand sich in diesem Raum, saß mit der Kommissarin an der großen Tafel. Immer wieder schaute Olli traurig zu ihr. Die Kommissarin, ein junges, zartes Ding, teilte ihr mit, dass sie zu den Hauptverdächtigen zähle, da einige der älteren Damen erwähnt hätten, dass sie mit der ersten Vorsitzenden im Clinch gelegen habe.

Diese ollen Weiber, dachte Brigitte. Und sie hatte noch überlegt, den Vorsitz der »Fleißigen Lieschen« zu übernehmen und sich um das Volk zu kümmern. War das der Dank? Sie würde die Gruppe verlassen, nahm sie sich vor und schaute zu Olli, dem der Schweiß von der Stirn tropfte. Was, wenn sie ihm Unrecht tat und er unschuldig war? Jemand ganz anderer könnte der Täter sein.

Der Ersatzfahrer des Gelsenkirchener Busunternehmens setzte sich endlich in den Bus. Die Frauen jubelten und eilten in das Gefährt, in der Hoffnung, dass es jetzt nach Hause gehen würde. Plötzlich hatten es alle eilig. Die eine hatte einen kranken Mann zu Hause, der auf sein Essen wartete, eine andere musste mit ihrem Dackel, der bei einer Nachbarin wartete, Gassi gehen. Zwei weitere waren todmüde, wollten sich hinlegen. Doch so schnell ging es nicht. Brigitte wurde noch immer verhört, und noch stand nicht fest, ob sie verhaftet werden musste oder nach Hause fahren konnte.

Nach über zwei Stunden ließ man Brigitte gehen, sie sollte sich jedoch zur Verfügung halten. Als sie in den Bus stieg, konnte sie von Glück sagen, dass sie nicht mit faulen Eiern beworfen wurde. Woher kam der plötzliche Hass der Frauen? Und was war mit Olli? Würden sie ihn festnehmen?

Brigitte schaute aus dem Busfenster und sah, wie die Männer der SpuSi immer noch ihrer Arbeit nachgingen, in ihren weißen Anzügen den Turm hinauf und wieder hinunter rannten, was lustig aussah.

Wenn Olli doch bloß gestehen würde, dachte Brigitte. Doch dann dürfte er sicher nicht mit heimfahren. Dann erst recht nicht. Durchs Fenster des Restaurants nahm sie seine Umrisse wahr. Gerade legte er den Kopf auf den Tisch und sein Oberkörper zuckte – vermutlich weinte er bitterlich. Brigitte bekam Mitleid mit ihm. Weinte er, weil er unschuldig war? Weil er sich mit seinen Sprüchen in große Schwierigkeiten gebracht hatte, und das, obwohl er ihr nur hatte imponieren wollen? Selbst wenn er es gewesen war, er wollte ihr nur helfen. Sie hätte ihm nicht von ihrem Vorhaben erzählen dürfen. Sogar nach ihrem Tod machte die alte Henriette noch Ärger. Das wollte schon was heißen.

Der sture Ersatzbusfahrer wollte gerade losfahren, als Bogdanksi durch den Bus schrie, dass Sigrid nicht anwesend sei. Wo war Sigrid? Brigitte überlegte, wann sie die zweite Vorsitzende zuletzt gesehen hatte. War sie überhaupt mit den anderen von der Aussichtsplattform heruntergekommen? Wieso fiel erst jetzt auf, dass sie nicht da war? Weil sie so still und unauffällig war?

Ihre Frage wurde schneller beantwortet, als sie dachte, denn zwei Zivilbeamte führten Sigrid gerade aus den Kasematten. Wie sie aussah! Nass, verheult und mit verschmiertem Make-up ließ sie sich von den Männern in ein Polizeiauto setzen.

Totale Stille im Bus, die Frauen konnten nicht begreifen, was sie sahen. Sigrid wurde abgeführt? Sie war die Mörderin der garstigen Henriette?

Kurz darauf ließ man Olli laufen. Er durfte im Bus mitfahren. Heim, dem Ruhrgebiet entgegen.

Er setzte sich auf den freien Platz neben Brigitte. Sie schauten sich an und schwiegen.

Auf der Autobahn kurz vor Gelsenkirchen meinte er an Brigitte gewandt: »Sigrid ist uns wohl zuvorgekommen. Kaum zu glauben, oder? Mir erschien sie sehr zurückhaltend und schüchtern. Nun ja, stille Wasser sind ja bekanntlich tief ... Nun wirst du erste Vorsitzende! Der Weg ist frei. Es wird bestimmt Neuwahlen geben.«

Brigitte lachte laut auf. »Nicht mit mir, mein Lieber. Ich verlasse die gehässigen Weiber. Die Vorstellung heute hat mir gereicht.«

»Und wir? Sehen wir uns wieder?«, wollte Olli wissen und nahm ihre Hand.

Brigitte zuckte mit den Schultern.

4. ANGLERGLÜCK

»Was glotzt du mich so blöd an?«

Thomas' Stimme riss Margareta aus ihren Gedanken.

Sonntagmorgen. Sie saßen beim Frühstück. Er hatte Bröt-chen vom nur wenige Meter entfernten Bäcker geholt und liebevoll den Tisch gedeckt, einschließlich gekochtem Fünf-Minuten-Ei. Und trotzdem empfand sie nichts mehr für ihn. Die Luft war raus.

»Der Haarschnitt steht dir nicht. Wie ein Proll siehst du damit aus.«

Es war ein Kopfsprung ins Fettnäpfchen, musste sie fest-stellen, als sie in Thomas' traurige Augen sah. Er hatte ihr nichts getan, doch allein seine Anwesenheit reizte sie. Er war erst 45 Jahre alt, ein paar Jährchen jünger als sie, ver-hielt sich aber wie ein 70-Jähriger.

»Das war ein Angebot. Schneiden und Waschen für acht Euro.« Seine Augen leuchteten.

»So sieht's auch aus. Du könntest deine Haare mal tönen. Dieses Graumelierte macht dich älter, als du bist.«

»Tja, ich kann es mir nicht leisten, für einen Friseurbe-such 120 Euro auszugeben.«

»Warum nicht? Du hast ein Haus geerbt, beziehst ein gutes Gehalt und lebst die meiste Zeit bei mir. Teure Hob-bys hast du auch nicht. Auf dem Sofa hocken und dösen kostet nichts.«

Nach der Beerdigung seiner Mutter vor knapp zwei Jahren hatten sie sich vorübergehend getrennt, und er war zurück in seine Wohnung gezogen. Irgendwann hatte sie ihn jedoch wieder aufgenommen. So blöd! Vier Jahre dauerte diese Beziehung nun schon. Ein Wechselbad der Gefühle. Mal fand sie ihn toll, mal nervte er sie nur noch.

Der Traum kam ihr in den Sinn. Schon die zweite Nacht hatte sie von Uli geträumt. Uli Köster, den sie im Landschulheim in Lieberhausen kennengelernt hatte. Er war zwei Jahre älter gewesen als sie und hatte ein Gymnasium in Mülheim besucht. Sie war 15 Jahre alt gewesen, damals in den 1980er-Jahren. Er immerhin 17 und gut entwickelt. Die beiden Schulklassen hatten gemeinsame Tanzabende veranstaltet, und so war sie ihm näher gekommen. Zu Hits wie »Take on me« oder »Time after Time« hatte sie mit ihm getanzt. Schulterlange Haare waren damals noch nicht alltäglich gewesen, und er hatte zum Anbeißen damit ausgesehen. In der Besenkammer hatte er sie geküsst, stundenlang, und wie gut.

Wann hatte Thomas sie zum letzten Mal geküsst? So richtig geküsst, keine Muttischmatzer zum Abschied oder zur guten Nacht.

»Was passt dir außer meiner Frisur und meinen Hobbys nicht? Sag schon! Soll ich ausziehen? Mal wieder eine Auszeit auf Probe?« Seine genervten Gesichtszüge sprachen Bände. Auch er war längst nicht mehr glücklich. Margaretas Gemecker ging ihm gehörig auf den Keks. Nichts konnte er ihr recht machen. Er war geduldig und schätzte ihre direkte Art. Doch das, was sie sich in der letzten Zeit erlaubte, war selbst ihm zu viel. »Hast du einen anderen?«

»Nein, ich habe nur von einem anderen geträumt. Das wird ja wohl erlaubt sein, oder? Schließlich kann ich das nicht steuern.«

»Hattest du was mit ihm?«

»Nee, wir haben uns nur geküsst. Da war ich 15 Jahre alt.«

»Und von dem hast du geträumt?« Thomas klopfte gemächlich sein Ei auf und ließ sie dabei nicht aus den Augen. Er hatte nicht vor, weiter über diesen Jungen zu sprechen, und wechselte das Thema. »Was willst du heute machen? Wollen wir mal wieder über den Friedhof laufen?«

»Nein, danke, kein Bedarf. Wir waren erst letzte Woche am Grab deiner Mutter. Was soll sich inzwischen geändert haben? Eine Blume verblüht? Ein Vogel, der die Trittplatten verschissen hat? Sei nicht böse, ich will mich auf meinen neuen Auftrag vorbereiten. Eine private Ermittlerin kennt kein Wochenende.« Sie stand vom Tisch auf, warf einen letzten Blick auf seine unmögliche Frisur, bevor sie ins Wohnzimmer ging, um den PC hochzufahren. Doch es war nicht der neue Auftrag, der sie lockte, sondern Uli Köster, nach dem sie googeln wollte. Denn sie hatte noch Zugriff auf ein ganz spezielles Programm, womit sie Daten von bestimmen Personen ausfindig machen konnte.

Damals hatte der blonde Jüngling in Mülheim an der Ruhr gewohnt, mit 17 Jahren natürlich noch bei seinen Eltern. Einmal hatte er sie besucht, mit der Bahn. Sie hatten sich am Hauptbahnhof in Gelsenkirchen getroffen, verlegen, nichts mehr mit Verliebtheit wie in Lieberhausen. Irgendwann – nach zwei langen Briefen, die er ihr geschrieben hatte – war er vergessen, dieser hübsche Junge. Und jetzt, über 30 Jahre später, träumte sie plötzlich von ihm.

Treffer! Auf dem Bildschirm wurde Ulis aktueller Wohnsitz angezeigt. Margareta traf fast der Schlag. Er lebte in Deitenbach, nur zwei Kilometer von Lieberhausen entfernt. Was hatte ihn dorthin verschlagen? Bestimmt die Liebe, war Margareta überzeugt. Hatte er dort irgendeine Trude kennengelernt und sich verliebt?

Uli geisterte ihr noch den ganzen Tag im Kopf herum. Und in der Nacht träumte sie wieder von ihm. Diesmal blieb es nicht beim Küssen.

Am nächsten Morgen, als sie für eine Recherche auf dem Weg nach Mülheim war, fuhr sie wie von einer fremden Macht gelenkt in die entgegengesetzte Richtung zur A 45. Sie gab Lieberhausen in ihr Navi ein und fühlte sich auf einmal sehr beschwingt. 106 Kilometer, erreichbar in einer guten Stunde, meinte das Gerät. Sie musste an die Bunte Kerke in Lieberhausen denken, diese hübsche Kirche mit der mittelalterlichen Deckenmalerei, die im 11. Jahrhundert errichtet worden war. Oh, wie hatte sie den Weg gehasst, immer steil bergauf, als es am Sonntag mit dem Lehrer, Herrn Vierer, vom Landschulheim hinauf nach Lieberhausen zum Gottesdienst ging. Vor einigen Jahren war sie noch einmal in der Kirche gewesen, auf einem Muttiausflug. Damals hatte sie einen blonden Engel getroffen, in den sie sich spontan verliebt hatte. Jens war auf Recherchetour gewesen, nachdem der Pfarrer seiner Gemeinde ermordet worden war. Das Ganze hatte auch mit einem schlimmen Erlebnis aus seiner Kindheit zu tun, und er hatte gehofft, in dem kleinen Nest die Lösung zu finden. Margareta hatte sich ihm angeschlossen. Sie hatten das kleine Dörfchen noch öfters besucht, schließlich den Fall sogar gelöst. Doch nähergekommen waren sie sich nicht, der fromme Jens und sie. Er hatte sich mehr zu Gott als zu ihr hingezogen gefühlt.

So in Erinnerungen versunken, verging die Fahrt im Nu, und Margareta kam in Lieberhausen an. Es war ein herrlicher Spätsommertag. An der Bunten Kerke stieg sie aus, schaute rüber zum Gasthof Reinhold, in dem sie schon übernachtet hatte. Doch es brannte ihr unter den Nägeln, sie hatte jetzt nicht die Ruhe, um der Kirche einen Besuch abzustatten. Also stieg sie wieder ein und fuhr weiter nach Deitenbach, dem kleinen Ort mit rund 330 Einwohnern, der zu Gummersbach gehörte und direkt an der Aggertalsperre lag, genauer gesagt, an der Vorbeckentalsperre. Der Stausee bot tolle Möglichkeiten zur Freizeitgestaltung und war somit ein Anziehungspunkt für die gesamte Region. Zahlreiche Wanderwege, ein Bootshafen für Segel- und Ruderboote sowie ein Zeltplatz waren vorhanden. Außerdem war der See ein Paradies für Sporttaucher.

Die Straße, in der Uli laut ihren Recherchen lebte, hatte sie schnell gefunden. Idyllische Lage, Wiesen und Wald in unmittelbarer Nähe. Das schicke Haus, in dem er wohl eine Wohnung gemietet hatte, wirkte gepflegt. Was sollte sie tun? Aussteigen und klingeln? Und dann?

Darüber musste sie erst einmal in Ruhe nachdenken. Also fuhr sie bis zur Seeklause an der Genkeltalsperre, knapp zwei Kilometer weiter.

Das fröhliche Treiben zog sie an. Schnatternde Gäste auf der Terrasse, unbekümmerte Menschen am Bootsanleger, badende Kinder, die fröhlich kreischten, ein Campingplatz wenige Meter entfernt. Auf der Terrasse des Lokals gönnte sie sich ein Jägerschnitzel und ein kühles Pils und kam mit einem einheimischen Gast am Nebentisch ins Gespräch. Wie der Zufall es wollte, kamen sie schnell auf Uli Köster. Der Mann fing an zu lachen, nahm sein Glas, stand auf und setzte sich zu Margareta.

»Der Uli, ja, was soll ich sagen? Der verbringt so manchen Abend hier auf ein Bier und isst was. Ist wohl sehr einsam, wie ich übrigens auch.« Der Mann zwinkerte Margareta zu.

Die allerdings tat so, als habe sie den plumpen Annäherungsversuch nicht bemerkt.

»Jedenfalls, der Uli wohnt in Deitenbach, keine zwei Kilometer von hier. Früher war das mal ein flotter Kerl, heute ist er nur noch eine kümmerliche Gestalt.«

Der mollige Mann mit den braunen Augen und der Halbglatze stellte sich als Hubert vor und wollte wissen, was sie von Uli wolle.

Margareta erzählte Hubert, woher sie Uli kannte. Sie erhoffte sich weitere Informationen aus erster Hand.

»Sie kennen ihn von früher? Aus dem Landschulheim? Ja, ja, das Landschulheim.« Nun gab es Anekdoten darüber und wie schade es sei, dass es zum Lost Place geworden wäre, betonte Hubert.

Das alles interessierte Margareta nicht sonderlich. Sie wollte wissen, was Uli an die Aggertalsperre verschlagen hatte.

Hubert gab bereitwillig Auskunft. »Damals, da war er wohl knapp 18 Jahre alt, war er hier auf Klassenfahrt und lernte eine Altenpflegerin aus dem Pflegeheim kennen. Sie war ein paar Jährchen älter als er. Kurze Zeit später brach Uli die Schule ab und zog zu ihr und ihren Eltern auf einen maroden Bauernhof in der Nähe von Meinerzhagen. Alle haben sich gewundert, dass er wegen dieser flüchtigen Bekanntschaft auf einer Klassenfahrt so kurz vor dem Abitur das Ruhrgebiet verlassen hat. Die beiden heirateten, doch es ging nur wenige Jahre gut. Er wurde von seiner Frau Maja und deren Eltern vom Hof vertrieben, da er sehr faul gewesen sei und mehr Arbeit gemacht als erledigt habe. Danach hielt er sich mit Gelegenheitsjobs über Wasser. Hatte einige Frauengeschichten gleichzeitig am Laufen. Irgendwann wurde er straffällig, klaute ein Motorrad. Als der Besitzer dahinterkam und es wiederhaben wollte, schlug er ihn halb tot. Dann landete er für ein paar Jährchen im Gefängnis. Kam raus und überfiel direkt eine Sparkasse. Wieder Knast. Auch diese Strafe hat er abgesessen und ist seit einer Weile wieder ein freier Mann, aber sein Leben ist verpfuscht. Schade um ihn. Der ist erst um die 50. Als er entlassen wurde, hat er bei mir auf dem Hof mal ausgeholfen, doch er war mir zu unzuverlässig. Wieso wollen Sie den wiedersehen? Nach einer so langen Zeit? Das ist doch kein Typ für Sie, dieser Hallodri. Sie haben zu Hause bestimmt was Besseres, oder nicht?«

Margareta musste lachen. »Ja, ich lebe in einer festen Beziehung.« Sie bemerkte eine leichte Enttäuschung in Huberts Gesichtszügen. Vermutlich hatte er sich eine andere Antwort erhofft. »Ich bin private Ermittlerin und stelle Nachforschungen an«, ergänzte sie, was nicht mal gelogen war.

»Wer hat das in Auftrag gegeben?« Hubert war kaum noch zu bremsen. Die Neugier in Person. Seine braunen Augen wurden immer größer.

»Da möchte ich nicht drüber sprechen.« Margareta lächelte ihn süffisant an. Sie hatte genug Gutes getan. Hubert hatte Neues erfahren, spann sich den Rest dazu und hatte für den heutigen Tag Gesprächsstoff an der Theke hier im kleinen Idyll am See. Sie verabschiedete sich höflich und versprach wiederzukommen, vielleicht schon bald. Am liebsten wäre sie gleich hiergeblieben, in eines der bunten Zelte gekrochen und hätte den lieben Gott einen guten Mann sein lassen. Ein paar Tage Urlaub – ja, das wäre was.

Auf der kurzen Strecke nach Deitenbach entschloss sie sich, vor dem Haus, in dem Uli wohnte, zu warten. Doch auf was? Wie plump wäre es, einfach bei ihm zu klingeln?

Es dauerte nicht lange, da sah sie eine Gestalt auf einem Fahrrad heranradeln. Sie machte sich in ihrem Polo, den sie auf der gegenüberliegenden Straßenseite geparkt hatte, ganz klein und spähte aus dem Fenster. Sie erkannte ihn sofort, obwohl sie ihn über 30 Jahre nicht gesehen hatte. Aus dem schönen Jungen von damals war ein heruntergekommener Mann geworden. Kurze blonde Haare, schlank, fast hager, faltiges Gesicht, die hübsche Stupsnase von früher war zu einem Schweinskolben mutiert. Und doch erkannte sie ihn wieder.

Er stieg schwerfällig wie ein alter Mann vom Rad, schob es in eine offen stehende Garage, verschloss diese und sperrte die Haustür auf.

Was nun? Sollte sie tatsächlich läuten? Was sollte sie sagen? Hallo, Uli, kennst du mich noch? Die Margareta aus dem Landschulheim? Die du in der Besenkammer wild geküsst hast? Aber anscheinend war sie nicht die Einzige gewesen …

Vor Scham bekam sie rote Ohren, startete den Wagen und begab sich auf die Heimreise. Chance verpasst.

Am nächsten Morgen führte ihr Weg wieder nach Lieberhausen. Diesmal mit gepacktem Köfferchen. Thomas hatte sie erzählt, dass sie kurzfristig einen Auftrag erhalten habe. Observierung eines untreuen Ehemannes im Sauerland.

Obwohl er den Braten roch, hatte er nichts gesagt, hatte sie nur mit betrübten Augen angesehen und sie nicht einmal gefragt, was aus dem Großauftrag in Mülheim werde.

Hätte sie doch gestern schon bei Uli klingeln sollen? Oder am Abend in dem netten Lokal aufkreuzen, in der Hoffnung, dort auf Uli zu stoßen?

Die Fahrt auf der A 45 gefiel ihr. Sie fühlte sich, als würde sie in Urlaub fahren, und drehte das Radio lauter. Sie entschloss sich, im Landgasthof Reinhold im kleinen Örtchen

Lieberhausen unterzukommen. Die nette Wirtin würde sie schon nicht wiedererkennen. Sie wollte nicht in Zusammenhang mit Jens und der damaligen Geschichte gebracht werden.

Wieder war ihr ein sonniger Tag beschert und Thomas schnell vergessen. Wenig später parkte sie vor dem schnuckeligen Gasthof mit der schieferverkleideten Front und den grünen Blendläden an den Fenstern, atmete tief durch und betrat die Wirtschaft, obwohl es einen Hoteleingang gab. Sie hatte Glück in doppelter Hinsicht: Es war noch ein Einzelzimmer frei, und die Wirtin erkannte sie nicht wieder. Kein Wunder, bei so vielen Gästen, die hier ein- und ausgingen. Margareta buchte das Zimmer für zwei Nächte.

Sowieso eine Schnapsidee, sich hier einzumieten, um etwas über Uli Köster zu erfahren. Was hatte sie mit ihm am Hut? Aber jetzt war sie nun mal hier, und heute Abend würde sie sich an die Theke der Seeklause setzen und sich erneut bei den Einheimischen umhören.

Beschwingt nahm sie die Treppen nach oben und suchte ihr Zimmer mit Blick zum Hof und zur Kirche auf.

Als Margareta gegen 19 Uhr das Lokal betrat, war sie hungrig und geschafft. Ein langer Sparziergang an der Aggertalsperre lag hinter ihr. Hubert war auch wieder da und freute sich, sie wiederzusehen. Thema war natürlich das verkorkste Leben des Uli Köster.

Typ Dorftrottel in Jeans und muffigem Pulli saß an der Theke. »Noch 'n Bier«, rief er dem Wirt zu.

Die Küchentür flog auf, und eine junge Frau trug zwei Teller mit herrlich duftenden Speisen in den Raum. Auf dem Rückweg rief sie dem Mann an der Theke zu: »Uli kommt auch gleich noch.«

Margareta bestellte sich ein Bier und ein Schnitzel. Bis sie fertig gegessen hätte, wäre Uli bestimmt aufgetaucht. Würde er sie wiedererkennen?

Es vergingen noch gut zwei Stunden, die Margareta sich inmitten der Einheimischen vertrieb und in denen sie ihre Geschichten anhörte. Null Urlaubsgäste im Lokal. Auf der Terrasse hörte sie einige Paare kichern. Sich dort hinzubegeben, würde sie allerdings nicht weiterbringen.

Zwei Männer, dem Aussehen nach musste es sich um Vertreter handeln, betraten das Lokal und setzten sich ihr gegenüber, grüßten freundlich und begannen sofort, sie anzubaggern. Das hatte ihr gerade noch gefehlt. Zweifelsohne handelte es sich um zwei gut aussehende Exemplare, doch Vertretererlebnisse kannte sie zur Genüge.

Der Kerl neben ihr hatte eine feuchte Aussprache und zwang ihr ein Gespräch auf. Das Übliche: Was sie hier mache. Urlaub? Lieberhausen sei ja so einzigartig. Als sie antwortete, sie sei geschäftlich hier, schaute er sie voller Hochachtung an und hielt den Bierschaumschnabel. Wahrscheinlich überlegte er krampfhaft, was für Geschäften sie wohl nachging.

Dann endlich kam Uli Kösters großer Auftritt. Er betrat das Lokal wie einen Saloon im Wilden Westen. Alle verstummten schlagartig, Uli grüßte kurz in die Runde und suchte sich einen Hocker am Tresen, nicht weit von Margareta entfernt. Er sah aus wie ein Arbeiter, der nach stundenlanger körperlicher Maloche zu lange geduscht hatte. Einfach gekleidet, Jeans, Holzfällerhemd, zurückgekämmte, feuchte Haare. Sein Blick blieb ein wenig zu lange an Margareta hängen. Er überlegte, sie kam ihm bekannt vor – Margareta sah es deutlich an seinem Gesichtsausdruck. Er schaute woandershin, um kurz darauf wieder ihren Blick zu suchen.

Margareta lächelte, doch schien er sie noch nicht zu erkennen.

Die Kerle um ihn herum lachten und machten ein paar Witze auf seine Kosten.

Margareta hatte selten so einen verhärmten Mann gesehen. Echt vom Leben gezeichnet.

»Malochste noch in der Erzgrube?«, fragte der bäuerliche Kerl neben ihr.

»Von irgendwoher muss die Knete kommen.« Uli kippte das Pils runter, das der Wirt vor ihn hingestellt hatte.

Der Kerl lachte hämisch. »Ich denke, der Staat zahlt dir Unterhalt.«

»Man munkelt, du hättest die Beute vom Banküberfall noch irgendwo versteckt. Das Geld ist ja nie aufgetaucht.«

»Ich habe meine Strafe abgesessen und will davon nichts hören.« Er orderte zwei Frikadellen und stopfte sie wenig später hungrig in sich hinein.

Armer Kerl, dachte Margareta. Was war bloß aus dem schönen Jüngling von einst geworden?

Leider machte es bei Uli an diesem Abend nicht mehr klick. Margareta hatte ohnehin genug damit zu tun, sich die lästigen Kerle vom Leib zu halten.

Als sie sich gegen Mitternacht müde und ein wenig alkoholisiert auf den Weg zu ihrem Gasthof machte und, dort angekommen, die Treppen zu ihrem Zimmer nach oben stieg, hoffte sie auf morgen. Morgen ist auch noch ein Tag, sagte sie sich.

Nach einem ausgiebigen Frühstück entschied sie sich, zu Fuß nach Deitenbach zu laufen und um Ulis Zuhause herumzuschleichen.

Die Aggertalsperre war ein wahres Idyll, nur eine Autostunde vom Ruhrgebiet entfernt. Das Wasser des Stausees war klar und schimmerte türkisfarben. In der Ferne erkannte Margareta am anderen Ufer einige Holzhäuschen direkt am Wasser. Sie erinnerte sich, wie ätzend sie es als Jugendliche gefunden hatte, die Aggertalsperre mit ihrem wanderfreudigen Lehrer zu umwandern. Heute genoss sie jeden Schritt.

Wäre da nicht ihre Vernunftstimme, die sich ihr immer wieder aufdrängte und ihr riet, nach Hause zu fahren und sich ihrem Auftrag in Mülheim zu widmen, statt hier einem Typen hinterherzulaufen, den sie in grauer Vorzeit einmal geküsst hatte und der noch dazu eine Verbrecherkarriere hingelegt hatte. Wozu das Ganze?

Als sie den Wald verließ und steil bergab dem Wasser entgegenging, sah sie einige Polizei- und Feuerwehrfahrzeuge mitten auf dem Weg stehen. An der Polizeiabsperrung bat man sie freundlich, einen anderen Weg einzuschlagen. Sie sah Männer der SpuSi in weißen Anzügen den Abhang hinunterlaufen. Ein Notarztwagen kam an, und ein Sanitäter mit einem Metallkoffer sprang aus dem Fahrzeug.

»Was ist denn hier los?«, wollte Margareta von dem Streifenbeamten wissen.

Der Mann zuckte nur mit den Schultern, wollte ihr nichts verraten. Als er jedoch hinter das Absperrband trat, gab er den Blick auf den See frei. Taucher der Feuerwehr waren damit beschäftigt, einen leblosen Mann aus dem Wasser ans Ufer zu ziehen. Allgemeine Hektik breitete sich aus.

Obwohl aus der Entfernung nicht hundertprozentig zu erkennen, ahnte sie, um wen es sich handelte. Um Uli Köster.

Ein kugeldicker Zivilbeamter, wohl ein Kommissar, rannte aufgeregt um das Geschehen herum, gab Anweisungen und bückte sich schließlich, um den Toten in Augenschein zu nehmen. Kurz darauf beugte er sich zur Seite und entleerte seinen Magen.

So ein Weichei, dachte Margareta. Trotz der Entfernung konnte sie ein paar Wortfetzen aus dem folgenden Gespräch zwischen dem Kommissar und dem Rechtsmediziner aufschnappen: eingeschlagener Schädel, fehlende Augäpfel. Allein bei der Vorstellung wurde nun auch Margareta übel. Das zu sehen, war mit Sicherheit noch schlimmer. Kein Wunder, dass der Kommissar sich übergeben hatte, wurde ihr jetzt klar, und sie entschuldigte sich gedanklich bei ihm.

Wieso hatte man Uli die Augen ausgestochen? Es ist Zeit, sich vom Acker zu machen, sagte sie zu sich selbst. Was hast du hier noch verloren? Wahrscheinlich ist ihm seine kriminelle Laufbahn zum Verhängnis geworden. Kein Grund, sich einzumischen, den Fall würde die zuständige Kripo schon alleine lösen.

Sie kehrte um und ging zurück zum Gasthof.

Dort angekommen, bröckelte ihre Überzeugung, sofort abzureisen und sich rauszuhalten. Vielleicht könnte sie bei der Aufklärung des Mordes doch behilflich sein? Allerdings, mahnte sie sich, zählst du selbst zu den Verdächtigen, sobald die rausbekommen, dass du nach Uli gesucht hast.

Inzwischen war es 15 Uhr, und Margareta setzte sich auf die Terrasse des Lokals, bestellte sich eine Waffel mit Kirschen und ein Kännchen Kakao, beantwortete die zigste WhatsApp von Thomas und lauschte den Gesprächen an den Nebentischen. Der Leichenfund war Thema Nummer eins, der Dorftratsch funktionierte auch unter den nicht einheimischen Gästen.

Margaretas Blick ging immer wieder zum Parkplatz, wo ihr Polo in Reih und Glied neben drei identischen schwarzen

Fahrzeugen mit dem gleichen Firmenlogo stand. Ihr Auto wirkte im Vergleich zu den schwarzen Karossen zwergenhaft und schäbig. Na ja, dachte sie schmunzelnd, als sie einen alten klapprigen Golf in der zweiten Reihe entdeckte, gegenüber dieser Karre ist mein Polo ein wahrer Luxusschlitten.

Ihr fiel ein lumpiger Kerl in dem alten Golf auf, der anscheinend das Geschehen auf der Terrasse des Gasthofes beobachtete. Margareta schaute auf das Nummernschild. Ein Essener Kfz-Kennzeichen war hier im Oberbergischen nichts Besonderes. Doch irgendwie hatte Margareta kein gutes Gefühl. Sie meinte, diesen Wagen samt Fahrer gestern schon einmal in der Nähe der Seeklause gesehen zu haben. Gedacht hatte sie sich dabei nichts.

Es war schon nach 16 Uhr, als ein dicker BMW sich in die letzte Parklücke quetschte. Ihm entstieg dieser kugelige Kommissar, den sie vorhin am Wasser gesehen hatte. So ein korpulenter Kommissar, dachte Margareta. Wenn der mal einem Verdächtigen hinterherlaufen musste, hatte er schlechte Karten. Mit ihm kamen eine drahtige, sehr große Frau und ein kleiner dunkler Lockenkopf. Sie setzten sich an den Tisch neben Margareta und schenkten ihr kaum Beachtung.

Der Kugelkommissar griff sofort zur Speisekarte und blätterte nervös darin herum. »Waffel mit Pflaumen nehme ich. Mensch, was knurrt mir der Magen.« Er strich sich über sein zurückgekämmtes, dunkles Haar.

»Nachdem Sie sich die Seele aus dem Hals gekotzt haben, ist das nicht das Wahre, Chef«, sagte die knochige Frau mit der raspelkurzen Frisur und reichte die Karte an den mickrigen Lockenkopf weiter. »Bitte schön, Wellermann.«

»Danke, Susanna. Ich nehme auch Waffeln mit Pflaumen, dazu Eis und Sahne«, orderte Wellermann.

Der dicke Chef schaute seine dünne Kollegin Susanna böse an. »Haben Sie erst mal so viele Jahre auf dem Buckel wie ich. Ich habe schon viele Leichen gesehen, aber das vorhin war die Krönung. Einen mit leeren, blutigen Augenhöhlen durfte ich noch nicht bestaunen. Da muss jemand eine ganz schöne Wut gehabt haben. Ihm erst den Schädel einzuschlagen und dann noch die Augen herauszuholen. Pfui! Bin gespannt, was bei der Obduktion herauskommt. Ein Ritualmord, wenn Sie mich fragen.«

»Wer hat ihn eigentlich gefunden?« Die überschlanke Susanna orderte nur einen Kaffee, wogegen die beiden Kerle, dick und dünn, das volle Waffelprogramm bestellten.

»Ein Angler hat ihn entdeckt«, antwortete Wellermann.

Nun wurde gefachsimpelt ohne Rücksicht auf die Gäste um sie herum.

Margareta hatte weiterhin den Mann in dem alten Golf im Blick, der ihr höchst verdächtig vorkam. Ob sie den Kommissar darauf aufmerksam machen sollte? Besser nicht, entschied sie.

Inzwischen wurden die Waffeln serviert, und der kleine Wellermann schaufelte sofort gierig alles in sich hinein. Der Chef ging systematisch vor. Zuerst schaute er sich alles ganz genau an, dann wagte er sich an die Sahne, löffelte anschließend das Eis, aß die Pflaumen und zum Schluss die Waffel. Er genoss jeden Bissen und schlürfte laut seinen Kaffee dazu.

»Wir könnten hier übernachten«, schlug Susanna vor. »Morgen müssen wir sowieso wieder in aller Frühe hier sein.«

»Keine schlechte Idee«, überlegte der Boss. Sein Blick fiel auf Margareta. »So könnte ich gleich heute noch ein paar Zeugen vernehmen und mich morgen früh in der Wohnung des Toten umsehen.«

»Nee, da mache ich nicht mit!«, hielt Wellermann dagegen. »Bis nach Gummersbach sind es nur zehn Kilometer. Ich fahre lieber heim und schlafe in meinem eigenen Bett.«

»Heim zu Mutti, Wellermann? Aber okay, Sie haben recht. Wir sollten keine unnötigen Kosten verursachen. Sie und Susanna fahren nach Hause und stehen morgen früh hier wieder auf der Matte. Es reicht, wenn der Chef bleibt und Augen und Ohren außerhalb der Dienstzeit offen hält.«

»Fahren Sie uns noch runter zur Talsperre, wo unser Dienstwagen steht?«, fragte Susanna vorsichtig, da sie die Launen ihres Chefs kannte.

»So weit kommt es noch. Wie Sie sehen, trinke ich gerade ein kühles Blondes«, sagte er und goss sich die Flüssigkeit in den kurzen Hals.

»Bier und Kaffee, und dann wieder kotzen …« Sie musste lachen.

»Wie kommen wir dann zu unserem Auto?«, wollte der ängstliche Wellermann wissen.

»So eine blöde Frage. Zu Fuß oder mit einem Taxi!« Der Chef schüttelte verständnislos den Kopf. Während sie über Übernachtungs- und Fahrtmöglichkeiten gesprochen hatten, war sein Blick kurz zu seinem BMW auf dem Parkplatz gefallen. Dabei war auch ihm der alte Golf mit dem seltsamen Typen hinter dem Steuer aufgefallen.

Susanna und Wellermann stiegen bald darauf in ein Taxi.

Margareta schüttelte verständnislos den Kopf. Die zweieinhalb Kilometer Entfernung bis zur Aggertalsperre hätten sie auch laufen können, dachte sie. Oder eine Streife hätte den Dienstwagen der beiden herbringen können. Doch vermutlich wollte der Kommissar so wenig Aufsehen erregen wie möglich.

Zwei weitere Stunden später fand Margareta sich an einem Tisch mit dem kugelrunden, verschwitzten Kommissar wieder. Beide hatten den vollen Blick auf die Bunte Kerke. Die Blumenkästen an den Fenstern des Gasthofes waren mit roten Fuchsien bepflanzt, deren Köpfe lustig im leichten Wind hin und her baumelten. Harmonie pur.

Der Erste Hauptkommissar des KK 11 Gummersbach, der sich Günther Ringelstätter nannte und sich kurz vor dem Ruhestand befand, erinnerte sie an Helmut Blauländer, den Ersten Hauptkommissar des KK 11 in Buer, dessen Leben ein jähes Ende gefunden hatte. Mit ihm zusammen hatte sie manchen Fall gelöst. Dass so gemütliche Vati-Typen auch immer so einen Spaß an ihr hatten. Und das hatte Günther mit Sicherheit. Er fragte sie Löcher vom Allerfeinsten in ihren flachen Bauch. Was sie hier in Lieberhausen wolle, was sie beruflich mache, ob sie in festen Händen sei. Kam sie ihm etwa verdächtig vor?

In Händen war sie, dachte sie, doch fest war der Griff schon lange nicht mehr. Günther, so durfte sie ihn nennen, gefiel, dass ihr Partner ebenfalls ein Erster Hauptkommissar war. Das brachte ihr mindestens zehn Pluspunkte ein. Auch ihrem Beruf als ausgebildete private Ermittlerin begegnete er mit Hochachtung. Was ihn stutzig machte, war, dass sie ausgerechnet diesem Uli Köster hinterhergereist war, und das einzig und allein aufgrund eines Traumes. Auch er erinnerte sich an das Landschulheim, kein Wunder, wenn man so nah daran wohnte. Trotzdem konnte er nicht begreifen, dass Margareta einer so alten Geschichte hinterherjagte. Sie sah ihm an, dass er sich nicht sicher war, ob er ihr glauben oder ob er sie zu den Tatverdächtigen zählen sollte.

Sie tranken einen furztrockenen Frankenwein, den er ausgesucht hatte, da es angeblich sein Lieblingswein war.

Domina Spätlese trocken, zierte das Etikett des Bocksbeutels. Schon wieder blätterte er in der Speisekarte. Dabei war die Megawaffel keine zwei Stunden her.

»Ach, wie schön ist es doch, hier draußen unter lauschigen Bäumen zu sitzen, oder, liebe Margareta?«

Sie stimmte ihm nickend zu und nahm einen kleinen Schluck von ihrem sauren Getränk. Selbst schuld, sagte sie sich. Nur aus Höflichkeit hatte sie seiner Bestellung zugestimmt.

Günther setzte seine Lesebrille auf und studierte weiterhin die Speisekarte. »Ich nehme die Lendchen mit Pfifferlingen. Das hört sich gut an. Und du, Margareta? Was möchtest du? Ich lade dich natürlich ein. Kann ich alles einreichen. Spesen sind nun mal unvermeidlich.« Er schickte seinen Worten ein donnerndes Lachen hinterher.

Sie dachte gar nicht daran, die Einladung auszuschlagen, und schloss sich seinen Wünschen an. Der Monat war noch lang, ihr Geld mal wieder knapp. Deshalb lächelte sie ihn an und bedankte sich höflich.

Der Abend wurde lang. Margareta trank viel zu viel von dem sauren Wein. Die Lendchen hatten ihr gemundet. Irgendwann kam das Gespräch auf den Mann in dem alten Golf, der noch immer abwartend – auf was auch immer – in seiner Karre saß.

Margareta wollte Günther überzeugen, zu dem Mann hinzugehen und ihn nach dem Grund für sein stundenlanges Im-Auto-Sitzen zu fragen. Doch Günther interessierte sich mehr für sie als für den Typen.

»Was sagt denn dein Partner dazu, dass du hier im Oberbergischen diesem Uli Köster hinterherspionierst? Ist der nicht eifersüchtig?«

»Und ob. Ich habe ihm nur von meinem Traum erzählt,

das hat schon gereicht. Er denkt, dass ich wegen eines Auftrags hier bin. Habe ihm irgendwas von einer Observation, die mir dazwischengekommen sei, gesagt. Das glaubt er aber nicht. Dauernd schickt er mir Nachrichten und ruft an.« Sie hielt ihm ihr Smartphone unter die Nase.

Trotz seiner Zweifel, die er mit einer weiteren Flasche Wein vom Tisch wischte, mochte Günther Margareta, das spürte sie.

Margareta gab ihm zum Schluss sogar einen Kuss auf seine speckige Wange. Sie kroch ihm sonst wo hin, aus einem einzigen Grund: Sie wollte unbedingt bei der Wohnungsdurchsuchung des Mordopfers am nächsten Morgen dabei sein.

Der Kommissar hätte sich in den Hintern treten können, als er sich schlaflos in seinem Bett herumwälzte. Er ahnte Ärger auf sich zukommen, wenn Margareta in der Wohnung aufkreuzen würde. Okay, sie hatte ihm ordentlich Informationen geliefert, praktisch alles, was sie wusste.

Seufzend stand er gegen 3 Uhr auf und schaute aus dem Fenster hinüber zu der angeleuchteten Kirche. Günther, Günther, mahnte er sich, da hast du dir was eingebrockt!

Schweigen war angesagt während der Fahrt nach Deitenbach zur Wohnung des Uli Köster. Schon beim Frühstück im Landgasthof war der Kommissar recht wortkarg gewesen, und mehr als ein smartes Lächeln hatte er für Margareta nicht übrig gehabt. Trotzdem war sie so frech gewesen und war zu ihm in den BMW gestiegen, statt mit ihrem Polo hinter ihm herzufahren.

Als sie an besagter Wohnung in Deitenbach ankamen, standen die Autos der Kriminaltechniker und der beiden

Kollegen Wellermann und Susanna bereits vor dem Haus. Ebenso ein Streifenwagen mit einem Beamten darin, der vor dem Haus warten sollte. Die zwei Kriminaltechniker, Susanna und Wellermann machten lange Gesichter, als sie Margareta neben dem Chef in die Wohnung eintreten sahen, sagten jedoch nichts, da sie die Wutausbrüche des Ersten Hauptkommissars kannten.

Margareta betrat sämtliche Räume, als wenn nichts wäre. Sie glotzte in Schränke und Regale, fasste allerdings nichts an. So hautnah hatte sie die präzise Arbeit der SpuSi noch nie erlebt und war restlos begeistert.

»Und, habt ihr schon was gefunden?«, fragte Günther brummig.

»Nichts, Chef«, kam es von Wellermann.

Kopfschütteln von den Kriminaltechnikern und ein entschuldigendes Grinsen von Susanna.

Margareta gefiel die Wohnung, zweieinhalb Zimmer mit Bad und Dusche. Klein zwar, jedoch gemütlich mit großem Balkon, der zum See ausgerichtet war. Sogar halbwegs ordentlich sah es in allen Räumen aus.

Sie stellten die gesamte Wohnung auf den Kopf, entdeckten aber nichts Auffälliges. Da meldete der Polizist im Streifenwagen von draußen, dass soeben ein klappriger Golf mit seltsamem Kauz am Steuer aufgetaucht sei und zwischen den Polizeifahrzeugen geparkt habe.

»Jetzt reicht es! Wellermann, Sie und Susanna setzen den Mann fest, fragen ihn, was er hier will und wer er ist. Gestern stand er schon stundenlang vor der Gaststätte.«

»Wenn er der Mörder von Uli Köster wäre, würde er doch nicht die Dreistigkeit besitzen, hier vorzufahren. Es sei denn, er wartet auf etwas Bestimmtes«, mischte sich nun Margareta ein.

Die Kriminaltechniker rückten ab, und nachdem Wellermann und Susanna nach draußen gegangen waren, war sie mit dem Kommissar alleine. Ihr Blick ging zu einem altmodischen Setzkasten an der Wand, wie man ihn in den 70er-Jahren in fast jedem Wohnzimmer gefunden hatte. Allerhand Gedöns, wahre Schmutzfänger wies er auf, und Margareta steckte ihre Nase in jedes Kästchen.

Ein klein zusammengefaltetes Blatt erweckte ihre Aufmerksamkeit. Sie zog es aus dem schmalen Fach und faltete es auseinander. Auf dem Blatt war eine Karte abgebildet.

Günther schluckte, sagte nichts. Sie wolle am Nachmittag abreisen, da ihr Auftrag in Mülheim warten würde, hatte sie ihm beim Frühstück erzählt. Er seufzte. Wenn sie bei Reinholds vom Hof fuhr, würde er drei Kreuze machen, schwor er sich. Am liebsten hätte er ihr das Papier aus der Hand gerissen und Margareta ordentlich beschimpft, traute sich jedoch nicht, als er in ihr hübsches Gesicht schaute. »Was hast du da?«, fragte er stattdessen. Es fiel ihm heute schwer, sie zu duzen.

»Eine Art Schatzkarte, selbst gezeichnet. Da ist bestimmt die Beute des Bankraubs versteckt. Und rate mal, wer die sucht? Der Kerl in dem alten Golf, hundertprozentig! Das ist mit Sicherheit sein Kumpan, mit dem er gemeinsam im Gefängnis gesessen hat. Wollen wir wetten?«

»Ich wette nicht«, murmelte Günther und beugte sich über Margaretas Schulter, um etwas von der Karte sehen zu können.

Kindergekritzel vom Allerfeinsten, Wald, Wasser und einige Wege waren zu erkennen. Oben in der Ecke ein Kompass. Sollte wohl professionell wirken. In der Mitte ein rotes Kreuz, genau am Fuße des über 400 Meter hohen Aggerhomerts, einem Berg im Aggertal über Deitenbach.

»Da hat er die Beute versteckt!« Margareta war völlig aufgedreht.

»Ist doch Unsinn! Überleg mal – warum sollte Uli das Geld nicht längst geholt haben? Weil sein Kumpel noch saß? Meinst du, er hat gewartet, bis der ebenfalls aus dem Knast kommt, um dann brüderlich mit ihm zu teilen? Du glaubst wohl noch an das Gute im Menschen, was?«

»Kann doch sein. Oder es war so, dass Uli sich noch nicht getraut hat, die Beute zu holen, seinem Kumpel aber auch nichts verraten hat, um die Beute irgendwann für sich alleine zu haben. Daraufhin hat der Kerl ihn umgebracht und in die Talsperre geworfen.«

»Und ihm vorher noch die Augen ausgestochen, nicht zu vergessen. So ein Quatsch!«

Günther und Margareta hielten sich noch immer in Ulis Wohnung auf, als das Telefon des Kommissars klingelte. Seine beiden Kollegen hatten den Golf-Fahrer bereits vernommen.

Der heruntergekommene Kerl aus dem alten Golf war tatsächlich der Knastkumpel von Uli Köster und erst vor wenigen Tagen entlassen worden. An dem Sparkassenraub war er nicht beteiligt gewesen, hatte von Uli jedoch so viel über die 500.000 Euro gehört, dass er gerne einen Teil davon gehabt hätte. Leider hatte er Uli nicht angetroffen, weder an seiner Wohnung noch bei der Arbeit noch in den nahen Lokalen und Kneipen. Vor der Seeklause hatte er mehrere Stunden verbracht, ebenso gestern vor dem Gasthof in Lieberhausen. Er hatte sich zwar über das plötzliche Polizeiaufgebot gewundert, aber nichts von dem Toten in der Aggertalsperre mitbekommen.

Der auf dem Sofa sitzende Günther lobte seine beiden Kollegen und beendete das Telefongespräch.

Margareta saß Günther gegenüber in einem Sessel. »Und was nun? Wollen wir hier Wurzeln schlagen?«

»Was empfiehlst du, Miss Marple?«

Margareta zuckte mit den Schultern.

Günther lief angesichts des Durchzugs, der in der Wohnung herrschte, die Nase, und er kramte in seiner Jacke nach einem Taschentuch. Grinsend zog er einen Asservatenbeutel heraus. »Na, guck mal. Das habe ich doch tatsächlich vergessen abzugeben. Ein Stück Strick. Hatte der Tote am Bein.«

Margareta riss ihm den Beutel aus der Hand und betrachtete das sich darin befindende Teil. »Das ist ein Kälberstrick. Kennst du das nicht?«

»Nee, woher?« Bewundernd schaute Günther Margareta an. »Und was hat das zu bedeuten?«

Huberts Worte fielen Margareta ein. Ulis Ex-Frau Maja kam von einem Bauernhof, ihr Vater zog Kälber groß. Sie sprang vom Sessel auf. »Los, komm! Ich weiß, wer es war. Uli Köster war mal verheiratet. Habt ihr das schon herausgefunden?«

Der Kommissar nickte.

»Und zufällig auch, wo sich der Hof seines Ex-Schwiegervaters befindet?«

»Klar, bei Meinerzhagen. Aber was hat der damit zu tun?«

»Nun gib mal Gas! Sonst bekommst du nachher keine Waffel bei Reinholds.« Sie warf ihm den Kälberstrick zu.

Jetzt musste er lachen.

In wenigen Minuten hatten sie den maroden Hof bei Meinerzhagen erreicht. Margareta erschrak, als sie den Bauer sah, der ewig brauchte, um die Tür zu öffnen. Dieser klapprige Landwirt bewirtschaftete noch einen Hof?

Der war doch niemals in der Lage, jemandem den Schädel einzuschlagen und ihm die Augen auszustechen.

Das Bäuerlein brach wenig später weinend am Küchentisch zusammen und gestand die grausige Tat. Zusammen mit seiner Tochter Maja und deren Freund habe er Köster aufgesucht, da sie etwas vom Geldkuchen abhaben wollten. Ihr Hof sei hoch verschuldet. Doch Uli sei uneinsichtig gewesen und habe das Versteck nicht verraten wollen. Also mussten sie Gewalt anwenden. Der neue Freund der Tochter, ein Fitnesstrainer aus dem Ort, sollte Uli mit ein paar gezielten Schlägen zum Sprechen bringen. Dieses Kraftpaket habe ihm aber aus Versehen den Schädel eingeschlagen. Um es wie einen Ritualmord aussehen zu lassen, hätten sie ihm die Augen ausgestochen und ihn dann an der Aggertalsperre ins Wasser geworfen.

»Schulden! Ich habe Schulden!«, schrie der alte Mann durch die Küche, bevor er weggebracht wurde.

Als Günther sich im Gasthof Reinhold gerade über seine Pflaumenwaffel hermachte, ging sein Telefon. Wellermann teilte ihm mit, dass man das Geld, leider nur noch 300.000 Euro, auf dem höchsten Punkt des Aggerhomerts gefunden habe.

Nach dem Telefonat legte er seine Hand auf Margaretas und schaute sie liebevoll an. »Wenn wir dich nicht gehabt hätten«, lobte er sie.

»Dann würdet ihr jetzt noch suchen!« Und das meinte sie auch so.

»Wieso hat er nicht das ganze Geld geholt? Wieso hat er sich krumm geschuftet, obwohl er sich längst ein schönes Leben auf irgendeiner Südseeinsel hätte aufbauen können? Und was hat er mit den fehlenden 200.000 gemacht?«, wollte Margareta wissen.

»Damit hat er sich die Wohnung gekauft, die gehörte nämlich ihm. Alles andere werden wir nie erfahren«, meinte Günther.

5. ICH BIN DER GUTE HIRTE

Der TV-Bericht über diese Svea Bergermann mit ihrer Wanderschafherde in der »Aktuellen Stunde« begeisterte Karina dermaßen, dass sie sofort anfing zu googeln. Die Frau zog mit über 400 Schafen durch die Natur, fernab von Hektik und Stress. An ihrer Seite zwei Hütehunde und ein Gehilfe.

Nachdem die neugeborenen Lämmer groß genug und sicher auf ihren kurzen Beinchen waren, hatte sich die Schäferin mit ihrer Herde auf den Weg gemacht. Momentan war sie mit den Bentheimer Landschafen laut Karinas Internetrecherche nach Brochterbeck unterwegs, wo sie vermutlich morgen ankommen würde. Karina sah die idyllische Gegend vor sich, die Obstwiesen, auf denen sich die Schafherde ausbreitete.

Ein wahnsinniges Fernweh packte Karina. Doch wie sollte sie es anstellen, jetzt dort hinzufahren? Mitten im Schuljahr, als Realschullehrerin? Vier Wochen vor den großen Ferien? Halte die vier Wochen noch durch, sagte sie sich, dann steht der Sylturlaub mit Simone an. Zur Hochburg der Nudisten. Nichts mit teurer Badebekleidung. Karina und ihre Freundin wollten sich nackt am FKK-Strand tummeln. Wie im letzten Jahr wollten sich die beiden so, wie Gott sie geschaffen hatte, am feinen Sandstrand rekeln und sich frei fühlen. Herrlich war es gewesen letztes Jahr. Völlig ungezwungen. Karina und ihre Freundin, zwei Durchschnittsfrauen Mitte 30, waren sich unter den vielen Menschen im

Adams- und Evakostüm vorgekommen wie Models. Unter den Blinden war der Einäugige König.

Alles war gebucht, und doch zog es sie zu dieser Wanderschafherde ins Tecklenburger Land, fernab von Konsum und lauten Blagen, solche, die sie tagtäglich unterrichtete und um deren Belange sie sich zu kümmern hatte. Morgen war schon wieder Montag.

Sie schüttelte sich, sprang vom Küchenstuhl auf und raste in den Keller, suchte nach dem kleinen Zelt, in dem sie im vorigen Jahr mit ihrer Nichte ein Wochenende verbracht hatte. In einem Regal wurde sie fündig. Euphorisch nahm sie Zelt, Schlafsack und Luftmatratze mit nach oben in die Wohnung, prüfte alles genau, setzte sich anschließend wieder an den Tisch und überlegte, wie sie es anstellen könnte, ab morgen eine Woche frei zu haben und diese Reise von 109 Kilometern nach Brochterbeck anzutreten. Sie sah ihren griesgrämigen Chef, Rektor Christian Klaffenböck, mit der riesigen dunklen Brille vor sich. Er würde sich durch sein Haar wühlen, sie lange ansehen, den birnenförmigen Kopf zur Seite neigen und dann sein »Ja, was machen wir denn da?« aus seinen faltigen Lippen fallen lassen, um ihr schlussendlich mit einem Hieb auf den Tisch keinen Sonderurlaub zu gewähren.

Nein, das musste anders gehen. Sie würde morgen früh bei ihrem Hausarzt, dem lieben Dr. Henneke, aufschlagen und stöhnen, was das Zeug hielt, um ihm eine Arbeitsunfähigkeitsbescheinigung von einer Woche aus dem Kreuz zu leiern. Ja, so würde sie es machen.

Keine 24 Stunden später saß sie frohgelaunt hinter dem Steuer ihres Golfs und fuhr auf der A 31 dem Tecklenburger Land entgegen. Der Arzt, genervt, weil Montag und volle

Praxis, hatte ihr auf dem Bauch herumgedrückt, dann die Verhärtungen am Nacken kontrolliert und sie danach mit einer AU-Bescheinigung über eine Woche aus dem Behandlungszimmer geschickt. Auf dem Parkplatz der Arztpraxis hatte sie nach dem Diagnoseschlüssel K 30 gegoogelt, um zu erfahren, welche Krankheit sie hatte. »Funktionelle Dyspepsie, Verdauungsstörung«, war dort zu lesen gewesen. Nee klar, mit so was konnte man nicht unterrichten. Ausgeschlossen, wenn man ständig seine Klasse im Stich lassen musste, um das Klo aufzusuchen. Schnell noch das Sekretariat der Schule angerufen und etwas in den Hörer gestöhnt, dann war es losgegangen.

Schafe, ich komme!

Svea Bergermann schaute zufrieden auf ihre Schafherde, die sie seit dem letzten Sommer betreute. Der bisherige Wanderschäfer hatte letztes Jahr gekündigt, und sie hatte die Chance ergriffen, die große Herde von über 400 Schafen zu übernehmen. Sie war ausgebildete Schäferin, hatte bisher aber keine leitende Position gehabt.

Was hatte sie sich seither von Freunden und Bekannten für Sprüche anhören müssen! Platz an der Sonne, Schäferromantik, lustig in den Tag hineinleben, abends am Lagerfeuer bei einem Glas Wein den Abend ausklingen lassen. Nichts als Ruhe und Frieden. Hatten die eine Ahnung, wie ihr Leben wirklich aussah!

Heute tanzte keines ihrer Lieblinge aus der Reihe. Immer wieder rief sie mit heller Stimme: »Schaafee!« Mit den Rufen wollte Svea vor allem die Tiere in den hinteren Reihen erreichen. Wie ein Bandwurm zog sich die Herde teils abseits der Wanderwege durch den Teutoburger Wald. Am Ende der Herde befand sich ihr Mitarbeiter Torsten Hövels, den sie auch nach einem Jahr Zusammenarbeit noch nicht einzuschätzen vermochte. Ein schlaksiger junger Mann von 25 Jahren, gelernter Tierwirt, Schwerpunkt Schäferei. Sogar ein Fachabitur konnte er nachweisen. Trotzdem fand Svea, dass sein Gehalt von 2.200 Euro viel zu hoch und quasi rausgeschmissenes Geld war. Auf sie wirkte er einfach nur blöd und faul.

Nach knapp zwei Stunden hatte sie ihr Ziel erreicht. Sie war an der Fliehburg angekommen. Die Schafe fingen an zu grasen, senkten ihre possierlichen Köpfe. Svea holte den mobilen Zaun aus dem Kofferraum ihres Autos, das sie am Morgen hier abgestellt hatte.

Bei ihrem Vorgänger, der die Herde 18 Jahre geführt hatte, war sie schon in die Lehre gegangen. Die Region und die Herde waren ihr also nicht fremd. Liebe Tiere waren es, anspruchslos im Futter und gut sozialisiert. Sie bereiteten ihr am wenigsten Sorgen. Ein viel größeres Problem war Torsten, dieser Faulpelz. Sie drehte sich um und schaute nach ihm. Er war gerade mit dem Zaun beschäftigt. Torsten hatte eindeutig den Beruf verfehlt, er würde sich besser in einem Supermarkt an der Obsttheke machen. Beim faulen Obst.

Außerdem sorgte sie sich um das Futter für die Tiere. Die lang anhaltende Trockenperiode forderte ihren Preis. Die Wiesen auf ihrer Wanderroute waren mager. Deshalb musste sie sich oft mühsam durchfragen, um geeignete Weiden zu finden. Die Hälfte ihrer Arbeitszeit verbrachte sie damit, Flächen auszukundschaften und mit den Eigentümern zu verhandeln. Mit dieser Arbeit fühlte sie sich alleingelassen, denn Torsten sah sich dafür nicht zuständig.

Die Herde müsste ihrer Meinung nach reduziert werden. Doch genau darin lag ihr Problem. Wer nahm das Schaf- und Lammfleisch ab? Die Nachfrage war gleich null. Nur zu

Ostern und zu Weihnachten füllte sich der kleine Laden ihrer Organisation. Eigentlich müsste sie pro Woche fünf bis zehn Tiere schlachten lassen. Doch leider schätzte die Region die Schafherde nicht kulinarisch, sondern nur als romantischen Blickfang. Weitere Sorgen machte sie sich auch, wenn sie an den nächsten Winter dachte. Wo sollten kranke und schwache Tiere beherbergt werden? Sie verfügte über keine Ställe. Lediglich im März wurde ein Stall angemietet, in dem der Schafnachwuchs zur Welt kommen konnte.

Trotz aller Sorgen schaute Svea lächelnd zu ihren Schäfchen. Ihr ging das Herz auf, wenn sie in die friedlichen Gesichter der lieben Tiere blickte, die ihr auf Schritt und Tritt folgten. Das waren die Momente, die sie allen Kummer vergessen ließen. In Wirklichkeit waren es jedoch nicht alle Schafe, sondern nur wenige Leittiere, die die Herde anführten und der Schäferin auf den Fersen waren. Selbst das große Wendemanöver, das Svea diesen Vormittag im Teutoburger Wald mit der Herde absolviert hatte, war wie von Geisterhand gelungen. Nach wenigen Minuten waren Mensch und Tier wieder auf dem richtigen Weg gewesen.

Eine Ausbrecherkönigin gab es auch in der Herde. Sie schaffte es immer wieder, den Elektrozaun zu überwinden, und war deshalb inzwischen mit Farbe markiert. Svea suchte die Herde nach dem markierten Schaf ab und atmete erleichtert auf, als sie es entdeckte. Gleich darauf seufzte sie, denn Torsten hatte seine Arbeit schon wieder unterbrochen und sich seine Kopfhörer aufgesetzt.

Auf der Fliehburg hatten es die Tiere wirklich gut. Verkrochen sich in Grüppchen unter Bäumen, grasten hier, grasten dort – ein wunderschönes Gelände. Svea überlegte, Torsten zu ermahnen, beschloss jedoch, sich selbst ein wenig Ruhe zu gönnen. Sie setzte sich an einen Baum, lehnte sich zurück, schloss kurz die Augen und gab sich dem munteren Vogelgezwitscher hin.

Ein ganz aussichtsloser Fall war Torsten auch wieder nicht. Auch wenn er mit den Kopfhörern nichts hörte, sehen konnte er. Bestimmt behielt er die Herde im Blick, dachte sie ausnahmsweise mal positiv über ihn.

Das Geblöke, besonders das der kleinen Lämmer, war Musik in ihren Ohren. Das waren die wirklich schönen Momente ... Ja, hier würde sie ihr Nachtlager aufschlagen, beschloss sie.

Als sie die Augen wieder öffnete und den Waldrand nach Torsten absuchte, war der nirgendwo zu entdecken. Egal, er taucht bestimmt gleich wieder auf, dachte sie. Sie wollte sich nicht schon wieder aufregen.

Und das tat er wenig später, kam mit ihrem Wagen angefahren, um Trinkwasser für die Tiere aufzufüllen. Doch kein Schlechter, sagte sich Svea erneut und zog ein kleines Lamm, das ihr gerade über die Füße lief, auf den Schoß, um es zu knuddeln.

»Kannste von mir auch haben, so ein paar Kuscheleinheiten«, meinte Torsten grinsend und leckte sich über die Lippen.

»Nein, danke!« Svea zog von den Pluspunkten, die sie ihm gegeben hatte, die Hälfte ab.

Karina traf gegen Mittag an der Fliehburg ein und parkte auf einem der Wanderparkplätze. Ihr Gepäck ließ sie erst einmal im Wagen. Sicherlich war es verboten, wild zu zelten. Was hatte sie da bloß für eine Schnapsidee gehabt? Angetan von der hügeligen Gegend mit den wunderbar blühenden Obstbäumen, lief sie der blökenden Schafherde entgegen. Inmitten der Herde entdeckte sie eine schlanke Frau mit schwarzem Hut, die zwischen den Schafen saß, zwei schmale Schäferhunde an ihrer Seite. Hinter dem Zaun sah sie Wanderer, die Spaß an der Herde hatten und die Tiere beobachteten. Ein junger Mann, ebenfalls mit schwarzem Hut und Schäferweste, stand mitten in der Schafherde und beobachtete sie. Was sollte sie tun? Sich zu erkennen geben? Der Frau erzählen, dass sie sie aus dem Fernsehen kannte und von ihrer Arbeit angetan war? Die würde sie für verrückt erklären. Lauf weiter, lauf einfach weiter, alles andere ergibt sich schon, hoffte sie.

Als sie sich der Schäferin näherte, kamen die beiden Hunde auf sie zugerannt und sahen sie neugierig an, gaben jedoch keinen Laut von sich.

»Hallo«, rief sie der Frau freundlich zu, die den Gruß mit einem stummen Nicken erwiderte.

»So lässt es sich aushalten, was?« Es war Unsicherheit, die Karina so einen Blödsinn reden ließ.

»Pah, ihr Touristen habt doch keine Ahnung vom Leben einer Schäferin. Machen Sie, dass Sie wegkommen.« Svea war genervt. Genervt von diesen blöden Sprüchen.

»Entschuldigung! Das war nicht so gemeint. Ich habe einen TV-Beitrag über Sie gesehen und wollte das mal live erleben. Ich komme aus dem Ruhrgebiet.« Sei ehrlich, mahnte sie sich.

»Sie fahren so eine weite Strecke, nur um mich und meine Herde zu sehen?« Svea schüttelte verständnislos den Kopf. Allerdings erschien ein freundliches Lächeln auf ihrem Gesicht.

»Ja, ich habe kurz entschlossen mein Zelt eingepackt, meinen Arzt belogen, meinem Chef was erzählt, und hier bin ich.«

»Wild Campen ist hier nicht erlaubt.«

»Wo übernachten Sie? Auch im Zelt, bei Ihren Tieren?«

»Nee, im Auto. Ich fahre einen Jeep, den ich immer dahin hole, wo wir uns mit der Herde aufhalten. Manchmal laufen sie auch hinter dem Autor her. Mein Gehilfe dahinten schläft im Zelt. Zum Duschen gehen wir mal hierhin, mal dorthin, haben unsere Stellen auf irgendwelchen Höfen. Aber warum erzähle ich Ihnen das alles?«

Karina musste lachen. »Weil ich auch ehrlich zu Ihnen war?« Sie schaute sich den jungen Mann, der sich nun mit den Schäferhunden beschäftigte, genauer an. »Gut, dass Sie nicht alleine sind, bei so vielen Tieren.«

»Wenn ich weiterhin ehrlich sein soll … Er kassiert ein dickes Gehalt für seine Arbeit, die miserabel ist. Doch was soll ich tun? Finden Sie mal einen Schäfer. So toll, wie alle denken, ist der Beruf auch nicht. Von wegen am Lagerfeuer sitzen und Schafe beobachten, und das war's!« Svea scharrte mit einem Stock im Sand herum und begann zu erzählen. Kein kleiner roter Schäferwagen am Waldrand mit niedlichen Fenstern und einer süßen Tür, keine holzvertäfelten Wände, kein Doppelbett mit Bauernbettwäsche, kein Schrank mit Geschirr und Besteck, Wasserkocher und Herdplatte. Keine Spur von Schäferromantik und Nostalgie.

»Ein Schlag ins Gesicht für alle Romantiker, das sage ich Ihnen! Die Organisation, die vor allem am Laptop stattfindet, verschlingt viel Zeit. Tja, und das Wandern durch die herrliche Landschaft? Bei gutem Wetter und wenn alle Schafe mitmachen, ist es schön, dennoch nie stressfrei. Doch an Regentagen? Außerdem muss die tägliche Versorgung der Tiere gewährleistet sein. Ständig muss ich anfragen, wo und wann ich mit den Tieren aufschlagen darf. Die Bauern haben den Restaufwuchs ihrer Grünflächen voll im Blick. Viele freuen sich, kostenlosen Dünger geliefert zu bekommen, aber längst nicht alle. Wasser muss täglich herangefahren werden, wenn keine Wasserstelle zur Verfügung steht. Wird mal ein Tier ernstlich krank, wird es zum Arzt gefahren. Nicht außer Acht lassen darf man die Klauenpflege. Die Tiere sind recht empfindlich. Und mit den Kleinen loszuziehen, ist auch nicht immer einfach. Sie verlieren öfters ihre Mutter und suchen sie dann überall. Und auch ich habe einen Chef, der mir zwar nicht im Nacken sitzt, jedoch allgegenwärtig ist. Aber ich will nicht jammern. Jeder Beruf hat seine Schattenseiten. Was arbeiten Sie?« Es interessierte Svea nicht wirklich, doch sie wollte nicht unhöflich sein, nachdem ihr Gegenüber so großes Interesse an ihrem Beruf zeigte.

»Ich bin Realschullehrerin. Betreue eine sechste Klasse. Das geht noch, ältere Schüler sind schlimmer. Wenn ich mittags nach Hause fahre, meldet sich mein Tinnitus und ich kann nicht mal mehr das Radio im Auto ertragen.«

Sie lebten beide allein, stellten sie während ihrer Unterhaltung fest, hatten von Männern die Nase voll. Inzwischen waren sie beim Du.

»Schau dir den doch an, diesen Torsten. Der macht keinen Handschlag zu viel, kennt nur die Gesetze.«

»Hast du negative Erfahrungen mit ihm gemacht? Du bist so schlecht auf ihn zu sprechen.«

Svea fing an zu lachen. »Ich mache täglich schlechte Erfahrungen mit ihm. Wenn ich dem jetzt sagen würde, er soll in den Ort gehen und was zu essen und eine Flasche Wein holen, was meinst du, was der für einen Aufstand machen würde?«

»Was zu essen wäre echt nicht schlecht«, meinte Karina. »Dazu ein Schlückchen Wein, das wäre die Krönung. Darf ich dich einladen?«

Svea rief ihren Gehilfen, um ihm mitzuteilen, dass er Pizza und zwei Flaschen Wein besorgen möge. Sie wartete darauf, dass er austicken und ihr aufzählen würde, was in seinen Aufgabenbereich gehörte und was nicht. Doch nichts dergleichen. Er sagte sofort Ja, nickte Karina freundlich zu und machte sich sogleich auf den Weg.

»Ich weiß gar nicht, was du hast«, sagte Karina zu Svea, als Torsten außer Hörweite war. »Aber sind zwei Flaschen Wein nicht zu viel? Ich muss noch fahren«, gab sie zu bedenken.

»Ach was, du zeltest natürlich hier. Gleich dahinten, wo mein Jeep steht, kannst du dein Zelt aufbauen. Das sieht keiner.«

Die zwei Frauen, beide eigensinnig und schwierig im Umgang mit ihren Geschlechtsgenossinnen, hatten sich gefunden, waren sich sympathisch und wenig später schon fast so etwas wie Freundinnen.

Es versprach, ein heiterer Abend zu werden, genau so, wie Karina ihn sich vorgestellt hatte.

Oben am Waldrand lag ein Mann. Seine Kleidung war total verschmutzt, als wäre er eine lange Strecke über den Boden gerobbt. Er lag wohl schon einige Zeit dort. In ein paar Metern Entfernung tippelten zwei Raben hin und her, als seien sie noch unschlüssig, ob sie ihre Schnäbel in diesen Körper hacken sollten. Im Wipfel des Baumes daneben begann ein Specht mit seinem Tagwerk.

Das frühe Sonnenlicht floss über den Waldboden in Richtung des Mannes und zeigte das Ausmaß der Tragödie. Dem Mann war die Kehle durchgeschnitten worden. Oder durchgebissen. Rechts und links neben ihm lagen zwei tote Schafe, ebenfalls mit durchtrennter Kehle, ansonsten jedoch waren ihre Körper unversehrt. Die anderen Tiere der Herde, die

sich in der Nähe befanden, wussten nicht, was sie tun sollten, trauten sich nicht näher heran, weder an den Mann noch
an ihre toten Artgenossen.

Als Svea erwachte, brauchte sie einige Zeit, um zu realisie-
ren, wo sie war. Sie schaute auf ihre Uhr. Das kann nicht
sein, sagte sie sich, schaute ein zweites Mal. Bereits 11 Uhr.
Ihr Tag begann normalerweise um spätestens 7 Uhr.

Sie hielt sich den schmerzenden Kopf, und plötzlich fiel
ihr der Wein ein, den sie mit der Frau – wie hieß sie noch
gleich? Karina, richtig – gestern Abend konsumiert hatte.
Spät war es geworden. Bis Mitternacht hatten sie draußen
am Lagerfeuer gesessen, das Torsten für sie angezündet hatte,
und sich angenehm unterhalten, gelacht, gehetzt, sich köst-
lich amüsiert. Irgendwann hatten sich diese Karina und Torsten in ihre Zelte verzogen, und sie war an Ort und Stelle
eingeschlafen, hatte es nicht einmal mehr geschafft, in ihr
Auto zu krabbeln.

Die Schafe irrten desorientiert hin und her. Ihre beiden
Hunde, Sam und Willi, lagen herum, als hätten sie gestern
Abend ebenfalls zu viel Wein getrunken. Wo war Torsten?
Wieso kümmerte er sich nicht um die Tiere? Mit wackeli-
gen Beinen stand sie auf und ging auf das Zelt zu, in dem
ihr Besuch wohl noch schlief.

Völlig benebelt kroch Karina aus dem Zelt und richtete
sich auf. Gemeinsam suchten sie nach Torsten, als Erstes in
seinem Zelt. Doch das war leer. Wie von einer unbekannten Macht angezogen, gingen sie dem Waldrand entgegen.
Beide Frauen ahnten, dass etwas passiert war, schauten sich
verzweifelt an.

Kaum hatten sie den Wald erreicht, schrie Svea auf. »Oh
mein Gott, da liegen Torsten und zwei Schafe!« Sie rannte

los, Karina ihr hinterher. Je näher sie dem Toten kamen, desto unruhiger wurden die Vögel, die bereits an ihm herumpickten, und schließlich flogen sie davon.

Karina hielt sich die Hand vor den Mund, um nicht ebenfalls laut zu schreien. So hatte sie sich ihre Schäferauszeit nicht vorgestellt.

Entsetzt schauten die beiden Frauen auf den toten Torsten. Dass hier jede Hilfe zu spät kam, wurde ihnen sofort klar. Alles war voller Blut, der Blick starr nach oben gerichtet, jedoch gebrochen. Auch die Schafe waren tot.

»Vielleicht war es ein Wolf oder gleich mehrere«, meinte Karina, die sich inzwischen auf den Boden gesetzt hatte, da ihr die Knie weich geworden waren.

»An Menschen gehen Wölfe nicht, und an Schafe auch nicht, wenn ein Mensch in der Nähe ist. Außerdem hätten die Hunde angeschlagen. Es gibt zwar Wölfe hier in der Gegend, neulich wurde einer in Laggenbeck gesichtet, ein weiterer in Lengerich, aber ich finde es zu einfach, es den Wölfen in die Schuhe zu schieben. Ein Wolf hätte zumindest den Schafen nicht nur die Kehle durchgebissen, sondern sie oder einen Teil von ihnen auch gefressen. Da steckt jemand anderer dahinter.«

Ungewohnter Lärm drang zur Fliehburg hinauf. Das machte nicht nur die Schafe nervös. Mehrere Polizeifahrzeuge und ein Rettungswagen näherten sich der Weide, trauten sich jedoch nicht, zu nah heranzufahren.

Nachdem die Polizeibeamten den Tatort in Augenschein genommen hatten, wurde die Kripo angefordert, da es sich eindeutig um Mord handelte.

Clemens van Deil, Sveas Ansprechpartner vom nahe gelegenen Stecklinghof, den sie angerufen hatte, war zeitgleich mit der Polizei erschienen. Er hatte seinen halbwüchsigen Sohn dabei. Sie kümmerten sich um die Schafe, entschieden sich, den Schafzaun noch nicht abzubauen, da die Herde samt Svea sicherlich vor Ort bleiben musste.

Wenig später traf der Kommissar ein, dunkle Föhnfrisur, ebenmäßiges Gesicht, dunkelbraune Augen, einen stabilen Kollegen an seiner Seite. Nachdem er den Toten in Augenschein genommen hatte, stürzte er sich sofort auf Svea, um sie mit Fragen zu bombardieren. Er taxierte sie mit wachsamem Polizeiblick.

Der stabile, riesengroße Kollege war rein äußerlich das genaue Gegenteil von diesem Schönling, schaute Svea aber weitaus freundlicher an. »Halten Sie sich zu unserer Verfügung, wir haben später noch weitere Fragen an Sie«, sagte er erklärend, als der Kommissar ohne ein Wort davoneilte.

Das übliche Prozedere folgte. SpuSi und Erkennungsdienst machten sich an die Arbeit. Die Schafe stoben auseinander. Die beiden Hunde waren irritiert.

Svea konnte noch immer nicht fassen, was geschehen war. Sie schaute dem Treiben zu wie eine Zuschauerin im Kino. Alles kam ihr sehr unwirklich vor, was teilweise vom vorabendlichen Weinkonsum herrührte. Wäre es nicht passiert, wenn sie nüchtern gewesen wäre? Okay, sie hatte Torsten nie gemocht, doch den Tod hatte sie ihm nicht gewünscht. Nun musste sie einen neuen Gehilfen anlernen und sich tagelang mit dem hiesigen, arroganten Gutsbesitzer Clemens van Deil herumärgern und den nervigen Sohn ertragen, der seinem Alten aus der Hand fraß.

Diese Karina hatte ihr kein Glück gebracht, stellte sie fest, während sie die kümmerliche Gestalt beobachtete, die auf dem Boden hockte. Gestern Abend war sie noch angetan gewesen von dieser Begegnung. Was sollte sie tun? Die

Frau nach Hause schicken? Aber die Polizei würde bestimmt auch mit ihr reden wollen.

Weiter kam sie nicht in ihren Überlegungen, denn der Kommissar und sein Kollege traten erneut auf sie zu. Erst jetzt stellten sie sich vor. Der Kommissar, Frank Groll hieß er, widmete sich Svea, der stabile Kollege namens Benedikt Würfel nahm sich Karina zur Brust, die endlich vom Boden aufstand.

»Wie war Ihr Verhältnis zu Torsten Hövels? Kamen Sie gut mit ihm zurecht?« Wieder sah der schöne Kommissar Svea durchdringend an.

»Überhaupt kein Verhältnis hatte ich mit ihm. Was wollen Sie mir da anhängen?« Am liebsten hätte sie Sam, der treu neben ihr saß, den Befehl »Kehle« gegeben und ihn auf den Kommissar gehetzt. »Er war mein Gehilfe. Und nicht einmal ein guter. Faul wie Brot war er.«

»Ach, ein Arbeitsverhältnis ist kein Verhältnis? Wieso fühlen Sie sich denn gleich angegriffen? Außerdem haben die Spatzen bereits von den Dächern gepfiffen, dass Sie nicht gut mit ihm auskamen. Typisch leistungsorientierte Frau. Die geht über Leichen, um besser zu sein als ein Mann.«

Svea verschlug es die Sprache. Wie konnte ein Polizist, Kommissar sogar, so frauenfeindlich und unreflektiert sein? Sie brauchte einen Moment, um sich zu fassen. »Da müssen Sie ja nicht um Ihr Leben fürchten, denn besser als Sie zu sein, dürfte keine große Herausforderung darstellen. Außerdem habe ich keine Lust, mich provozieren zu lassen. Sind das die neuesten Ermittlungsmethoden?«

Der schöne Frank grinste. Die Frau beeindruckte ihn und gefiel ihm zunehmend, trotz ihres schlechten Rufs. Er ging nicht weiter auf Torsten ein, sondern ließ sich nun erzählen, um wen es sich bei dieser Karina handelte und was sie hier wollte.

Svea erklärte ihm, wie es zu ihrer Begegnung gekommen war, dass Karina nach einem Fernsehbericht über sie gleich losgefahren sei, um Svea und ihr Schäferleben persönlich kennenzulernen. Doch das schien ihr der Kommissar nicht abzukaufen.

»Denken Sie, sie hat Torsten umgebracht? Und zwei niedliche Schafe gleich dazu? Sie kannte ihn doch überhaupt nicht! Welches Motiv sollte sie gehabt haben?«

Er sagte nichts mehr, der schöne Mann, fuhr sich mit seiner Hand durch sein volles Haar und zuckte nur mit den Schultern. Für ihn waren beide Frauen tatverdächtig.

Svea gab sich versöhnlicher. »Wissen Sie, mir ist selten mal eine Frau sympathisch. Zwischen Karina und mir jedoch stimmte die Chemie, und wir haben uns gestern Abend die Kante gegeben. Ist doch nicht strafbar, oder? Die Tiere waren versorgt. Da lebte Torsten noch.«

»Nein, das ist nicht strafbar«, sagte Groll nur und wandte sich Clemens van Deil zu, den er gefressen zu haben schien.

Eine letzte Frage brannte Svea noch auf den Lippen. »Was mache ich mit Karina? Nach Hause schicken? Und ich? Ich muss weiter …«

»Diese Karina sollte bleiben und sich zu unserer Verfügung halten. Vielleicht haben wir noch Fragen an sie. Sie wollen mit den Tieren weiter gen Tecklenburg ziehen? Heute jedenfalls nicht mehr. Wie ich gehört habe, wird Herr van Deil Sie begleiten.«

»Da wissen Sie mehr als ich.« Der hat seine Lauscher auch überall, dachte sie. »Spätestens morgen muss ich aber weiter, hier finden die Tiere nichts mehr zu grasen.«

»In Ordnung, ich weiß ja, wo ich Sie finde«, stimmte Groll zu.

Frank Groll und Benedikt Würfel saßen in ihrem kümmerlichen Büro, schweigend über ihre Schreibtische gebeugt. Benedikt hatte den Auftrag, eine Soko einzurichten, und dachte darüber nach, wie er sie nennen könnte. Durch seine dicke Brille sah er seinen Chef Frank an und trug ihm verschiedene Namen vor: Soko Lamm, Soko Schaf, Soko Fliehburg oder Soko Kehle.

Frank schmunzelte und schüttelte den Kopf. »Der Name ist letztendlich egal. Wir müssen schnellstens den Mörder finden. Dass auch zwei Schafe dran glauben mussten, ist reines Ablenkungsmanöver, wenn du mich fragst. Um es so aussehen zu lassen, als hätte ein Wolf die drei gerissen. Wie blöd kann man sein? Um zu erkennen, dass die Kehlen mit einem Messer durchtrennt wurden, braucht es nicht einmal eine kriminaltechnische Untersuchung.«

Benedikt wusste keine Antwort, überlegte haarscharf. »Du vermutest, dass die beiden Frauen mit drinhängen, oder? Kann ich mir kaum vorstellen.«

»Du kennst mich scheinbar sehr gut. Dieser Clemens van Deil hat es mir gesteckt. Übler Typ. Und der Sohn erst. Die sind für mich ebenso verdächtig wie die zwei Frauen.«

»In welchem Verhältnis steht die Schäferin zu diesem Gutsbesitzer?« Benedikt malte Kringel in seinen Kalender.

»Er ist Ansprechpartner für Schäferprobleme aller Art. Doch ich glaube, die Schäferin mit ihrem frechen Mundwerk kommt nicht gut klar mit ihm. Und er lässt ebenfalls kein gutes Haar an der Frau. Hat mir erzählt, dass sie sich mit Torsten geprügelt habe. Sie sei handgreiflich geworden und habe ihm mit der scharfen Klauenschere fast einen Finger abgetrennt. Natürlich habe er sich gewehrt. Van Deil wollte das Feuer schüren, das war deutlich zu spüren. Vielleicht hat er den Schäfergehilfen umgelegt und will es ihr anhängen. Wer weiß?«

»Und die andere Frau, diese Karina? Ist sie auch tatverdächtig? Mir kam sie harmlos vor. Klang glaubwürdig, ihre Schilderung, dass sie das Schäferinnenleben kennenlernen wollte.« Benedikt knabberte an seinem Kuli herum und dachte nach.

»Kann alles Tarnung sein. Vielleicht wurde sie von van Deil beauftragt? Eigenartig ist, dass die Hunde nicht angeschlagen haben. Entweder sie kannten den Täter oder der hat sie ruhiggestellt, wie auch immer.«

Außer dem Knarren von Benedikts Stuhl hörte man nichts. Stille. Minutenlang. Irgendwann begann er damit, Büroklammern geradezubiegen, musste sich dann aber von seinem Chef anhören, dass sie teuer seien und er es lassen möge. Also nahm er sich ein Blatt und schrieb die Namen der Tatverdächtigen darauf.

Frank schaute auf das Blatt. Ein Name fehlte ihm. »Van Deil junior, Michael heißt er, kommt mir auch nicht ganz geheuer vor. Den solltest du dir mal vornehmen. Du kannst doch gut mit so verrückten Vögeln.« Er lehnte sich zurück und gähnte.

»Was soll denn das heißen, Chef?« Benedikt sah seinen Chef aus traurigen Augen an.

Van Deil, der wirkte wie ein Relikt aus einer vergangenen Zeit, übernahm wie selbstverständlich die Führung der kleinen Truppe, teilte ein, wer was zu tun hatte. Fast wirkte es, als freue er sich über die Ermordung des jungen Schäfers, denn er legte eine wahnsinnige Sensationslust an den Tag.

Michael, sein jugendlicher Sohn, hatte verweinte Augen,

konnte kaum an sich halten, warf sich seinem Vater an den Hals, als man den Toten abtransportierte. Heulte laut los, dass Torsten sein Freund gewesen sei.

»Reiß dich zusammen«, befahl sein grobschlächtiger Vater, der sich für seinen Sohn schämte. Wie eine lästige Fliege schüttelte er ihn ab. »Was heißt schon Freund? Du hast genug andere. Ich habe ihn nie gerne bei uns gesehen. Na ja, damit ist nun ohnehin Schluss.« Er hakte seine beiden dicken Daumen in seine Hosenträger ein und schob stolz den Bauch nach vorne. Er ging zu Svea, die ein paar Meter von ihm entfernt stand. »Morgen früh bauen wir den Zaun ab und ziehen weiter Richtung Tecklenburg. Bis dahin werde ich euch begleiten. Dann sehen wir weiter. Die Kripo schaut morgen auch noch mal vorbei.«

»Wieso weiß ich nichts davon?« Svea wurde wütend. Sie hasste es, wenn sich alles hinter ihrem Rücken abspielte.

»Du kannst nicht alles wissen, aber alles essen«, polterte van Deil los, deutete über die Wiese und schickte einen Lacher hinterher.

Svea folgte seinem Fingerzeig und sah van Deils Frau herankommen. Sie trug eine Kittelschürze und ein Kopftuch und schleppte einen Topf mit Erbsensuppe über die holperige Wiese. Angesichts eines Beinleidens tat sie sich schwer damit. Ihren alten Golf, mit dem sie vom Hof hergefahren war, hatte sie oben am Weg geparkt.

Svea und Karina staunten nicht schlecht, hielten sich jedoch geschlossen.

Svea wandte sich an Karina. »Wirst du bis Tecklenburg noch bei uns bleiben? Ich würde mich sehr freuen.«

»Wenn du das möchtest.« Sie wirkte angeschlagen. Ihre geplante Schäferauszeit war gründlich in die Hose gegangen.

Nach dem Essen ließen die beiden Frauen den gestrigen Abend unter einem Baum sitzend Revue passieren, versuchten sich kleinste Vorkommnisse ins Gedächtnis zu rufen. Immer wieder.

Auch Sveas Hunde wirkten verstört. Hatte jemand ihnen tatsächlich etwas verabreicht, um sie ruhigzustellen oder, noch schlimmer, um sie auszuschalten?

Der junge van Deil beobachtete die Frauen die ganze Zeit über. Armer Schluffen, dachte Karina, bei dem Vater hatte er nichts zu lachen. Als sie ihm half, Wasser für die Tiere in die Wannen abzufüllen, fragte sie ihn, was er beruflich mache, ob er noch zu Hause wohne und ob Torsten tatsächlich sein Freund gewesen sei.

Er gab sich sehr wortkarg, dieser Blondschopf. Immer wieder liefen ihm Tränen die Wangen hinunter. Etwas Brauchbares konnte Karina sich aus seinem nervösen Gebrabbel nicht zusammenreimen. Er arbeitete bei Papa, so viel stand fest, faselte etwas von Landwirtschaftsgehilfe.

»Passte es deinem Vater nicht, dass du dich mit Torsten angefreundet hast? Was hatte er gegen ihn?«

»Er mochte ihn nicht. Er versuchte mit allen Mitteln, uns auseinanderzubringen. Dabei haben wir schon Pläne für die Zukunft geschmiedet. Ich wollte mit Torsten abhauen.«

Karina ging ein Licht auf. Doch bevor sie tiefer in ihn dringen konnte, rief ihn sein Vater, er möge der Mutter helfen, den Topf zum Auto zu tragen.

Michael zuckte zusammen, drehte sich kurz zu Karina um. »Ja, wir waren ein Paar. Behalten Sie es bitte für sich.«

»Klar«, rief Karina ihm hinterher. Sollte sie mit Svea darüber sprechen? Sie wusste es nicht. Doch dem Kollegen des Kommissars würde sie es morgen erzählen, diesem dicken gemütlichen Mann mit dem lieben Lächeln.

»Dieses Schweigen! Wir kommen nicht weiter. Zum Kotzen!« Frank Groll war sauer. Soeben kamen sie von der Fliehburg, hatten alle noch einmal vernommen und zogen sich nun wieder in ihr dunkles, muffiges Reich im Präsidium zurück. Eine Soko gab es noch immer nicht. Groll hielt das nicht für nötig, war überzeugt, den Fall bald zu lösen. Zu zweit, wie jedes Mal.

Das machte Benedikt stolz, sehr stolz. Ihm war nicht bewusst, dass er es war, der die meisten Fälle löste, und sein ach so toller Chef sich auf seine Kosten ausruhte. Dem armen Mann ein paar schöne Sprüche um den kindlichen Mund geschmiert, und er tat alles für seinen Chef.

»Diese Karina war eigentlich sehr gesprächig. Die hat mir erzählt, dass Torsten ein Liebesverhältnis mit Michael van Deil hatte. Deshalb war der auch so verstört, als er den toten Torsten sah.« Benedikt erwähnte das nebensächlich.

»Ach, erfahre ich das auch mal? Wieso hast du im Auto nichts davon erzählt?« Frank war außer sich.

»Da musste ich nachdenken, Chef. Es erst einmal sacken lassen.« Benedikt verstand nicht, wieso sein Chef sich so echauffierte. Er erzählte ihm doch auch nicht alles.

»Und wieso hat diese Svea mir nichts davon gesagt? Die hat kaum ihre Lippen auseinander bekommen.«

»Sie weiß nichts davon. Michael hat sich Karina anvertraut, und die hat ihm versprochen, mit niemandem darüber zu sprechen. Mir hat sie es sofort mitgeteilt. Scheint mir zu vertrauen.« Stolz grinste Benedikt vor sich hin.

»Blödes Weibergeschwätz! Die wollte sich bei dir einschleimen. Hast du das nicht gemerkt?«

»Nein. Ich fand sie sehr sympathisch.«

»Und da hast du sie gleich von deiner Verdächtigenliste gestrichen, oder wie?« Groll stand auf, lief zum Fenster und schaute nachdenklich auf die Straße. »Wir müssen da noch mal hin. Sofort!«

»Heute noch? Ich wollte jetzt zum Bäcker, mir ein Stück Torte holen.« Benedikt wirkte enttäuscht.

»Klar, heute! Morgen ziehen sie weiter, und diese Karina siehst du dann auch nicht mehr. Also freu dich doch, dass wir noch mal hinfahren. Los jetzt!«

Müde und lustlos stand der stabile Benedikt von seinem Stuhl auf und lief seinem Chef hinterher. »Und der Kuchen?«

»Unterwegs!«, meinte Frank nur. »Übrigens fehlte an der Schäferweste des Toten ein silberner Knopf, stand im Bericht des Gerichtsmediziners. Wieso hat das keiner von uns beiden bemerkt, als wir uns den Toten angeschaut haben? Nicht mal die SpuSi hat sich am Tatort dazu geäußert.«

»Ist mir auch nicht aufgefallen, Chef. Wieso hat den Knopf niemand gefunden?«

»Frag mich was Leichteres. Ich muss mir unbedingt diesen alten van Deil noch mal zur Brust nehmen. Mit dem stimmt was nicht.«

Sie spekulierten die ganze Fahrt über, ohne zu einem Ergebnis zu kommen. Beide hatten jedoch ihren Haupttatverdächtigen im Kopf. Ihre Überlegungen unterbrachen sie nur kurz, als Benedikt bei einem Bäcker ein Stück Sahnetorte holte.

Er aß es im Auto direkt aus der Hand und schmierte den Dienstwagen voll, einen neuen BMW.

»Du bist echt bekloppt, Benedikt! Man isst keine Torte aus der Hand. So eine Sauerei!«

»Ich habe Hunger«, protestierte der Kollege und war nun beleidigt.

Am Tatort das gleiche Spiel wie zuvor.

Als die Kripomänner sich den Leuten näherten, rief ihnen der alte van Deil mit skeptischem Blick entgegen: »Noch was vergessen?«

»Ja, ich habe noch ein paar Fragen«, antwortete Frank Groll.

»Da müssen Sie sich noch etwas gedulden, ich bin gerade mit Tränken beschäftigt«, meinte van Deil und ließ sich nicht stören.

»Ich kann Sie auch mit aufs Präsidium nehmen, wenn Ihnen das lieber ist«, sagte Frank, um klarzustellen, wer hier das Sagen hatte.

Van Deil wurde plötzlich von einer Niesattacke heimgesucht. Voller Ekel wandte sich Frank ab. Van Deil kramte in seiner Hosentasche nach einem Taschentuch. Als er fündig geworden war, zog er ein olles Stofftaschentuch heraus und rotzte geräuschvoll mehrmals hinein. Weder er noch Kommissar Groll hatten bemerkt, wie ein Knopf mit aus der Hose gefallen war.

Doch Benedikt hatte es gesehen. Mit schnellem Griff hob er das Teil auf. »Da ist er ja! Dieser Knopf stammt von Torstens Jacke. Der fehlt dort.«

Frank riss ihm den Knopf aus der Hand. »Wie kommt der Knopf in Ihre Hosentasche?«

»Der stammt von meiner Schäferjacke«, protestierte van Deil.

Die bekittelte Ehefrau meldete sich mutig zu Wort. »Nein, an deiner Jacke fehlt kein Knopf, Clemens!«

»Halt die Klappe!«, fauchte er seine Frau an.

»Haben Sie uns was zu sagen, Herr van Deil?« Groll war siegessicher.

Alle starrten van Deil mit offenem Mund an, bis dieser in sich zusammensackte. Verloren. Er hatte verloren.

»In welcher Welt leben Sie denn, Herr van Deil? Wenn sich zwei Menschen lieben, ist das immer etwas Gutes und Schönes! Sie, Herr van Deil, sind derjenige, mit dem etwas nicht stimmt!« Groll ging auf van Deil zu.

Michael griff zu einem Stock, der zu seinen Füßen lag, sprang auf und schlug damit mehrmals kräftig auf seinen Vater ein, bevor die Polizisten ihm den Stock entwenden konnten. »Sag, dass das nicht wahr ist! Du hast Torsten umgebracht?« Sein Vater, ein Mörder? Michael konnte es nicht fassen. Okay, er war ein Tyrann, aber ein Mörder?

»Michael, es ist besser so. Du findest bald eine Frau, und alles wird gut.«

»Ich bin homosexuell, Papa! Sieh das endlich ein! Ich hasse dich!« Weinend rannte Michael davon.

Wenig später wurde Clemens van Deil in einem herbeigerufenen Streifenwagen abtransportiert.

»Wie haben wir das hinbekommen, Benedikt?«, fragte Frank seinen Kollegen voller Stolz.

»Klasse, Chef, große Klasse!« Benedikt hatte allerdings nur Augen für Karina.

Svea war verzweifelt. Ihr Traum von der Wanderschäferei hatte einen herben Dämpfer bekommen. Okay, der Mann, der ihr was zu sagen hatte, war gerade verhaftet worden. Aber ihr Gehilfe, der längst nicht so schlimm gewesen war, wie sie es empfunden hatte, war tot. Ich mache trotzdem weiter, sagte sie sich, drückte ihre beiden Hunde Sam und Willi an sich und ließ ihre Tränen in den Hundefellen versinken.

Karina hatte sich bereit erklärt, noch ein paar Tage zu bleiben. Auch Michael van Deil wollte mit ihr ziehen. Kommissar Benedikt Würfel hatte ab morgen Urlaub und bot an, ebenfalls mitzukommen. Fürs Erste hatte sie also Hilfe genug. Wie es danach weiterging, würde sich zeigen.

Hauptkommissar Frank Groll tippte sich an die Stirn und sah seinen Kollegen kopfschüttelnd an. Wollte Benedikt zum guten Hirten werden?

Die knapp 400 Bentheimer Landschafe zogen als Wanderschafherde weiter, über Magerrasen, Streuobstwiesen und durch Steinbrüche des Teutoburger Waldes. Allen voran Svea, und mit ihr hoffentlich bald ein neuer Gehilfe.

6. NACH NER FLASCHE DOPPELKORN FÄLLT DER BAUER MEIST NACH VORN

Dominic Paterke hatte die Tankstelle vor zwei Jahren gepachtet, nachdem der ehemalige Betreiber ganz plötzlich verstorben war. Dominic hatte sich ins Zeug gelegt und das Personal übernommen. Das Personal war: der damals noch Auszubildende Mustafa Yildrim, mittlerweile 22 Jahre alt, großer Kerl, äußerst beliebt bei den Kunden, und Doppelkorn-Jürgen, das schwarze Schaf der Tankstelle. Wie sein Spitzname verriet, sprach er gern dem Alkohol zu, besonders dem Doppelkorn, was sich schwer mit seinem Beruf als Tankwart vereinbaren ließ. Mehr als einmal wollte Dominic ihn schon vor die Tür setzen, hatte es jedoch nicht übers Herz gebracht und hoffte weiterhin auf eine andere Lösung des Problems.

Dominic war immer wieder begeistert von der Transitatmosphäre seiner Tankstelle. Dieses ständige Ankommen und Wegfahren sowie der Benzingeruch um ihn herum faszinierten ihn. Die Tanke war sein Leben. Der Kunde war für ihn König, sollte sich auf der Tankstelle wohlfühlen. Er scherzte mit allen, hatte stets einen lockeren Spruch auf den Lippen. Kinder bekamen einen Lutscher, Frauen ein kleines Schokoladenherz. Waren sie schwanger, schenkte er ihnen ebenfalls einen Lolli. Investition in die Zukunft. Den Verkaufsraum und den Backshop hatte seine Frau Silvia mit Hilfe der gemeinsamen Tochter Nele, zehn Jahre alt, gemütlich hergerichtet, obwohl Silvia als Erzieherin berufstätig war. Sie hielt sich gerne hier auf und plauschte mit den alten Omis, die ihre Zeitschriften kauften und einige Lebensmittel, die sie in der Stadt vergessen hatten. Sogar die Toilette hatte Silvia verschönert, mit gerahmten Bildern aus der Umgebung, von Dominic selbst fotografiert. Der Kunde sollte sich überall zu Hause fühlen.

Dominic arbeitete quasi Tag und Nacht, nichts war ihm zu viel. Wenn da nur nicht Doppelkorn-Jürgen wäre, der immer wieder dem guten Tropfen zusprach. Korn gehörte zwar zu Westfalen wie die Maß Bier zu den Bayern, aber was zu viel war, war zu viel. Mit billigem Fusel gab Jürgen sich nicht zufrieden, er besorgte sich den Korn von den besten Brennereien der Region, darunter Böckenhoff, Sallandt, Sasse und Gerbermann. Bei Böckenhoffs, der kleinen Kornbrennerei im Münsterland, wurden feine Spirituosen von höchster Qualität im Kupferkessel gebrannt. Die Brennerei kannte er persönlich. Er und seine Frau Silvia hatten in dem zugehörigen Ladengeschäft schon die eine oder andere Spirituose für sich selbst oder als Geschenk besorgt. Die Brennerei konnte auch besichtigt werden – natürlich mit Verkostung.

Schon sehr lange war Doppelkorn-Jürgen auf so eine Besichtigung aus, konnte aber weder seinen Chef noch den guten Mustafa, der aus religiösen Gründen keinen Alkohol trank, dazu überreden. Auf die Verkostung war Jürgen besonders scharf. Für ein paar Euro würde er sich den Hals vollschütten, posaunte er immer wieder herum. Doch allein oder mit fremden Leuten wollte er nicht daran teilnehmen.

Dominic reichte schon die Alkoholfahne, die Jürgen stets umgab. Er wusste, dass er ihn fristlos entlassen könnte.

Wenn sich Jürgens Alkoholproblem herumsprach … nicht gerade förderlich für sein Geschäft. Und da sollte er ihn auch noch in eine Brennerei begleiten? Nein, das ging beim besten Willen nicht!

So nervig Dominic seinen Angestellten Jürgen auch fand, er war äußerst fleißig und immer bereit, Überstunden abzuleisten. Kein Wunder, er war Single, und zu Hause fiel ihm die Decke auf dem Kopf. Er heulte sich die Augen aus, weil er keine Frau fand. Wer wollte schon eine Schnapsdrossel sein Eigen nennen? Was Dominic absolut nicht abkonnte, war, dass Jürgen mit seiner Frau Silvia flirtete, wann immer sich die Gelegenheit ergab. So manches Mal hätte er ihn dafür in den Hintern treten können. Doch wenn Jürgen seiner Tochter Nele bei den Hausaufgaben half und ihr alles geduldig erklärte, machte er seine nervige Art damit wieder wett. Nele liebte Jürgen, eben weil er ein schräger Typ war und tolle Geschichten erzählen konnte.

Ob Dominic doch in den sauren Apfel beißen und eine Besichtigung bei einer Kornbrennerei buchen sollte? Als eine Art Betriebsausflug? Könnte er schließlich steuerlich absetzen. Wenn, dann auf jeden Fall nicht in einer der hiesigen, zu groß war die Gefahr, dass Jürgens Alkoholproblem aufflog. Morgen würde er mal im Internet schauen, welche Brennerei infrage käme.

Es herrschte Betrieb an der Tanke, ein Auto reihte sich ans nächste. Alle wollten Benzin oder Diesel oder eine Autowäsche. Mustafa reinigte einen Wagen nach dem anderen. Die Brötchen, die Silvia eben erst liebevoll belegt hatte, waren schon beinahe ausverkauft. Zeitungen und Getränke liefen sowieso immer. Besonders Kaffee und Kaffeespezialitäten. Die Anschaffung der teuren Maschine hatte sich gelohnt.

Die vier hatten jede Menge zu tun an diesem diesigen Nachmittag.

Dominic lehnte sich in dem bequemen Stuhl zurück, den die Chefin der Brennerei, eine feine Dame im schicken, hellblauen Kostüm, ihm hingestellt hatte. Nachdem er im Internet fündig geworden war, hatte er in der kleinen, noch unbekannten Brennerei mitten im münsterländischen Nirgendwo angerufen und einen Termin zur Absprache vereinbart. Schließlich wollte er sich zuerst ein Bild machen.

Jetzt saß er in dem neu eröffneten Lädchen der Frau gegenüber und bewunderte die Spirituosenregale. Obwohl er sich für süße Liköre nicht begeistern konnte, war der Anblick dieser bunten Flaschen eine Augenweide. Fertige Geschenkpakete mit Korn- und Obstbränden, Marmeladen und edlem Gebäck wurden ebenfalls präsentiert. Ihm reichte die Marmelade von Aldi, es musste nichts Teures sein. Für Geschäftskunden war das natürlich etwas anderes, er könnte hier direkt die kleinen Weihnachtsaufmerksamkeiten besorgen.

Er ließ Small Talk vom Allerfeinsten vom Stapel, meinte, er müsse die gute Frau unterhalten. Irgendwann blickte Dominic zur nostalgischen Wanduhr, orderte einige Geschenksets, die er in den nächsten Tagen abholen wollte, und brachte das Gespräch endlich auf eine Brennereiführung.

In dem Moment betrat der Brennmeister den Raum und bot Dominic an, ihn jetzt schon einmal herumzuführen. Und schon waren die beiden Männer in der Brennerei verschwunden.

Dominic war von der kurzen Gratisführung begeistert. Sein Blick blieb lange an dem Kupferbrenngerät hängen, das mitten in der Destillationsanlage stand. Ein süßer Duft von Maische empfing ihn. Hier wurde also aus Getreide dieser Schnaps hergestellt, für den Jürgen sein Leben geben würde.

Dominic musste schmunzeln, als er diese Redewendung wörtlich nahm. Das Brenngerät wäre vermutlich Jürgens Traumsarg, doch leider war die Öffnung nicht groß genug für den nicht gerade zarten Jürgen.

Der Brennmeister erklärte ihm einiges, aber irgendwann unterbrach ihn Dominic, schließlich wollte er nicht jetzt schon alles wissen. Er klärte ihn darüber auf, dass er mit seinen Angestellten eine Art Betriebsausflug machen wolle, und nahm dem Mann das Versprechen ab, eine Sonderführung für fünf Personen durchzuführen. Den Termin könne er mit der Chefin im Lädchen abstimmen. Sollte Jürgen seine Besichtigung und seine Verköstigung bekommen. Sollte er Korn und Liköre in sich hineinschütten, bis er sich erbrach. Vielleicht hatte er dann endlich mal genug.

Als er zurück zu seiner Tankstelle kam, geparkt hatte und die Autotür öffnete, schlugen die Glocken der Dorfkirche zwölfmal. Mittagszeit. Nun aber schnell zurück an die Arbeit. Er liebte dieses ehrfürchtige Geläut. Niemals wollte er weg aus diesem kleinen Dorf. Nur 300 Meter von der Tankstelle entfernt bewohnte er ein schmuckes Einfamilienhaus, das er von seinen Eltern geerbt hatte. Idylle pur. Hier sollten seine Tochter Nele und das Baby, das Silvia und er erwarteten, aufwachsen. Ein Junge war es, das Ungeborene in Silvias Leib. Er kannte die Nachbarn, die allesamt seine Kunden waren. Die Durchreisenden oder die aus den Nachbarorten, die auf dem Weg zur Arbeit bei ihm tankten, kannte er zum größten Teil ebenfalls. Das reichte ihm, was fremde Menschen betraf. Er war stolz auf sein Kirchturmdenken, war alles andere als ein Global Player und stand dazu. Für ihn zählte Bodenständigkeit.

Er stieg aus dem Auto und sah Jürgen mit verschränkten Armen dämlich grinsend im Eingang stehen. In einer Hand hielt er einen ölverschmierten Lappen, mit der anderen wühlte er sich in seinen üppigen Locken.

»Na, wo warst du? Hast dich gar nicht abgemeldet.« Jürgen spielte den großen Chef.

»Muss ich das? Mustafa wusste außerdem Bescheid«

»Hat aber nichts gesagt. Was, wenn viel los gewesen wäre? Was hätte ich dann tun sollen? Du weißt, dass ich noch den Ölwechsel beim alten Witulski machen muss.«

»Ja, dann ran!« Dominic hatte keine Lust auf große Erklärungen.

»Wo warst du denn nun?«

»Was geht es dich an?« Langsam reichte es Dominic.

Beleidigt schob Jürgen ab in den Verkaufsraum, nahm sich wie selbstverständlich ein Brötchen aus der Auslage und biss herzhaft hinein.

»Hey, was fällt dir ein? Das bezahlst du! Wo kämen wir denn da hin, wenn du alle Brötchen wegfrisst und nichts mehr für die Kunden bleibt? Schlimm genug, dass du die Zeitungen in der Auslage liest. Denkst wohl, ich merke das nicht, was? Besonders die mit den barbusigen Frauen. Überall sind deine fettigen Griffel zu sehen.«

»Schlechte Laune oder was?« Jürgen schlurfte nach hinten in den Waschraum, wo sein Spind stand.

Dominic wusste genau, was er dort machte. Er nahm einen kräftigen Schluck aus seiner Kornflasche. Das tat er immer, wenn er sich geärgert hatte. Dieses Mimosenpflänzchen.

So konnte es jedenfalls nicht weitergehen, das stand für Dominic fest. Es musste etwas geschehen. Und ich bin noch so blöd und leiere eine Kornbrennereibesichtigung an, dachte er.

Nach ein paar Minuten war Jürgen wieder der Alte, erledigte seine Arbeit, machte mit einem Kundenfahrzeug sogar eine Probefahrt, obwohl er eine Alkoholfahne vom Allerfeinsten hinter sich herzog. Aber Dominic sagte nichts mehr. Sollte die Polizei ihn doch schnappen und ihm den Führerschein abnehmen. Dann hatte er ein Problem weniger.

Mit quietschenden Reifen fuhr Jürgen kurze Zeit später wieder auf den Hof, sprang voller Elan aus dem Fahrzeug, nachdem er es geparkt hatte, und warf den Schlüssel auf die Theke. »Alles klar, Chef, die Karre läuft wie geschmiert.«

»Du mich auch«, sagte Dominic nur.

Ein paar Minuten später war Jürgen von der Bildfläche verschwunden. Dominic wusste, wohin er gegangen war. Nachschub holen.

Die Besichtigung der Kornbrennerei fand bereits eine Woche später statt. Dominic hatte sich breitschlagen lassen, die Tankstelle für zwei Stunden – wegen Trauerfall, stand auf dem Schild – zu schließen. So waren sie zu fünft aufgebrochen, um an dem Event teilzunehmen. Seine Frau Silvia, Mustafa, Jürgen, die Reinigungskraft Käthe Sobottka und seine Wenigkeit.

Der Brennmeister hatte sich fein herausgeputzt und empfing die Leute fröhlich. Neben ihm ein Jüngling, wohl ein Familienmitglied, der ein Tablett mit Gläschen herumreichte, in denen sich verschiedenfarbige Flüssigkeiten befanden.

Doppelkorn-Jürgen hatte sich ebenfalls schick gemacht, trug einen muffig riechenden Anzug aus den 90er-Jahren, dazu ein verwaschenes Hemd und eine rote Krawatte. Alles Erbstücke, wie es schien. Seine Haare hatte er mit Gel nach hinten gekämmt. Das Einzige, das wie immer war, war seine Alkoholfahne, überdeckt durch ein Kräuterbonbon.

»Musstest du dir schon zum Frühstück Alkohol einverleiben? Du solltest dich schämen!« Dominic, lässig in Jeans und Pulli gekleidet, war verärgert. Nur seinetwegen war er hier, und dann konnte Jürgen sich nicht mal an einem einzigen Morgen beherrschen?

»Ein Schluck Korn gehört für mich zum Frühstück dazu. Kaffee, Eier, Wurst, Käse, gutes Brot und ein Klarer.« Rotzfrech grinste Jürgen seinen Chef an.

»Dass ich nicht lache! Als hättest du dir heute Morgen schon ein solches Frühstück zubereitet. Der Schluck Korn war das Einzige, was dein Magen bekommen hat.«

Jürgen erwiderte nichts, sondern schnupperte an den Gläschen auf dem Tablett herum, das der freundliche Mann ihm entgegenhielt. Dann entschied er sich für ein langstieliges Glas. Natürlich beinhaltete es Korn. Was auch sonst?

Silvia schaute ihren Gatten eindringlich an und schüttelte den Kopf, was so viel heißen sollte wie: Halt den Mund.

Mustafa hingegen konnte nicht länger an sich halten. »Du bist ein Penner, Jürgen, lass dir das gesagt sein. Wenn ich dein Chef wäre, ich hätte dich längst rausgeworfen.« Er war nur dabei, weil Dominic ihn darum gebeten hatte. Ihm war es völlig egal, wie man alkoholische Getränke herstellte. Sein Lieblingsgetränk war Red Bull, was er von morgens bis abends konsumierte. Hauptsache, sein Ruhepuls lag weit über 100 Schlägen pro Minute.

»Red Bull ist auch nicht besser. Wann kapierst du das endlich?«, erwiderte Jürgen patzig.

»Red Bull verleiht Flügel, Alder!« Der stämmige Mustafa lachte laut. Nein, Angst hatte er nicht vor Jürgen, der seine rechte Hand schon zur Faust ballte. Er wusste, dass er ihm körperlich weit überlegen war.

Käthe Sobottka hielt sich aus allem raus. Sie konzentrierte sich auf die dargereichten Gläschen.

Dominic hätte am liebsten das Weite gesucht. Ohrfeigen hätte er sich können. So eine Schnapsidee! Im wahrsten Sinne des Wortes ...

Der Brennmeister erklärte unter Weizenbüscheln, die von der Decke hingen, die Vorgänge, nachdem er die kleine Gruppe begrüßt hatte. Vor dem großen Kupferkessel standen einige grüne Metallschränke mit Uhren und kleinen Rädern versehen, das war die Steuerung des Brennkessels. Eine große kupferne Säule versperrte Dominic die Sicht. Da er seine Ohren auf Durchzug gestellt hatte, hörte er auch nicht, was der Mann erzählte.

Als Nächstes ging es zu drei großen Metallfässern, in denen Kohlensäure produziert wurde. Sehr gefährlich sei es, wenn jemand in solch ein Behältnis geraten würde, meinte der Brennmeister aus Spaß. Da dauere es nicht lange, und derjenige hätte sein Leben ausgehaucht.

Jürgen und Käthe steckten kichernd kurz ihre Köpfe in die Behältnisse, schienen interessiert zu sein. Mustafa und Silvia schlugen die Zeit tot, indem sie Begeisterung heuchelten.

Lange Rohre aus Kupfer und Glas umgaben den großen Kupferkessel. Es zischte und dampfte. Hinter dem großen Kessel ein Glaskubus mit einer gelben Flüssigkeit. Nur Käthe und Jürgen hörten dem Brennmeister zu. Dominic wäre glücklich, wenn die 90 Minuten endlich vorbei wären.

Ein Stockwerk höher kamen sie zu drei großen weißen Kesseln, deren Öffnungen man über eine kleine Metalltreppe erreichen konnte. Der Brennmeister öffnete einen dieser

Riesenkübel, und alle Herumstehenden ergossen sich in »Ahhs« und »Ohhs«. Besonders begeistert waren Käthe und Jürgen, doch auch Silvia und Mustafa waren inzwischen ganz Ohr.

Dominic schaute angewidert auf den süßlich riechenden, übel aussehenden Brei. Maische sei das, meinte der Brennmeister und schmiss mit Daten und Fakten um sich, die an Dominic vorbeirauschten.

Der Brennmeister warf Dominic einen bösen Blick zu. »Scheint Sie ja alles nicht zu interessieren. Sie hören gar nicht zu. Warum wollten Sie denn unbedingt diese Führung? Lassen Sie mich raten. Sie wollten diesem Schluckspecht einen Gefallen tun, oder?«

Dominic fühlte sich ertappt und zog die Schultern hoch.

Plötzlich hatte es Jürgen eilig, die Treppen wieder hinunterzusteigen. Der junge Mann mit dem Tablett war ihm wohl eingefallen. Schnaps! Danach lechzte er.

Doch er hatte die Rechnung ohne den Brennmeister gemacht, der noch seine Abfüllanlage präsentieren wollte. Jürgen machte sich über die Kostproben her, schüttete sich ein Glas nach dem anderen in den Hals und stopfte sich zwischendurch Schwarzbrothäppchen in den Mund. Der Brennmeister entschuldigte sich kurz, stieg die Treppe hinunter und zitierte Jürgen wieder nach oben, er sei noch nicht fertig mit der Führung.

Jürgen kam artig mit zurück, laberte nun aber ständig dummes Zeug dazwischen, sogar teilweise unter der Gürtellinie. In Käthe hatte er eine gute Zuhörerin gefunden.

Dominic kochte vor Wut, hielt aber an sich, bis die Führung beendet war. Silvia hatte ebenfalls genug. Schnell verabschiedete sie sich vom Brennmeister und dem jungen Mann und trat mit Mustafa den Heimweg an.

Jürgen sah inzwischen sehr verwahrlost aus, und Dominic schämte sich für ihn. Er bedankte sich beim Brennmeister, der sich einen Spruch über Dominics Personal nicht verkneifen konnte, und verabschiedete sich ebenfalls. Wie Jürgen und Käthe nach Hause kamen, war ihm egal. Er konnte beide keine Sekunde länger ertragen. Es musste etwas geschehen. Bloß was?

Am Tag nach der Besichtigung tauchte Jürgen nicht bei der Arbeit auf. Dominic wähnte ihn betrunken im Bett liegend. Als er aber einen Tag später auch nicht erschien, fasste Dominic den Entschluss, ihm nun endgültig zu kündigen.

Dieses undankbare Geschöpf! Mustafa musste seine Reparaturen mit übernehmen, und was er nicht schaffte, blieb am Chef hängen. Als wäre das nicht genug, war auch Käthe wie vom Erdboden verschluckt. Dabei war die Toilette längst überfällig. An allen Fronten herrschte heilloses Chaos. Die Tankkunden trampelten voller Ungeduld von einem Fuß auf den anderen, weil sie nicht so lange warten wollten. Die Hungrigen vermissten die frisch belegten Brötchen. Die Zeitungen waren ebenfalls noch nicht eingeräumt, und Dominic hätte am liebsten Silvia gebeten, einzuspringen. Doch dazu müsste sie in der Kita blaumachen. Nein, das konnte er nicht verlangen. Gegen Mittag herrschte noch immer ein Durcheinander. Keine Spur von Doppelkorn-Jürgen. In der Brennerei hatte er sich drei Flaschen von seinem Lieblingsgesöff gekauft. Ob er die seit vorgestern Abend alle geleert hatte? Zumindest eine davon, war Dominic sich sicher.

Gegen 14 Uhr tauchte Silvia auf, und Dominic schickte ein Dankes-Stoßgebet gen Himmel. Endlich hatte er ein paar Minuten Zeit, und sofort nahm er seinen Laptop und begann, eine Kündigung an Jürgen zu schreiben. Er konnte nicht machen, was er wollte, dieser Säufer.

Ein Kunde, der einen Cafè Latte mit ordentlicher Schaumkrone und Karamellgeschmack verlangte, unterbrach ihn. Cafè Latte und Cappuccino bekam er gerade noch hin. Beim Karamellzusatz musste er passen. Da kannte er sich nicht aus. Die Kaffeekocherei gehörte zu Jürgens Aufgaben, wenn Silvia nicht da war. Und Silvia war im Moment nicht auffindbar. Also verließ der Kunde verstimmt den Verkaufsraum.

»Er soll Benzin tanken und nicht saufen«, meinte Mustafa nur, der dabei war, die neuen Zeitschriften einzuräumen.

Gegen 17 Uhr betrat eine alte Frau die Tankstelle. Dominic kam die Dame bekannt vor, er wusste jedoch nicht, wo er sie hinstecken sollte.

Silvia und Nele waren nach Hause gegangen, und Mustafa wollte soeben Feierabend machen. Er hatte keine Lust, die Spätschicht für Jürgen zu übernehmen. Was blieb Dominic also anderes übrig, als das selbst zu erledigen? Mal wieder kein gemütlicher Abend zu Hause.

Inzwischen stand die Dame direkt vor ihm, sagte nichts, schaute ihn nur aus verquollenen Augen an. Die hochtoupierten Haare standen ihr weit vom Kopf ab. Sie trug ein Brokatkleid, das schon lange keine Reinigung mehr gesehen hatte. Ihr rosafarbener Lippenstift war verschmiert, die Haut glänzte. Und endlich fiel der Groschen. Jürgens Mutti! Die Ähnlichkeit war verblüffend.

»Der Jürgen ist nicht zu Hause, ich war gerade in seiner Wohnung. Sein Kater ist fast durchgedreht vor Hunger, und das Katzenklo ist voller als voll. Es sieht so aus, als sei Jürgen schon ein paar Tage nicht mehr daheim gewesen. Ist er hier?«

»Nee.«

»Aber er arbeitet doch hier, oder nicht?«

»Ja, noch.«

»Was soll das heißen?« Die Frau ließ die Mundwinkel hängen und sah Dominic böse an. Ihre rechte Hand, mit der sie sich an der Theke festhielt, fing an zu zittern.

»Dass ich ihn bald an die frische Luft setze, wenn er weiterhin nicht zur Arbeit erscheint und nicht mit dem Saufen aufhört. Ich habe die Nase voll!«

»Mein Sohn säuft nicht! Was spricht dagegen, sich ab und zu ein Tröpfchen zu gönnen?«

Eine Alkoholfahne wehte zu ihm herüber. Wie die Mutter, so der Sohn, dachte Dominic und verspürte plötzlich Mitleid mit seinem Angestellten. »Sagen Sie Ihrem Sohn, wenn er morgen nicht erscheint, braucht er gar nicht mehr zu kommen.«

»Ich? Wieso ich?« Erschrocken riss die Frau die Augen auf.

»Wer denn sonst?«

»Ich sehe ihn nicht oft. Ab und zu telefonieren wir.« Sie drehte sich um und wollte die Tankstelle verlassen.

Da fiel Dominic noch etwas ein. »Sagen Sie, war in der Wohnung eine Frau? Mittleren Alters? Unsere Putzfrau ist nämlich auch verschwunden.«

»Nä, da war keiner. Vielleicht sollten wir die Polizei einschalten?« Die Frau wirkte verängstigt. Nichts mehr mit großer Klappe.

Dominic schüttelte nur verneinend mit dem Kopf.

Käthe stand immerhin am nächsten Morgen wieder auf der Matte und stürzte sich sofort in die Arbeit. Doch auch sie konnte die Frage, wo Jürgen sich aufhalte, nicht beantworten. Nach der Brennereibesichtigung hätten sie sich ein Taxi zurück genommen, danach habe sie ihn nicht mehr gesehen, behauptete sie. Sie schien nicht alkoholisiert und entschuldigte sich mehr als einmal für ihr Fernbleiben. Der Magen sei schuld gewesen.

Kein Wunder, dachte Dominic, sagte jedoch nichts.

Seit drei Tagen war Jürgen nun von der Bildfläche verschwunden, und Dominic musste zugeben, dass er an allen Ecken und Enden fehlte, denn trotz seines Problems hatte er gute Arbeit geleistet.

Als es am späten Nachmittag etwas ruhiger an der Tankstelle wurde, entschloss er sich, in der Brennerei anzurufen und nachzufragen, wie lange Jürgen nach der Besichtigung noch dort gewesen sei und ob er etwas gesagt habe.

Die Chefin, mit der er bei seinem ersten Besuch im Laden gesprochen hatte, war am Telefon. Irgendwie wirkte sie verstört, und ihre Stimme klang, als hätte sie gerade geweint.

»Was ist denn los? Geht es Ihnen nicht gut?«, wollte Dominic wissen.

Sie brachte kein Wort hervor, schluchzte nur in einer Tour. Wenig später hörte Dominic, wie jemand in den Raum kam und das Telefon an sich nahm.

»Hallo? Wer ist da?«

Der Brennmeister, Dominic erkannte ihn an der Stimme. »Guten Tag, hier spricht Dominic Paterke. Ich war vor Kurzem mit meinem Personal bei Ihnen und …«

»Lassen Sie uns in Frieden, wir wollen nichts mehr mit Ihnen zu tun haben!«, unterbrach ihn der Brennmeister schroff.

»Das verstehe ich. Aber hören Sie, mein Angestellter Jürgen ist seither verschwunden, und ich hätte ein paar Fragen.«

Stille am anderen Ende.

»Hallo? Sind Sie noch dran?«

»Ja. Was wollen Sie wissen?«

»Wann ist Jürgen vorgestern gegangen? Der verließ die Brennerei nach uns, nicht wahr?« Dominic musste erfahren, was geschehen war.

»Keine Ahnung. Ich habe viel zu tun. Volles Programm.« Und schon hatte er aufgelegt.

Dominic wählte die Nummer erneut. Die Frau hob ab und schluchzte wieder in den Hörer. Im Hintergrund hörte Dominic noch etwas anderes: lautes Brodeln und Zischen, vermutlich aus der Brennerei, außerdem schienen sich zwei Männer zu streiten. Gab es einen Störfall?

»Jürgen, mein Angestellter, hatte gleich zu Beginn drei Flaschen Korn gekauft und sie im Laden zurückstellen lassen. Hat er die eigentlich mitgenommen?«, wollte Dominic von der Dame wissen.

»Nein, die stehen noch hier«, antwortete sie.

»Was ist denn bei Ihnen los? Gab es Ärger?«

»Kann man wohl sagen«, sagte die Frau leise, als hätte sie Angst, jemand würde sie belauschen.

»Ich will Sie nicht lange belästigen. Jürgen ist seit der Brennereibesichtigung nicht wiederaufgetaucht. Ich habe gedacht, dass Sie oder der Brennmeister vielleicht etwas wüssten.«

»Der ist weg?«

»Ja.«

Ihr Hirn schien zu rattern. Hatte die schlechte Stimmung etwas mit Jürgen zu tun? Lauter, als es seine Art war, fauchte Dominic die Dame an: »Nun reden Sie schon. Was ist passiert?«

»Wir haben eine kleine Abstellkammer unten im Keller, da bewahrt der Brennmeister verschiedene Dinge auf, um die er ein großes Geheimnis macht. Nachdem unser Azubi meinte, aus dem Raum würde ein ekeliger Geruch austreten, sollte er aufschließen und nachgucken. Doch er weigert sich und rückt den Schlüssel nicht raus. Er schaltet auf stur. Total bockig. Was wir schon alles versucht haben!«

»Denken wir dasselbe?«, fragte Dominic die heulende Dame. »Dass Jürgen sich in dem Kellerraum befindet?«

Wieder heulte die Frau los.

Der tote Mann lag auf dem Bauch in dem hässlichen, dunklen Kellerraum, der nicht einmal über ein Fenster verfügte. Sein Kopf war total verklebt mit einer angetrockneten Mischung aus Blut und einer braunen Pampe und sah verbrannt aus. Leichengeruch war es jedenfalls nicht, der sich im gesamten Keller ausbreitete, stellte Hauptkommissar Bechtel fest.

»Man hat dem Mann außerdem mit einem Holzhammer den Kopf eingeschlagen«, sagte er zu seinem Kollegen.

Nicht schwer festzustellen, da der Hammer neben dem Toten lag. Der Kollege Leitwieser grinste. »Und diese Masse am Kopf? Hat man ihn vielleicht in den Kessel mit der Maische gestopft?«

»Höchstens versucht, Leitwieser, sonst wäre der ganze Körper voll mit dem ekelhaften Zeug. Wahrscheinlich passte er nicht durch die Öffnung, und der Täter musste umdisponieren.«

Wieder einmal wusste Bechtel alles besser, dachte Leitwieser, anders ging es bei ihm gar nicht.

»Wie lange liegt er hier schon im Keller?«, fragte Bechtel.

»Vier Tage, meinte der Brennmeister.«

»Wieso hat man ihn nicht eher entdeckt? Geht denn hier niemand in den Kellerraum?« Bechtel schaute sich um. Nichts als Plastikbehälter und alte Werkzeuge. In der Ecke Kisten mit Flaschen.

»Die Dame aus dem Verkauf, die Chefin, erzählte, dass dem Azubi der üble Geruch schon aufgefallen war, doch der Brennmeister wollte den Schlüssel nicht herausgeben. Gestern habe ein Tankwart angerufen, der vor vier Tagen mit seiner Belegschaft zu einer Besichtigung hier war, und nach einem seiner Mitarbeiter gefragt, den er seit der Besichtigung vermissen würde. Er habe dem nicht gleich Beachtung geschenkt, da der Mann öfters einen über den Durst trinken würde. Weil die Chefin ihm gestern von dem Geruch aus dem Keller erzählt habe, habe er nach langem Hin und Her heute Morgen die Polizei gerufen. Die Streife hat den Raum aufgebrochen, den Toten entdeckt – es ist übrigens der verschwundene Mitarbeiter – und die Kripo informiert. Und jetzt sind wir hier.«

»Wurde der Tankwart schon vernommen?«

»Nein, wie auch?« Leitwieser war verärgert. Was er auch machte oder wie er es erledigte, immer hatte Bechtel was zu meckern. Ihn wunderte es nicht, dass seine Frau abgehauen war. Das hielt doch keiner aus.

»Ja, dann aber flotti, Leitwieser. Und sprechen Sie noch mal mit der Chefin.« Bechtel sah sich um und rekonstruierte im Geiste die Tat. War der Brennmeister der Täter? Er schloss die Augen und lehnte sich an die Wand. Zu einfach, schlussfolgerte er. Hier roch es wirklich heftig. Auch nach Fäkalien.

Kurz darauf nahm er sich den Brennmeister vor. Da dieser sich jedoch total verweigerte, ließ er ihn aufs Präsidium schaffen. Er selbst wollte sich auch demnächst auf den Weg dorthin machen. Gleich würde es in dem Keller sehr eng werden, wenn die Kriminaltechnik antanzte, um die Spuren zu sichern. Der Notarzt war unverrichteter Dinge wieder verschwunden.

Tod nach einer Brennereibesichtigung! Das hatte Bechtel auch noch nicht erlebt in seinen vielen Dienstjahren. Wie lange hatte der Brennmeister den Toten hier unten versteckt halten wollen? Und wozu? War sein Hirn vom Alkohol vielleicht schon angegriffen?

Bechtel sprach noch kurz mit dem Chef des Hauses. Dem war dieser Vorfall mehr als unangenehm, schließlich hatte er einen guten Ruf zu verlieren. Am Tag der Besichtigung war er nicht anwesend gewesen, hatte sich voll auf sein Personal verlassen. Wohl ein Fehler. Viel konnte er jedenfalls nicht beitragen.

Auf dem Weg ins Präsidium entschied sich Bechtel anders. Er machte kehrt und fuhr die halbe Stunde zu dem Ort, in dem der Tankstellenbesitzer lebte und arbeitete, obwohl Leitwieser inzwischen ebenfalls dort gewesen war.

Immer wieder betonte Dominic Paterke, dass er mit der geleisteten Arbeit von Jürgen zufrieden war und gehofft hatte, Jürgen komme durch diese Kornbrennereibesichtigung zur Vernunft. Weit gefehlt, jetzt konnte er sich einen neuen Tankwart suchen, und das hier auf dem Land. Bechtel spürte seinen Frust. Kein Wunder, es war sicher nicht einfach, einen Alkoholiker als Angestellten zu haben.

Mustafa wirkte auf Bechtel wie ein großes Kind und eigentlich harmlos, bei Dominic war er sich nicht sicher. Der Mann hat zwei Gesichter, stellte er fest.

Als er endlich im Präsidium ankam, wartete der Brennmeister zusammengesunken wie ein Häufchen Elend auf einem Stuhl. Immerhin brach er endlich sein Schweigen. Er wollte nach Hause, weinte wie ein kleines Kind, betonte immer wieder, er habe diesen Jürgen nicht umgebracht.

Jürgen sei der Letzte gewesen, der sich nach der Besichtigung verabschiedet habe.

»Kam er Ihnen krumm? Haben Sie ihn mit dem Holz-hammer bewusstlos geschlagen? Und sind dann auf die Idee gekommen, ihn in der Maische zu versenken, ihn darin zu verquirlen und zu kochen? Niemand hätte etwas gemerkt, oder? Vielleicht hätte der Korn dadurch eine ganz besondere Note bekommen. Hat er sich gewehrt? Allerdings … Sie hätten ihn niemals alleine in den Kessel bekommen, zumal er nach dem Hammerschlag bewusstlos war. Wer hat Ihnen geholfen? Los, reden Sie schon, guter Mann. Wieso klappte es nicht, ihn in den Kübel zu stopfen?«

Doch der Brennmeister schwieg erneut. Irgendwann brach er weinend zusammen und wurde abgeführt.

Wenn er es war, musste er einen Gehilfen gehabt haben, das stand für Bechtel fest. Etwa der Tankstellenbesitzer? Er sei vor Jürgen gegangen, hatte er ihm erzählt. Seine Frau und dieser junge Tankwart könnten bezeugen, dass er kurz nach ihnen an der Tanke angekommen war.

Nach langer Diskussion mit Leitwieser beim Mittagessen in der Kantine – es gab Dicke Bohnen mit Mettwurst, Bechtels Leibgericht – war für ihn klar, wer der Täter war. Zufrie-den holte er sich eine zweite Portion und setzte sich wie-der an den Tisch.

»Für mich ein eindeutiges Bild, Leitwieser. Der Tank-stellenchef hatte die Nase voll von diesem unmöglichen Schluckspecht. Wollte ihn loswerden. Da kam ihm die Bren-nereibesichtigung ganz gelegen. Die Schnapsdrossel hat sich wieder einmal danebenbenommen. Selbst der Brennmeister war genervt. Nach der Führung gingen Mustafa und seine Frau als Erste heim, anschließend angeblich der Tankstel-lenmensch. Laut seiner Aussage haben sich die Putzfrau und Jürgen ein Taxi genommen, habe die Putzfrau gesagt.

Doch die sei auch ziemlich angetrunken gewesen. Vielleicht gab es kein Taxi? Oder Jürgen saß nicht darin, denn die drei Flaschen Korn, die er sich hatte zurückstellen lassen, hat er nicht mitgenommen. Vermutlich hat sich die Wut des Tankstellenbesitzers während der Rückfahrt so gesteigert, dass er sich kurz nach seiner Ankunft noch mal auf den Weg in die Brennerei gemacht hat, um ihn dort wegzuholen. Bestimmt war er davon ausgegangen, dass Jürgen so schnell nichts dort wegbrachte. In der Brennerei war bereits Feierabend. Er traf auf den Säufer und den Brennmeister, die in Streit geraten waren. Und weil der Brennmeister und der Tankwart so wütend auf ihn waren, schlugen sie ihm den Schädel ein, schleppten ihn die Treppe hoch, um ihn in den Maischebehälter zu stopfen und für immer verschwinden zu lassen. Das klappte jedoch nicht, sodass er nur mit dem halben Kopf in die heiße Masse geriet. Daraufhin trugen sie ihn in den Keller. Inzwischen war der Säufer tot, und der Brennmeister sollte sich was einfallen lassen. Somit hatten sich die beiden in der Hand.«

»Und dann spielt er den treusorgenden Chef, macht sich tagelang Sorgen um seinen Angestellten und ruft letztendlich selbst die Polizei? Schon eigenartig, das müssen Sie zugeben.« Für Leitwieser klang das alles wenig glaubwürdig.

»Alles Taktik, Leitwieser. Falsche Fährten legen. Der Brennmeister wird einknicken, Sie werden sehen!« Bechtel war ganz zuversichtlich.

Am nächsten Morgen betrat Bechtel gut gelaunt die Tankstelle. Es war noch früh, aber schon angenehm sonnig und warm. Er sah sich um, griff sich aus der Bistro-Ecke ein belegtes Brötchen mit Schinken und warf zwei Euro auf die Theke. Herzhaft biss er in das gute Stück hinein.

Dominic war verunsichert. Was wollte der schon wieder hier? »Noch was unklar?«, fragte er den Hauptkommissar.

»Oh ja, so einiges!« Bechtels Blick schweifte suchend umher.

»Ist der Brennmeister wieder zu Hause?«

»Ja, vorerst«, murmelte Bechtel mit vollem Mund. »Wissen Sie, was ich glaube?« Bechtel starrte Dominic mit seinem Scannerblick an, wandte sich dann erneut den Brötchen zu – Silvia hatte gerade Thunfischbrötchen nachgelegt – und nahm sich ein weiteres. Lecker!

»Was glauben Sie denn nun? Dass ich es war? Ich habe ein Alibi.«

»Ach ja? Okay, Sie haben die Veranstaltung kurz nach Ihrer Frau und Mustafa verlassen. Sie wähnten Jürgen allerdings noch in der Brennerei, weshalb Sie kurz nach Ihrer Ankunft hier zurückgefahren sind. Sie haben sich geschämt für Ihren Mitarbeiter, wollten ihn da wegholen, um nicht in Verruf zu geraten. Es war bereits Feierabend, aber Jürgen war tatsächlich noch da. Der Brennmeister hat versucht, ihn loszuwerden, und ist mit ihm in Streit geraten. Sie ebenfalls. Und dann wird es zu einer Kurzschlusshandlung gekommen sein. Erzählen Sie mir davon.«

»Ich war nicht dort.« Dominic fühlte sich in die Enge getrieben. Wie ein gehetztes Tier lief er hinter der Theke hin und her, griff sich die Gebäckzange, die bei den Brötchen lag, und schwenkte sie durch die Luft. Wollte er Bechtel damit eins überziehen?

Silvia beobachtete die Szene mit weit aufgerissenen Augen. Sie war gemeinsam mit Nele dabei, Zeitschriften einzusortieren. »Du bist noch mal los? Hast du mir gar nicht erzählt. Und hast dabei geholfen, Jürgen beiseitezuschaffen? Wieso? Eine Kündigung hätte es doch auch getan.

Dann musst du ein verdammt guter Schauspieler sein. Mir hast du die ganze Zeit den beunruhigten Chef vorgegaukelt, der sich um seinen Angestellten sorgt. Los, rede schon!« Silvia war ein wahrheitsliebender Mensch.

Nele fing an zu weinen und rannte aus dem Verkaufsraum, Silvia hinterher. Bechtel war erstaunt, wie aus seiner zugegeben sehr vagen Theorie plötzlich die Wahrheit wurde. Fast zumindest.

Dominic brach weinend am Tresen zusammen.

»Der Brennmeister ließ Spirituosen im Keller verschwinden und verkaufte sie schwarz. Ein richtig kleines Lager hatte er da unten. Ich bin bei meinem ersten Besuch zufällig dahintergekommen und habe ihn daraufhin erpresst. Er sollte mir helfen, Jürgen verschwinden zu lassen, andernfalls würde ich ihn anzeigen. Als es nicht klappte, den schweren Kerl in den Maische-Bottich zu werfen, schleppten wir ihn in den Keller. Der Brennmeister wollte sich was einfallen lassen, wie er ihn entsorgte.«

»Aber ihm ist nichts eingefallen. Deshalb gab er den Schlüssel nicht raus«, schlussfolgerte Bechtel. Eine gemeinschaftliche Tat also, dachte er und freute sich, dass der Fall gelöst war.

7. WAS IMMER AUCH WERDE, BLEIB TREU DEM PFERDE

Christian Dröppe lag auf dem Misthaufen seines Hofes. Die groben Hände umfassten den Stiel der Forke, die in seiner Brust steckte, als wäre sie festzementiert. Blut sickerte aus der Wunde in seinem Oberkörper. Die weit aufgerissenen Augen waren in den Himmel gerichtet.

Sein Sohn Gerald, 14 Jahre alt, hatte ihn gefunden. Heulend stand er am Tor des Pferdestalls und beobachtete den Kommissar und seine Kollegin, die toughe, rothaarige Beate Neubauer.

Kommissar Fritz Euler grinste gehässig. Blöde Bauernbande, dachte er. Hatte dieser Stinkstiefel endlich das Zeitliche gesegnet. Er musste zugeben, dass er nicht sonderlich traurig darüber war, den alten Dröppe tot auf seinem eigenen Misthaufen zu sehen. Der Mann, der eine verblüffende Ähnlichkeit zum Schlagersänger Heino aufwies, hatte mit jedem im Clinch gelegen, alles besser gewusst und sich in Dinge eingemischt, die ihn absolut nichts angingen. Neid war sein zweiter Vorname gewesen.

Erst vorgestern hatte Euler ihn bei der jährlichen Wildpferdeversteigerung getroffen. Dröppe hatte wenige Meter weiter auf der Tribüne gestanden und der Veranstaltung beigewohnt wie in jedem Jahr. Auf Eulers Gruß, ein kurzes Kopfnicken, hatte er nicht reagiert.

Jedes Jahr am letzten Samstag im Mai war der Wildpferdefang ein Großereignis im Merfelder Bruch in Dülmen.

Alle Wildpferde, um die 400 Tiere, wurden in eine Arena getrieben, anschließend fing man die Jährlingshengste unter ihnen ein und entließ alle anderen Tiere wieder in die Freiheit im Merfelder Bruch. Der Einlauf der wilden Tiere, die eine ganz besondere, natürliche Schönheit aufwiesen, war ein wunderbarer Anblick. Es war nötig, die geschlechtsreif werdenden Hengste aus der Herde herauszunehmen, um Rivalitäten unter den Hengsten zu vermeiden. Diese Arbeit übernahmen 25 bis 30 Fänger, die sich vorab einer Schulung unterzogen hatten. Einige der jungen Hengste wurden verlost, die anderen versteigert.

Das Gebiet, auf dem die Wildpferde lebten, gehörte dem Herzog von Croÿ. In der eingezäunten Fläche des Merfelder Bruchs waren die Wildpferde sich vollkommen selbst überlassen. Das große Gelände bestand aus Weide, Moor und Heideflächen, Birkengestrüpp sowie Hochwald mit Nadelwäldern und Eichenbeständen. Für abwechslungsreiche Nahrung sowie ausreichend Deckung und Schutz der Tiere war also gesorgt. Die Wildlinge, so nannte man die Pferde, lebten das ganze Jahr über ohne Zufütterung im Freien. Ein dickes Winterfell schützte die Tiere vor der Kälte. Das ganze Jahr über konnte man sie an der Wildpferdebahn besuchen und von der Ferne aus beobachten.

Fritz Euler rief den verstörten Jungen zu sich. »Was ist mit dem Hengst, den ihr euch vorgestern ausgesucht habt? Man erzählt sich, dass die Versteigerung nicht mit rechten Dingen zugegangen ist. Hat dein Vater eingesehen, dass Kohlmann der erste Bieter war und somit das Recht auf den Hengst hatte?«

»Alles Quatsch! Das lief zeitgleich ab. Der gehört uns. Ist schon im Stall. Blue Champion haben wir ihn genannt. Er hat eine tolle Farbe. Gestern Morgen wurde er gebracht.

Wollen Sie ihn mal sehen?« Gerald wusste, dass der Kommissar ein großer Pferdenarr war. Seine verweinten Augen leuchteten, als er über den Hengst sprach.

Der Kommissar bemerkte das Leuchten in Geralds Augen. Das Pferd schien ihm viel zu bedeuten. Dennoch musste er dieser Sache nachgehen. »Habt ihr nicht schon genug Pferde im Stall?«, fragte er wenig einfühlsam, das war nun mal seine Art, besonders, wenn es um Dröppe ging.

»Nicht so einen Hengst«, antwortete Gerald patzig.

»Der euch eigentlich gar nicht gehört. So wie es der Forstoberinspektor erzählt hat, hätte Kohlmann den Zuschlag erhalten. Dein Vater hat ihm eine reingehauen, nur deshalb hat Kohlmann sich zurückgezogen.«

»Hatte er verdient, der Blödmann. Außerdem hat Blue Champion es hier viel besser als bei dem ollen Kohlmann. Sein Sohn Tobias kann nicht mal richtig reiten.«

»Aha, und das ist Grund genug dafür, dass man den rechtmäßigen Besitzer niederschlägt?« Dieser Trottel. Tobias konnte vielleicht nicht so gut reiten wie Gerald, dafür besuchte er das Gymnasium und glänzte mit guten Zeugnissen. Das wusste Euler von seiner Tochter Elisa, die mit Tobias in dieselbe Klasse ging. Gerald quälte sich auf der Hauptschule und hatte schon zweimal ein Schuljahr wiederholt.

»Manchmal geht es nicht anders.« Der Junge schaute Euler mit beängstigendem Blick an.

»Sieht man ja, was dabei rauskommt. Nun ist dein Vater tot, und das Pferd wird nicht mehr lange dein Pferd bleiben.« Euler wusste, dass der Pleitegeier bereits seine Runden über dem Dröppehof drehte.

»Sie sagen es, das war Kohlmann! Ist doch klar. Rache als Motiv. Haben Sie ihn schon festgenommen?« Der Junge kaute auf einem Strohhalm herum und sah den Kommissar trotzig an.

»Ich bin doch erst seit einer halben Stunde hier. Sag mir lieber, ob du was gesehen hast, und wenn ja, was.«

Das Gespräch zwischen dem Kommissar und dem Jungen fand ein jähes Ende, als die Kriminaltechnik auf den Hof fuhr. Die beiden Streifenpolizisten, die als Erstes vor Ort gewesen waren, hatten das Gelände bereits weiträumig abgesichert. Die SpuSi begann mit ihrer Arbeit. Wie die Herren sich in ihren weißen Anzügen über Dröppe lustig machten, der die Mistgabel in seiner Brust noch immer festhielt, war selbst dem wenig empathischen Euler zu viel. Und das an einem Montagmorgen, dachte er.

Fritz Euler schaute seine junge Kollegin an, die spöttisch die Mundwinkel herunterzog. Sie dachten beide das Gleiche, doch niemand sprach es aus.

Euler kannte Kohlmann und die gesamte dazugehörige Familie und wusste, dass er kein Hitzkopf war, der mal eben einen Typen wie Dröppe umbrachte, nur weil er ungerecht von ihm behandelt worden war.

Gerald verschwand im Pferdestall. Es juckte Euler schon sehr, sich den Neuzugang im Stall anzusehen. Doch seine Kollegin, die rothaarige Beate, verwickelte ihn in ein Gespräch. »Komischer Junge!« Beate schaute dem hochgewachsenen Jüngling hinterher.

»Die ganze Familie hat einen Sockenschuss. Der Vater ging über Leichen, schlug gern mal zu, was er vorgestern wieder bewiesen hat. Blöd, dass sich niemand getraut hat, einzuschreiten. Die Polizei wurde auch nicht verständigt. Kohlmann soll eindeutig der rechtmäßige Besitzer des Jährlingshengstes gewesen sein. Schade, dass es sich um das letzte Tier handelte, das an dem Tag zur Versteigerung stand. Zu feige, sich durchzusetzen, war er. Hatte Angst vor Dröppe. Die alte Dröppe ist vom gleichen Holz geschnitzt, dreist wie sonst was und unbeliebt. Ist sogar schon mehrmals wegen Ladendiebstahls verurteilt worden. Trotz ihres hässlichen Charakters erfüllen sie ihrem Jungen jeden Wunsch. Doch damit wird nun Schluss sein. Der Vater tot, die Mutter faul, da ist es bald vorbei mit den Einnahmen. Wer soll den Hof weiterführen?«

Beate wollte zurück zu den Fakten. »Der Junge hat also seinen Vater gefunden. Gibt es weitere Zeugen? Was ist mit Angestellten? Oder Familienangehörige?«, fragte sie.

»Die demente Schwiegermutter wird nichts mitbekommen haben, und der Knecht, der ebenfalls nicht alle Tassen im Schrank hat, wird, wenn er was gesehen hat, den Mund halten.« Euler grinste vor sich hin.

»Dann werde ich mir diesen Kohlmann vorknöpfen. Fährst du mit, Fritz?«

»Kann ich machen. Obwohl er es mit Sicherheit nicht war. Aber warten wir noch kurz, was der Gerichtsmediziner sagt. Und mit Dröppes Frau sollten wir auch noch sprechen.« Euler schaute angeekelt dabei zu, wie die Kollegen von der SpuSi die Mistgabel aus der Brust des Toten zogen. Mit dem langen Teil wäre er schließlich nicht transportfähig.

Beate kehrte gedanklich noch mal zu Gerald zurück. »Und der Sohn hat also die Polizei verständigt, als er den Vater gefunden hat? War er denn nicht in der Schule?«

»Der geht nur ab und zu mal hin«, sagte Euler.

»Woher weißt du das alles?« Beate zog ihre Stirn in Falten.

»Beate, ich bitte dich. Dülmen ist ein Dorf. Ich kenne Kohlmann gut und weiß auch viel über die Dröppe-Familie. Viel zu viel.«

Nun wandte sich der Gerichtsmediziner an sie. Der Todeszeitpunkt sei ungefähr um 7 Uhr morgens gewesen, meinte er.

»Um diese Zeit wagt sich doch niemand mehr hierher, um den Bauer umzubringen. Die Gefahr, gesehen zu werden, war doch viel zu groß. 7 Uhr ist auf dem Land ja schon fast Mittag! Was, wenn es der Sohn selbst war?« Beate sah ihren Kollegen mit fragenden Augen an. Sie wollte auch mal einen Fall lösen und beschloss, sich dafür ins Zeug zu legen.

»Alle von diesem Hof könnten es gewesen sein. Kräftig genug sind die Dröppes jedenfalls, obwohl einiges dazugehört, einem so stabilen Kerl wie Dröppe eine Mistgabel in die Brust zu rammen.«

»Alle? Aber doch nicht die alte Schwiegermutter.« Beate wirkte erstaunt.

»Gerade die! Du hast sie noch nicht gesehen. Die ist 1,80 Meter groß und wiegt mindestens drei Zentner. Sie ist zwar im Kopf nicht mehr ganz fit, aber körperlich mehr als kräftig. Immer wenn der Zuchtbulle ausreißt, holen sie die alte Frau, die ihn wieder einfängt.«

»Willst du mich verulken?« Ungläubig schaute Beate ihren Kollegen an.

»Nee, ganz bestimmt nicht!«

Der Dröppesohn schlich aus dem Stall und sah zu, wie man den Vater abtransportierte. Eben noch in Tränen aufgelöst, schien er nun guter Dinge zu sein.

Euler konnte nicht anders. Er hatte den Stimmungswechsel schon bemerkt, als die Sprache auf den Hengst gekommen war. Nun musste er Gerald darauf ansprechen. »Sag mal, deinen Vater so aufzufinden, muss doch ein Schock für dich gewesen sein.«

»Wieso?«

Wieso? Hatte der Junge noch alle Latten am Zaun? Euler beschloss, die Frage nicht zu beantworten. »Wie spät war es, als du ihn entdeckt hast? Hat er heute Morgen noch die Kühe gemolken?«

»Klar, Mama hat ihm geholfen.«

»Der Todeszeitpunkt war um 7 Uhr. Wann genau hast du ihn gefunden?«

»So um 8 Uhr wollte ich in den Stall. Nach Blue Champion schauen. Da fiel mir der lange Stiel der Forke auf, der aus dem Misthaufen hervorstach. Mama war noch in der Milchküche. Die Mistgabel steckt nie im Misthaufen, deshalb bin ich hingegangen und habe nachgeschaut. Und da lag Papa. Ich bin zu Mama gerannt und habe ihr gesagt, dass Papa tot ist. Sie hat nur gelacht und mir nicht geglaubt.«

»Wo ist sie jetzt?«

»Hat sich hingelegt, nachdem sie Papa gesehen hat. Oma hat ihr einen Tee gekocht.«

Euler und Beate sahen sich an. »Sprechen wir mit Frau Dröppe«, sagte Euler.

»Mit der alten oder der jungen?«, wollte Beate wissen.

Euler lachte. »Sehen beide gleich alt aus.«

Ohne anzuklopfen, traten sie durch den Hintereingang des Wohnhauses, der direkt in die Bauernküche führte. Eine abgestandene Luft schlug ihnen entgegen. Vom Lüften hielten die Bauersleute wohl nicht viel. Auf einem alten Sofa lag die bekittelte Bauersfrau und schluchzte vor sich hin. Show oder echt, fragte Euler sich.

Gerald trat zum Sofa und streichelte seiner Mutter über den Kopf. »Du hast doch noch mich, Mutti.«

»Junge, halt die Klappe. Du kriegst doch nichts auf die Schiene. Du willst den Hof weiterführen? Hast doch nur die Pferde im Kopf.«

»Ich hoffe, Ihr Mann war gut versichert, Frau Dröppe«, sagte Euler nicht ohne Hintergedanken. Das wäre des Rätsels Lösung, dachte er und machte sich Notizen. Das musste er prüfen. Unbedingt! Zuerst eine Versicherung abschließen, dann den ungeliebten Alten entsorgen und dafür kassieren.

»Was geht Sie das an?«, fauchte die burschikose Frau und brachte sich stöhnend in eine sitzende Position. Breitbeinig wie ein alter Bierkutscher.

»Es war Kohlmann! Wann kapieren Sie das endlich?«, schrie der Sprössling durch die miefige Küche.

Die zahnlose Oma, tatsächlich ein echtes Kaliber, rührte grinsend in ihrem Kaffeepott und glotzte die beiden Kommissare abwechselnd an.

»Nä, Oma, der Kohlmann hat deinen Sohn umgebracht, nicht wahr? Der taugt nichts. Genauso wenig wie sein Sohn Tobias, dieser Streber. Trägt die Nase hoch.«

Beate sah sich in der Wohnküche um. Was für ein Elend, dachte sie. So wie es hier roch, so sah es auch aus. Eine professionelle Reinigungskraft hätte hier etliche Tage zu tun. Fürs Putzen fühlte sich scheinbar niemand zuständig. Die Tapete mit undefinierbarer Farbe hing in Fetzen von den Wänden. Zwischen Lampe und Zimmerdecke tummelten sich etliche Spinnen in einem fein gewobenen Netz.

»Genau, die Kohlmanns taugen nichts, mein Junge«, freute sich die Oma, deren Nachthemd, das sie wohl den ganzen Tag trug, voller Flecken in sämtlichen Farben war. Ebenso das ehemals weiße Bettjäckchen, das sie darüber trug.

»Na, davon werden wir uns selbst überzeugen und der Familie Kohlmann einen Besuch abstatten.« Fritz Euler musste raus aus dieser Küche. Sofort!

»Und den Alten gleich festnehmen«, rief der Junge den Kommissaren hinterher.

Nur knapp zwei Kilometer vom Dröppehof entfernt befand sich, am Waldrand gelegen, der Hof der Kohlmanns. Dort trafen Euler und seine Kollegin auf das krasse Gegenteil. Alles sehr ordentlich, die Bauersfrau, die ihnen öffnete, topgestylt und sehr freundlich. Sie bat die beiden Kripoleute in die gemütliche Wohnküche und bot ihnen Kaffee an. Das Mittagessen brodelte in verschiedenen Töpfen auf dem alten, jedoch sauberen Herd. Es roch nach Sauerkraut. Auch hier saß eine alte Frau mit am Tisch, ein äußerst gepflegtes Großmütterchen, ein richtiges Bilderbuchexemplar mit frisch gewaschenen grauen Locken.

Kohlmann wurde aus dem Stall geholt und betrat zögernd den Raum. Der Besuch der Kripo war ihm unangenehm. Er zog seine Schlägermütze vom Kopf, verneigte sich grüßend und setzte sich auf die Eckbank.

»Sie haben sicherlich schon gehört, was passiert ist, Herr Kohlmann?«, tastete sich Euler heran. Er kannte Kohlmann zwar, vor allem durch die Kinder, die in dieselbe Klasse gingen, jedoch nicht so gut, wie er Dröppe gekannt hatte. Kohlmann war ihm nie unangenehm aufgefallen.

»Ja, die Nachricht verbreitete sich wie ein Lauffeuer, genau wie der Disput, den ich mit ihm hatte. Bestimmt fiel Ihr Verdacht sofort auf mich. Wollen Sie mich jetzt verhaften?« Die Gesichtsfarbe des Mannes wechselte von rosig auf leichenblass, mit Ausnahme des geschwollenen blauen Zinkens.

»Quatsch, ich habe nur ein paar Fragen an Sie. Was ja verständlich ist nach dem Vorfall bei der Versteigerung. Ich bin im Thema, Herr Kohlmann. Was ich nicht verstehe: Wieso haben Sie dem Kerl den Vortritt gelassen, obwohl einwandfrei feststand, dass der Hengst Ihnen gehört hätte?«

»Schauen Sie sich meine Nase an, fast hätte er mir das Nasenbein gebrochen. Keiner stand mir zur Seite, weil alle Angst vor ihm hatten, vor diesem Choleriker. Nee, nee, das hat auch mein Sohn verstanden. Im nächsten Jahr werden wir nicht bei den Letzten sein und früher mitbieten. Dröppe kommt uns ja jetzt nicht mehr in die Quere.« Er faltete seine geschundenen Hände und sah den Kommissar mit huldvollem Blick an.

Auch ein noch so unschuldiger Blick konnte einem Mörder gehören, wusste Euler und ließ sich davon nicht beeindrucken. »Herr Kohlmann, ich muss Sie das fragen. Wo waren Sie heute Morgen gegen 7 Uhr?«

»Ich war mit unserem Verkaufswagen auf dem Wochenmarkt in Dülmen. Wir bieten dort Produkte vom Hof zum Verkauf an. Gegen 6.30 Uhr bin ich dort eingetroffen. Gegen 12 Uhr war ich wieder hier. Dafür gibt es etliche Zeugen. Haben die Dröppes mich belastet?«

Beate stöhnte genervt und sah aus dem Fenster. Eigentlich hatten sie abgemacht, dass sie die Befragung übernahm. Dieser Stiesel konnte es nicht lassen. Immer wieder gab er ihr das Gefühl, eine dumme Auszubildende zu sein, obwohl sie ebenfalls Hauptkommissarin war. Jedoch nicht die Erste! Das war der kleine Unterschied, auf den ihr Chef Euler großen Wert legte.

»Nur der Bengel der Dröppes.« Bedächtig schlürfte Euler seinen Kaffee. Er fragte sich, warum nicht die attraktive Bäuerin auf den Wochenmarkt fuhr. Sie molk stattdessen lieber die Kühe. Wollte ihr Gatte das so? Aus Eifersucht?

Die beiden Kommissare sprachen noch mit der Bäuerin sowie mit der Mutter. Doch auch hierbei kamen keine Verdachtsmomente auf.

Es war bereits 14 Uhr, die Bäuerin rührte in ihren Töpfen und schaute immer wieder nervös auf die Uhr. Essenszeit. Unschwer zu erkennen.

In dem Moment kam der Sohn wie ein frischer Wind zur Tür hereingefegt, schmiss seine Schultasche in die Ecke, grüßte kurz und setzte sich an den Tisch. Sein Blick suchte die Kochtöpfe. Er hatte eindeutig Hunger.

Der Junge war eine Augenweide, musste Beate feststellen. Das komplette Gegenteil zu diesem Dröppesohn. Frisches Aussehen, blonde Haare, intelligenter Blick, höfliche, gute Umgangsformen.

»Na, hat dieser Vollidiot Dröppe uns beschuldigt? Der sollte sich lieber an seine eigene Nase fassen. Einige meiner Kumpel haben gehört, wie er seinem Vater auf der Wildpferdebahn zugerufen hat, dass er ihn abmurksen wolle. Dabei hat er seinen Willen bekommen. Hat doch den Gaul. Den Alten wollte er loswerden und den Gaul haben. Hat geklappt. Gesprächsstoff Nummer eins in der Schule.« Der Junge war wütend. Wahrscheinlich war er wegen des Mordes an Dröppe in der Schule gehänselt worden.

Der Hauptkommissar betrat den Stall, nickte dem Knecht kurz zu und ging in Richtung der Pferdeboxen. In der letzten, dort, wo das lauteste Gewieher herkam, vermutete er den Neuzugang Blue Champion. Euler hatte sich für heute die Befragung des Bediensteten des Hofes vorgenommen. Er wollte auch noch einmal mit der Frau und der Schwiegermutter sprechen. Irgendetwas verbargen die beiden, da war er sich sicher. Bei der Gelegenheit wollte er einen Blick auf den jungen Hengst werfen. Er war froh, dass dieser Gerald nicht anwesend war. Ob er sich doch mal auf den Weg zur Schule gemacht hatte?

Als Euler das Gitter der Box erreichte, hörte das wilde Gewieher plötzlich auf. Der Hengst schaute ihn aus großen dunklen Augen neugierig an und kam näher. Mit ruhigen Worten sprach Euler auf das Tier ein. Eine wahre Schönheit, das musste er zugeben. Der Stirnschopf war außergewöhnlich dicht und hing bis an die Nüstern. Auch die Farbe des Hengstes war einzigartig. Eine Mischung zwischen Beige und hellem Braun. Das Sonnenlicht, das durch das Fenster schien, brachte sie zum Leuchten. Und erst diese pechschwarze, wilde Mähne. So etwas hatte Euler noch nie gesehen.

Er streckte dem Hengst durch das Gitter seine Hand entgegen. Das Pferd wich nicht zurück, näherte sich sogar noch weiter der ausgestreckten Hand. Hatte sein Schwager, der ebenfalls Pferde besaß, nicht behauptet, er sei ein wahrer Pferdeflüsterer? Mit vor Stolz geschwellter Brust schaffte er es, den Kopf des Tieres zu streicheln. Ein wahrer Glücksfall, dieser Hengst. Und ausgerechnet in so einer Familie musste er landen. Aber vielleicht bekäme er ein neues Zuhause, wenn der Hof tatsächlich versteigert werden müsste.

»Schönes Pferd, nä?«

Euler hatte nicht gemerkt, dass der junge Hofmitarbeiter neben ihn getreten war.

»Blue Champion heißt er.«

»Ja, ein tolles Tier. Wird er es hier gut haben?« Der Hauptkommissar sah sich den Mann genauer an. Er wirkte vertrauenserweckend, musste er feststellen. Er hieß Bence Karos und stammte aus Ungarn. Dort besaß seine Familie ein Gestüt. Da er jedoch zu aufsässig geworden sei, keine Regeln eingehalten habe, habe ihn die Familie zu einem weitläufigen Cousin des Vaters geschickt. Dieser Cousin war Dröppe, der jetzt nicht mehr unter den Lebenden weilte. Bences Mund stand nicht still. Er laberte und laberte, erzählte Euler sein ganzes bisheriges Leben. Keine 30 Jahre war er alt und hatte mehr Vorstrafen als Kerzen auf der Torte.

Ob er hier allerdings gelernt hatte, wie man sich benahm, wagte Euler zu bezweifeln. Außerdem war sein Vormund nun tot.

»Werden Sie zurück in Ihre Heimat reisen? Jetzt, wo der Bauer tot ist?«, fragte der Kommissar.

»Ich weiß nicht. Es macht keinen Unterschied, ob ich hier bin oder in Ungarn. Mein Leben ist einfach nur scheiße. Hier wie dort bekomme ich ein lächerliches Taschengeld, habe ein erbärmliches Zimmer, das Essen ist karg, und immer nur Arbeit, Arbeit, Arbeit. Wenn ich den Golf benutzen will, um in die Stadt zu fahren, muss ich einen Kniefall machen.«

»Wie war das gestern Morgen? Haben Sie was bemerkt? Es war doch schon hell, und der Hof liegt frei einsehbar. Da nähert sich niemand ungesehen.«

»Ich habe nichts bemerkt. War hinten bei den Kühen. Misten.« Er konnte dem Kommissar nicht in die Augen schauen, hielt den Blick gesenkt und kratzte mit der Forke, die er in der Hand hielt, am Boden herum.

»Der Sohn, wo war der?«

»Kam plötzlich angerannt, als er den Vater im Misthaufen entdeckt hat. Er hat die Polizei gerufen.«

»Könnte er es gewesen sein?«

»Ich weiß nicht.«

»Und wo war Frau Dröppe?«

»Wohl im Haus bei der Oma.«

»Gerald hat erzählt, sie sei in der Milchküche gewesen.«

»Kann auch sein.«

»Warum sind Sie plötzlich so kurz angebunden? Haben Sie denn gar nichts gehört? Schreie oder Streit? Vom Kuhstall bis zum Misthaufen sind es nur wenige Meter. Da muss man doch mitbekommen, wenn einer abgestochen wird.«

»Ich weiß nicht«, sagte der Ungar erneut. Er schaute hektisch hin und her und fühlte sich sehr unwohl, in die Enge getrieben.

»Sie verschweigen mir etwas, junger Mann.« Euler sah Bence mit scharfem Blick an. »Los, reden Sie schon. Ich kann Sie auch aufs Präsidium bestellen.«

Bence Karos war anscheinend alles egal. Er zuckte nur mit den Schultern.

Die Bauersfrau kam mit ihren riesigen Gummistiefeln auf sie zugestapft und unterbrach das Gespräch. »Er soll arbeiten. Dafür ist er hier. Lassen Sie ihn in Ruhe. Was wollen Sie denn noch?« Frau Dröppes Augen funkelten zornig. In der Hand hielt sie einen Besen und fuchtelte dem Kommissar damit vor den Augen herum.

»Ich hätte auch noch ein paar Fragen an Sie«, sagte Euler. Der Ungar nutzte die Gelegenheit und verschwand.

Das Gespräch mit der resoluten Hausfrau hätte er sich sparen können. Sie verstrickte sich in zwiespältige Aussagen, wollte zur Tatzeit erst hier, dann dort gewesen sein, habe nichts gehört und nichts gesehen. Als die Hauptschlagader an ihrem Hals zu pochen begann und Euler befürchten musste, der Nächste zu sein, der auf dem Misthaufen landet, verabschiedete er sich.

Er hätte seine Kollegin mitnehmen sollen, sagte er sich. Zu zweit hätten sie mehr erreicht. Mit einer gemeinen Ausrede hatte er Beate am Morgen abgehängt und war allein zu Dröppes gefahren. Und das nur aus einem einzigen Grund. Dieser Grund hatte vier Beine und eine lange schwarze Mähne. Blue Champion, dessen Blick sich in ihm festgesaugt hatte wie ein Egel. Er konnte an nichts anderes mehr denken. Er nahm sich vor, nach Dienstschluss seinem Schwager einen Besuch abzustatten.

Roland Bresser stand vor seinem stattlichen Hof nahe am Waldrand und blickte zum Dröppe-Anwesen, das ungefähr einen Kilometer entfernt lag. Seit zwei Tagen beobachtete er die heranfahrenden Streifenwagen der Polizei sowie Zivilfahrzeuge der Kripo. Roland führte den Hof gemeinsam mit seiner Frau Johanna und der erwachsenen Tochter Nadine, die Landwirtschaft studiert hatte. Sie züchteten erfolgreich Limousin-Rinder und besaßen über 300 Hühner. Johanna war für den gut laufenden Hofladen zuständig. Von weit her kamen die Menschen, um den Käse und die Eier von den frei laufenden Hühnern zu kaufen. Roland war nebenbei aktiv im ortsansässigen Schützenverein. Vor zwei Jahren war er sogar Schützenkönig gewesen, was Dröppe absolut nicht gepasst hatte.

Er knetete sich sein hageres Kinn, starrte in die Ferne und dachte nach. Die 500 Euro, die er Dröppe erst in der letzten Woche geliehen hatte, konnte er wohl vergessen. Ohrfeigen könnte er sich, dass er es wieder einmal nicht übers Herz gebracht hatte, Nein zu sagen. Dröppe hatte ihn angebettelt. Er müsse dringende Rechnungen bezahlen, und Roland möge ihm doch aus dieser Notsituation heraushelfen. Dabei hatte Roland ihm erst vor vier Wochen mit 6.000 Euro ausgeholfen und das Geld noch nicht zurückbekommen. Die Notsituation, in der Dröppe diesmal steckte, hieß Blue Champion und war ein Jährlingshengst.

Warum hatte er seine Geldbörse nur ein weiteres Mal geöffnet? Aus Angst vor ihm? Bisher hatte er das geliehene Geld immer zurückbekommen, bis auf die 6.000 Euro. Erst vor einem halben Jahr hatte Dröppe sich eine größere Summe geliehen, damit er die ausstehende Thronumlage an den Schützenverein zahlen konnte. Denn auch Dröppe war Mitglied im Schützenverein und wie Roland Teil des Vorstands. Aber Schützenkönig war Dröppe noch nie gewesen, dazu war er viel zu arm. Immerhin hatte Roland diese Summe nach vier Wochen zurückerhalten. Jetzt war Dröppe tot und die Knete der letzten Wochen wohl unwiederbringlich verloren. Egal, Geld war nicht alles. Sonderlich traurig war Roland nicht über den Tod des Nachbarn, denn besonders gut war er mit dem quertreibenden Bauern nicht zurechtgekommen.

Zum Glück konnte er für die Tatzeit mit einem Zeugen aufwarten. Ihn wunderte trotzdem, dass die Kripo ihn als Nachbar noch nicht verhört hatte. Er hätte jedoch ohnehin nicht viel zum Tathergang gesagt. Für ihn war der Fall erledigt, und basta!

Johanna betrat die Terrasse und brachte ihm einen Pott Kaffee. »Die Dröppe hat im Laden noch eine Rechnung von fast 100 Euro offen. Weißt du das eigentlich? Die kann ich wohl in den Wind schreiben. Erst letzte Woche hat sie sich wieder etliche Pfund Butter und eine Palette Joghurt geholt.«

»Das bezahlt sie, das schwöre ich dir. Ich gehe persönlich hin und hole das Geld. Wer so viel frisst, kann auch bezahlen.«

»Hatte ihr Mann nicht noch Schulden bei dir? Das Geld siehst du nie wieder.« Johanna verzog spöttisch den Mund.

»Kann gut sein. Aber spätestens bei der Beerdigung und dem anschließenden Leichenschmaus werde ich das Gespräch darauf bringen.« Roland Bresser lachte sich ins Fäustchen bei der Vorstellung, den Toten bloßzustellen.

»Das ist geschmacklos.«

»Was Dröppe sich erlaubt hat, war auch geschmacklos. Der ganze Kerl war geschmacklos.«

»So pleite, wie die sind, wird es keinen Leichenschmaus

geben. Wirst schon sehen.« Johanna verzog sich kopfschüttelnd ins Haus.

»Das können die sich nicht erlauben.«

Mittwoch.

»Jemand hat deinen Vater kaltblütig umgebracht. Das ist dir doch wohl klar, oder?« Euler schaute Gerald an. Es widerstrebte ihm, diesen zu siezen. »Hast du denn gar keinen Verdacht?«, hakte Euler nach.

»Nö, kann jeder gewesen sein. Was weiß denn ich?« Er kaute genervt auf seinem Kaugummi herum.

»Zeugen behaupten, du hättest deinem Vater auf der Wildpferdebahn gedroht, ihn umzubringen. Um was ging es bei dem Streit?«

Gerald fing an zu lachen. »Das sagt man schon mal so. Habe ich doch nicht ernst gemeint. Wollen Sie Blue Champion mal sehen?«, wechselte der Junge das Thema.

»Von mir aus«, meinte Euler und lief dem Jungen hinterher zur Box des Hengstes. Das Sonnenlicht, das auch heute durch das kleine Fenster schien, ließ das Pferd zartblau schimmern. Deshalb der Name, dachte Euler. Doch nicht so blöd, die Bauernbande.

Das Smartphone des Kommissars klingelte. Beate war dran. Soweit sie es herausbekommen konnte, hatten die Dröppes keine Lebensversicherung auf den Vater abgeschlossen. Sie schien beleidigt, war kurz angebunden, als sie Euler über die Befragung des Nachbarn Bresser heute Vormittag informierte, und beendete nach wenigen Worten das Gespräch.

Frauen, dachte Euler und wandte sich dem Hengst zu. Er war richtig zutraulich geworden, ließ sich vom Kommissar den Schopf kraulen und schaute ihn erneut aus großen dunklen Augen neugierig an.

»Ich war gestern mit ihm im Paddock. Aber er wusste nicht, was er dort sollte. Lief unruhig hin und her. Morgen kommt der Reitlehrer, der will sich Blue Champion mal anschauen.« Gerald stand in der Box neben dem Pferd und tätschelte ihm den Rücken.

»Das könnt ihr euch leisten?«

»Wieso? Der ist sowieso zweimal die Woche hier und unterrichtet die Reitschüler.«

»Mal sehen, wie lange noch«, meinte Euler und verließ den Stall.

Als er auf den Hof trat, fuhr ein roter Golf älteren Baujahrs in rasantem Tempo heran und kam mit quietschenden Reifen zum Stehen. Euler erkannte den Ungarn hinter dem Steuer.

»Dieser Vollidiot! Hat sich ein Auto gekauft. Zwar eine alte Karre, aber auch die kostet Geld, das er nicht hat.« Gerald hatte den Stall ebenfalls verlassen, stand nun neben Euler und verzog verächtlich das Gesicht. »Der Penner wurde aus Ungarn hergeschickt, weil er Dreck am Stecken hat.«

Damit erzählte er dem Kommissar nichts Neues. Euler kannte die Geschichte bereits.

»Ihr habt auch kein Geld und habt euch trotzdem den Hengst zugelegt. Mit geliehenem Geld.«

»Woher wissen Sie das?« Die Halsschlagader des Pubertierenden schwoll an. Hatte er wohl von seiner Mutter geerbt.

»Ich weiß noch viel mehr, mein Junge!«, provozierte Euler ihn. Er brauchte dem Bengel nicht auf die Nase zu binden, dass seine Kollegin Beate Neubauer dem Hofbesitzer Roland Bresser einen Besuch abgestattet hatte. »Zum Beispiel, dass dein Vater schon lange Schützenkönig werden wollte, jedoch nicht mal die Thronumlage aus eigener Tasche bezahlen konnte. Musste er sich leihen, vom Bresser. Von den anderen Schulden ganz zu schweigen.« Eine innere Stimme sagte Euler, dass er noch mehr Öl ins Feuer gießen sollte. Vielleicht würde der Junge dann auspacken.

»Das Geld hat er zurückgezahlt.« Gerald wurde trotzig.

»Ja, das für die Thronumlage vielleicht. Alles andere und den Betrag für Blue Champion jedenfalls nicht. Also gehört er dir eigentlich nicht.«

Gerald rastete aus, rannte hin und her, beruhigte sich gar nicht mehr. Griff sich einen Knüppel und schlug damit gegen die Wand des Stalles.

»Sich mit fremden Federn zu schmücken, ist eine Sache, die ich überhaupt nicht mag«, reizte Euler ihn weiter.

»Wer hat das erzählt? Das kann nur der Bresser selbst gewesen sein. Dieser Schöntuer. Vielleicht sollte ich dem mal einen Besuch abstatten!«

»Und ihm ebenfalls eine Mistgabel in die Brust jagen? Mach das, Junge, dann kriegen wir dich endlich dran und du wirst weggesperrt. Und der Hengst kommt zu seinem rechtmäßigen Besitzer.«

Der junge Dröppe schrie wie ein Berserker über den Hof, dass er seinen Vater nicht umgebracht habe.

Die sind krank! Die gesamte Familie, dachte der Hauptkommissar, kehrte dem Bengel den Rücken zu und ging zum Ungar, der gerade sein Fahrzeug begutachtete, hier und da herumsuchte und herumwischte.

»Na, im Lotto gewonnen?«, wollte Euler wissen.

»So ähnlich«, meinte Bence Karos freudestrahlend.

Vor zwei Tagen hatte er Euler noch die Ohren vollgejammert, wie schlecht es ihm gehe, und nun fuhr er einen eigenen Wagen. Eine alte Karre zwar, doch immerhin. Da ist etwas oberfaul, dachte Euler und schwang sich in seinen BMW.

Roland Bresser und seine Tochter Nadine waren in schwarze Kleidung gehüllt und saßen am Tisch mit den Nachbarn. Seine Gattin war nicht anwesend, musste wegen einer kalbenden Kuh daheim bleiben. Immer wieder, auch beim Gang zum Grab, hatte er sich Worte zurechtgelegt, die er der Dröppe an den Kopf werfen wollte. Dabei ging es nur um eine einzige Sache: Er wollte sein Geld zurück. Das Geld, das er Dröppe geliehen hatte. Natürlich wollte er auch die Rechnung seiner Frau zur Sprache bringen. Über 100 Euro für Joghurt und Käse. So ging das nicht! Beim Kondolieren am Grab hatte er der Frau, die diesmal sogar ganz manierlich aussah, die Hand geschüttelt, den danebenstehenden Bengel hatte er ignoriert.

Posaunenmusik am Grab hatte es nicht gegeben, was bei einem Schützenbruder normalerweise dazugehörte. Die letzte Seilfahrt fand nie ohne Posaunenklänge statt. Doch sämtliche Spieler hatten abgesagt. Durchfall, Magenverstimmung, Grippe, gaben sie vor. So trat Dröppe seinen letzten Gang ohne musikalische Begleitung an.

Im altertümlichen Saal der Gaststätte ruckte Bresser nun unruhig auf seinem Stuhl hin und her und dachte an das Kalb, das gerade auf dem Weg ins Leben war. Er wäre jetzt viel lieber zu Hause im Stall, statt hier beim Leichenschmaus, an dem nur etwa 50 Verwandte und Nachbarn teilnahmen. Wenn man bedenkt, dass Dröppe Mitglied im Schützenverein gewesen war, waren das nicht viele Besucher, die ihm die letzte Ehre erwiesen. Trotzdem teuer genug für die Witwe, dachte Bresser.

Ihr Schnabel stand nicht still, sie redete und redete, von Trauer keine Spur. Der Bengel fraß ein Mettbrötchen nach dem anderen und tat so, als ginge ihn das alles nichts an. Seine Gedanken waren mit Sicherheit beim Pferdeneuzugang. Der Knecht, Bence Karos, war der Einzige, der trauerte. Er aß nichts und er trank nichts, und Tränen liefen über seine eingefallenen Wangen. Es sah so aus, als vermisse er seinen Chef tatsächlich.

Mordtheorien kamen auf die Tische, wurden mit Alkohol runtergespült. Jeder wollte wissen, wer es gewesen sein könnte. Sogar die beiden Kommissare Fritz Euler und Beate Neubauer saßen an einem kleinen Tisch in der Ecke und beobachteten die Leute. Etwas geschmacklos fand Bresser, dass sich Euler Notizen auf einem Block machte.

Gerald starrte Bresser unentwegt an, stand dann plötzlich von seinem Platz zwischen Oma und Mutti auf und setzte sich zu Bresser an den Tisch.

Das war die Gelegenheit. »Du kommst gerade richtig«, begann Bresser. »Ich will wissen, wann ich mein Geld zurückbekomme. 6.500 Euro habe ich deinem Vater geliehen.«

»Ja, meinem Vater, nicht mir. Außerdem kannst du es nicht beweisen. Oder hast du was Schriftliches?«

»Unter Bauern zählt ein Handschlag. Stirbt der Bauer, kommen die Verwandten dafür auf. An erster Stelle deine Mutter. Die hat übrigens bei uns im Hofladen noch 100 Euro Schulden. Wer gerne isst, sollte das auch bezahlen.«

Geralds Augen blieben an Nadines hängen. Sie gefiel ihm, das war unschwer zu erkennen.

»Wenn ich in einer Woche mein Geld nicht habe, übergebe ich die Sache meinem Anwalt. Verlass dich drauf, Junge. Deinen Hengst wirst du dann nicht mehr lange haben.«

Gerald grinste nur und stand auf, um den Tisch zu verlassen. Ein letzter Blick streifte Nadine.

»Saubande!«, rief Bresser, der sich sonst immer unter Kontrolle hatte, durch den Raum.

Niemand widersprach.

»Guten Morgen, junger Mann«, begrüßte Fritz Euler zu ganz früher Stunde den Ungarn, der gerade dabei war, seine wenigen Habseligkeiten im Kofferraum des alten Golf zu verstauen. »Ich glaube, wir sollten uns noch mal über die letzten Minuten des Herrn Dröppe unterhalten. Wollen Sie mir nicht erzählen, was passiert ist? Wenn ich mir Sie so anschaue, kann ich mir schlecht vorstellen, dass Sie es geschafft haben, Dröppe die Mistgabel in die Brust zu rammen und ihn dann zuoberst auf dem Misthaufen zu platzieren. Wer hat Ihnen geholfen?«

Bence Karos' Hände begannen zu zittern. Kurz darauf brach er heulend zusammen und setzte sich auf seine marode Reisetasche. »Ich habe das nicht gewollt. Er hat mich gequält, mich fertiggemacht. Was hatte ich denn hier für ein Leben? 15 Stunden Arbeit pro Tag. Kein Wochenende.«

»Und nun wollen Sie abhauen? Wo hatten Sie das Geld für den Wagen her? Von Ihrem Auftraggeber? Hat der Ihnen das Auto finanziert? Kann ihm doch nur recht sein, wenn Sie verschwinden, oder? Wer war es?« Euler hatte fast ein bisschen Mitleid mit dem armen Würstchen.

»Herr Bresser hat mir Geld geboten, wenn ich Dröppe verschwinden lasse. 5.000 Euro. Das hörte sich verführerisch an. Er wollte ihn loswerden, weil er ewig Ärger mit ihm hatte, wie viele andere auch. Dröppe lieh sich Geld, gab es nicht zurück, stänkerte ständig herum. War ja auch ein Schwein! Was habe ich denn hier bekommen? 80 Euro Taschengeld im Monat bei freier Kost und Logis. Gelegentlich durfte ich den Golf von Frau Dröppe fahren. Da war ein eigenes Auto schon ein Anreiz. Ich wollte ihn nicht umbringen, doch er kam mir an dem Morgen krumm, hackte auf mir herum, beschuldigte mich. Ich wurde immer wütender und habe ihm die Mistgabel, die ich in der Hand hielt, voller Wucht in die Brust gestoßen. Er war betrunken und wackelig auf den Beinen. Gerald kam zufällig um die Ecke und half mir, seinen Vater auf den Misthaufen zu legen. Ihm war es nur recht, dass er tot war.«

»Und nun wollten Sie nach Hause?«

»Ja, nach Hause und alles vergessen. Noch einmal ganz von vorne anfangen.«

»Tja, daraus wird wohl nichts«, sagte Euler und seufzte.

8. ES KLAPPERT DIE MÜHLE AM RAUSCHENDEN BACH

Klaus Winterhalder, ein gut aussehender Mittvierziger, wusste nicht, was er von dieser Reha-Maßnahme halten sollte. Klar, er hatte Schmerzen. Und zwar reichlich. Als er vor einem halben Jahr an seinem Reihenhäuschen die Dachrinne ausbessern sollte – seine Gaby hatte es nicht für nötig gehalten, einen Dachdecker zu beauftragen –, hatte die alte Leiter versagt. Er war zu Boden gefallen und hatte sich den rechten Oberschenkelhals gebrochen. Ach, das heilt schon wieder, waren Kollegen, Nachbarn und Familie einer Meinung gewesen, bist ja noch jung. Geheilt war der Bruch, doch die Schmerzen waren geblieben und er hatte seine ganze Hoffnung in diese Reha-Maßnahme gesetzt, auch wenn er mit seinem dörflichen Denken seinen Wohnort Bochum nicht gerne verlassen hatte.

Okay, schön war es hier in dieser Bilderbuchkurklinik mitten in Bad Holzhausen am Wiehengebirge, vollkommen im Grünen gelegen. Die Ausstattung war modern, ein schönes Zimmer hatte er, die Versorgung ließ keine Wünsche offen. Und doch war er einsam. Die drei Tage, die er schon hier wohnte, kamen ihm wie Jahre vor. Die Männer, mit denen er am Tisch saß, sprachen nur über Belanglosigkeiten, erzählten von ihren Frauen Heidi, Monika und Sybille. Geschichten, die er zur Genüge kannte. Schließlich war auch er verheiratet. Seine Gaby, diese Krümeldetektivin, machte ihm das Leben regelmäßig schwer, behandelte ihn wie einen dummen Jungen. Sein Gehalt, das er als Straßenbahnfahrer bezog, musste er vollständig abliefern und bekam jeden Samstag 20 Euro Taschengeld. Sowieso ein Scheißberuf. Es war kein Pappenstiel, die Bahn durchs dicht besiedelte Ruhrgebiet zu lenken. Dieses ewige Gebimmel, weil sich ihr irgendetwas in den Weg stellte, hörte er noch nachts. Oft schreckte er auf, stöhnte im Schlaf oder schnarchte wie ein Ertrinkender. So lange, bis Gaby ihm mit ihrem güldenen Rückenkratzer unsanft auf den Kopf schlug.

Jetzt aber war Gaby weit weg, und obwohl sie so eine Beißzange war, vermisste er sie. Litt er vielleicht unter dem Stockholm-Syndrom? Wahrscheinlich.

Hätte er dem behandelnden Arzt mit dem gütigen Blick doch lieber nichts von seinem Klingeln im Kopf erzählt. Nun wurde er nicht nur wegen seiner Schmerzen im Oberschenkel, sondern auch noch auf Tinnitus behandelt. Eine sogenannte Tinnitus-Bewältigungstherapie jagte ihn durch den Wald, ließ ihn ein Hörtraining absolvieren sowie stundenlange Wahrnehmungsübungen ableisten. Nicht zu vergessen die Klangschalenbehandlung.

Heute Morgen war er in den Genuss einer Unterwassermassage gekommen. Danach hatte er sich ins Stangerbad gesetzt. Noch immer hatte er das Gefühl, unter Strom zu stehen. Und nach drei Stäbchenmassagen tat ihm der ganze Rücken weh.

Na ja, einen Vorteil hatte das Ganze, er konnte abends, wenn er endlich erschöpft im Bett lag, über das Fernsehprogramm bestimmen, hin- und herzappen, so viel er wollte, ohne dass Gaby ihm genervt die Fernbedienung entriss.

Am Nachmittag beschloss Klaus, zu dieser Gutswassermühle Hudenbeck am Kurpark zu laufen. Die Mühle mit dem großen Wasserrad zog ihn regelrecht an. Ihm kam es vor, als wäre er schon mal hier gewesen. Vielleicht in einem früheren Leben?

Ein schönes Örtchen, dieses Bad Holzhausen. Es lag sehr idyllisch am Wiehengebirge im Kreis Minden-Lübbecke und hatte nur knapp 3.400 Einwohner.

Zum Glück war es Sonntag, ein sonniger noch dazu, und das Mühlrad drehte sich unermüdlich. An der Mühle startete der Wanderweg Mühlensteig. Der Weg galt als einer der schönsten und interessantesten Fernwanderwege in Deutschland. Er führte in vier Etappen auf rund 60 Kilometern von Bad Holzhausen durch das bewaldete Wiehen- und Wesergebirge bis nach Ahmserort.

Neben der Wassermühle befanden sich der fünf Hektar große Kurpark mit ruhigen Ecken, um die Seele baumeln zu lassen, und das Haus des Gastes. Seit 1981 diente das alte Rittergut Holzhausen aus dem Jahre 1529 allen Kur- und Erholungsgästen als Begegnungsstätte.

Nachdem Klaus das Museum in dem alten Mühlengebäude besichtigt hatte, was jeden Sonntag möglich war, setzte er sich auf eine Bank mit Blick auf das Wasserrad. Was für ein Aufwand in damaliger Zeit betrieben wurde, um Brot herzustellen. Er schüttelte den Kopf.

Der Mahlbetrieb war 1958 eingestellt und die Mühleneinrichtung im Laufe der Jahre beseitigt worden. 1976 hatte die Stadt das Gebäude übernommen und es nach und nach zu einem Museum umgestaltet.

Eine Frau, die Klaus schon in der Klinik aufgefallen war, kam auf ihn zu. Sie unterschied sich vollkommen von den anderen Frauen in der Klinik, die aufgemotzt und nach der neuesten Mode gekleidet waren und nach schwerem Parfüm dufteten. Die Frau trug ein zerknittertes Baumwollhängerchen in einem undefinierbaren Grün und trippelte leichtfüßig heran. Das rötliche Haar mit einem Riesenansatz in Grau hing ihr strähnig bis auf die schmalen Schultern. Sie war ungeschminkt, wie Gott sie geschaffen hatte, trug ein Dauer-Kernseifengrinsen im Gesicht und strahlte dennoch etwas Positives aus. Im Gegensatz zu seiner Gaby, die sich morgens sehr lange im Bad aufhielt und künstlich wie eine Puppe herauskam, war diese Frau eine wahre Augenweide. Manchmal ist weniger eben mehr, dachte er. Im Speisesaal war sie die Ruhigste an dem Tisch, an dem zwei Frauen und drei Männer saßen, und lächelte ständig zufrieden vor sich hin. Am Büfett bediente sie sich überwiegend bei den vegetarischen Speisen. Eine Ökotussi, würde seine Gaby sagen.

Freundlich grüßend fragte sie Klaus, ob sie sich neben ihn setzen dürfe. Nachdem er bejaht hatte, starrten sie gemeinsam, ihren Gedanken nachhängend, auf das Mühlrad.

Irgendwann brach sie das Schweigen und stellte sich vor. Ungekünstelt, freundlich und mehr als herzlich schaute sie ihn an. Annette Kowalski aus Recklinghausen sei sie. Dort sitze sie im Katasteramt und lebe nach zwei gescheiterten Beziehungen allein. Schnell waren sie in ein Gespräch vertieft.

Klaus war begeistert von ihrer Unkompliziertheit und ihrem stark ausgeprägten Selbstbewusstsein. Ihre braunen Augen und das liebe Lächeln faszinierten ihn. Wenn sie über andere Menschen sprach, redete sie nur Gutes, ihre schön geschwungenen Lippen verließ nichts Negatives. Sogar die mieseste Kollegin in ihrem Büro fand ihr Verständnis.

Bei Klaus hingegen brach sich sein ganzer Frust Bahn, und er jammerte ihr die Ohren voll über sein Leben. Sie ließ ihn erzählen, und nach einer Stunde dachte er, so eine Frau könne es doch gar nicht geben.

Er erfuhr, dass auch sie nicht der Typ für saisonale Deko

war und dass sie mit Weihnachten und allem, was dazugehörte, einschließlich Christstollen und Sissi, nichts anfangen konnte. Er hing förmlich an ihren Lippen, als sie ohne
Gram und böse Worte erzählte, wie es in ihren Beziehungen
zugegangen sei. Die erste Schwiegermutter habe ihren Sohn
sehr verwöhnt und vor allem zum Weihnachtsfest allerhand
Unnötiges angeschleppt und die Geldbörse weit geöffnet,
während sie selbst leer ausgegangen sei. Die Schwiegermutter habe immer etwas an ihr auszusetzen gehabt: Sie
sei schlecht gekleidet und ungebildet, habe nicht einmal pro-
moviert. Max, ihr erster Ex, habe die volle Aufmerksamkeit
der Mutter genossen und sich in diesem Muttitum gesonnt.
Irgendwann habe die Schwiegermutter es geschafft, einen
Keil zwischen die Eheleute zu treiben, sodass Annette die
Flucht ergriffen habe. Ihr Ex sei zurück in Muttis Schoß
gezogen.

Auch zu ihrer zweiten Beziehung habe eine Klammer-
mutti gehört, die häufig auf der Matte gestanden und Rat-
schläge verteilt habe. Ihre eigenen Eltern hätten damals
schon auf dem Friedhof gelegen, und sie habe sich gesagt,
dass sie sich von Schwiegermüttern nichts vorschreiben lassen musste. Irgendwann habe sie beschlossen, ihr Leben so
zu gestalten, wie es ihr behagte, ohne Mann mit Mutti im
Anhang. Als Single sei sie nun glücklich, könne tun und lassen, was sie wolle. Klar fehle ihr gelegentlich die Zärtlichkeit eines Mannes. Doch wenn diese so schwer zu haben
sei, dann eben nicht.

Annette hatte sich auch Klaus' Ehegeschichte angehört,
aber nichts dazu gesagt. Was auch, wo sie doch in allen Menschen nur das Gute sah.

Langsam schlenderten sie zurück zur Klinik.

Um 17.30 Uhr stand Autogenes Training auf dem Programm.

Annette und Klaus saßen sich in der Turnhalle gegenüber, konnten sich beide schwer auf das Training konzentrieren, spürten weder, dass der Arm schwer wurde, noch, dass Ruhe in den Körper einkehrte. Immer wieder öffneten sie zeitgleich die Augen und lächelten sich zu, während der Kursleiter durch die Reihen schritt und jedem mit einem Kugelschreiber vor den Augen herumfuchtelte, wenn sich diese öffneten.

Als sie später nach dem Abendessen auf der Terrasse des hauseigenen Cafés saßen und sich ein Glas Wein gönnten, konnte Klaus zum ersten Mal seit Langem aus vollem Herzen lachen. Über ganz banale Dinge lachen. Er wusste gar nicht mehr, wie entspannend das war.

Die Sonne ging auf, wenn Klaus in das strahlende Gesicht von Annette blickte. Seine Haltung war nicht mehr gebeugt, er straffte die Schultern. Gestik und Mimik waren die eines zufriedenen Mannes. Kein Zweifel: Er war dabei, sich zu verlieben.

Von der Stunde an waren die beiden Kurenden unzertrennlich, setzten sich am Tisch zu den Mahlzeiten zusammen und verbrachten auch sonst jede freie Minute außerhalb der Anwendungen gemeinsam. Meistens spazierten sie am Nachmittag zur alten Gutswassermühle, hockten sich auf die Bank und schauten auf das Mühlrad, redeten über Gott und die Welt und stellten fest, wie gut sie harmonierten.

Einige Tage später machten sie von ihrer Bank aus eine eigenartige Entdeckung. In der Mühle stand ein Paar unweit des Fensters und stritt sich. Ein Mann um die 40 Jahre alt, groß, schlank, mit dunklen Haaren, und eine etwas jüngere Frau mit flottem Kurzhaarschnitt in Dunkelbraun gingen aufeinander los wie zwei Streithähne. Jetzt packte er sie sogar an den Schultern und schüttelte sie kräftig. Um was es ging, verstanden Klaus und Annette nicht, da das Fenster geschlossen war.

Annette meinte, dass es sich um einen ortsansässigen Unternehmer handelte, der mit seiner Sekretärin in Streit geraten war.

Ein Hauch von Zweifel an Annette beschlich Klaus. Er fragte sich, woher sie das wusste. Hatte sie doch etwas gehört? Das konnte er sich jedoch nicht vorstellen, denn seine Ohren funktionierten noch sehr gut – und er hatte absolut nichts verstanden. War sie vielleicht schon einmal hier gewesen? Anders als sie behauptete? Schnell schüttelte er diese Bedenken ab, beugte sich zu ihr und küsste sie zärtlich auf den Mund.

Denn nur durch Annette schaffte es Klaus endlich, nach 20 Ehejahren, seiner dominanten Ehefrau Gaby die Stirn zu bieten. Neulich am Telefon hatte er sich freundlich, aber bestimmt – wie er es von Annette gelernt hatte – gewehrt, als sie ihm mal wieder gesagt hatte, wie er sich verhalten sollte: Schütze dich vor Durchzug, iss nicht zu viel, schneide dir die Fußnägel. Er hatte es satt. Immer brav sein, immer gehorchen – damit war nun Schluss. Wie alt musste er werden, um so zu leben, wie er wollte? Der Klinikpsychologe tat ein Übriges, stärkte ihm den Rücken, der bald so hart war, dass Klaus damit Baumstämme zum Fluss schleppen könnte.

Nie hätte er sich träumen lassen, sich noch einmal so zu verlieben. Dass er jemals so mutig sein würde, nachts in Annettes Zimmer zu schleichen, obwohl er wusste, was auf dem Spiel stand, wenn er erwischt werden würde. In ihrem molligen Bett, das nach Salbei und Kardamom roch, fand er das, was er zu Hause in zwei Jahrzehnten vergeblich gesucht hatte. Ihr Kopfkissen roch nach frischer Seife, so wie sie selbst. Und erst ihr Haar! Nicht nach Drei-Wetter-Taft, der Duft, der bei ihm Brechreiz erzeugte. Dieses ekelige Zeug machte aus dem Haar ein Brett, sodass sogar Sturmböen der Frisur nichts anhaben konnten. Das alles brauchte Annette nicht. Er konnte ihr Haar berühren, das sich seidig zart anfühlte. Fasste er Gaby mal in geistiger Umnachtung in ihr verklebtes Haar, verfing sich seine Hand und sie rastete völlig aus.

Annette hielt auch nicht viel von der Entfernung der Körperbehaarung. Sie war der felsenfesten Überzeugung, dass die von der Natur geschaffenen Haare ein Geschenk seien und für irgendetwas nützlich sein müssten. Momentan las sie in dem Buch »Achselhaar, so wunderbar« und hatte Klaus fast überzeugt, dass das, was darin stand, richtig und sinnvoll war. Wenn er an das tägliche Rasierapparatgeräusch dachte, während Gaby an ihren langen Beinen herumschabte, wurde ihm schlecht. Schon nach einigen Stunden waren ihre dünnen Storchenbeine wieder total stoppelig. Alles Quatsch, war Klaus überzeugt. Da sprach Gaby von Gleichberechtigung zwischen Mann und Frau, wollte jedoch nicht behaart herumlaufen. Was für ein Widerspruch!

Dem Paar aus der Gutsmühle begegneten die frisch Verliebten noch einmal im Café Schöller, einem nostalgisch angehauchten Café etwas außerhalb des Ortes. Der Mann und die Frau saßen in der Ecke, hielten sich an den Händen, fühlten sich unbeobachtet, flüsterten sich grinsend Dinge zu, die nicht für andere Ohren bestimmt waren.

Ein schönes Paar, dachte Klaus, obwohl er ahnte, dass sie kein Paar im eigentlichen Sinne waren. Waren es tatsächlich der Unternehmer und seine Geliebte? Seine Sekretärin?

Als er mit Annette darüber sprach, lächelte sie, sagte dieses Mal jedoch nichts dazu. Sie wusste mehr, als sie preisgab, das stand für Klaus fest.

Weil Klaus nicht aufhören konnte, die beiden zu beobachten, meinte Annette schließlich: »Lass sie doch. Wahrscheinlich sind sie verheiratet, aber nicht miteinander. Genau wie wir beziehungsweise du.«

Erst jetzt wurde ihm bewusst, dass es stimmte, was sie sagte, und er seine Frau betrog. Er war ein Fremdgeher, ein ganz gemeiner Fremdgeher. Schnell schob er die dunklen Gedanken beiseite, lächelte Annette an und nahm ihre zarten Hände in die seinen. Wie sollte es mit ihr weitergehen, fragte er sich. Sie war nicht nur ein Kurschatten, diese sonderbare Frau. Doch wenn er an Gaby dachte, bekam er Magenkrämpfe.

Vom Ecktisch schallten nun laute Diskussionen zu ihnen herüber. Die beiden waren erneut in Streit geraten. Konnten die sich nicht woanders zanken? Wenn er tatsächlich ein örtlicher Unternehmer war, war es ganz schon mutig, sich mit seiner Geliebten in einem öffentlichen Café zu treffen.

Annette wechselte das Thema, sprach mit ihm darüber, wie es nach der Kur weitergehen würde. Alles zu Ende, schön war's, und aus? Annette redete und er lächelte.

Sie hatte es einfach, dachte er. Von ihm wurde eine Entscheidung erwartet. Sie war frei, hatte keine unangenehme Trennung mehr zu vollziehen. Er kam sich vor, als triebe sie ihn trotz aller Verliebtheit in die Enge. Kaum fühlte er sich einmal frei und glücklich, kam wieder Druck auf ihn zu. Also wich er Annettes Fragen geschickt aus. Nein, er wolle nicht gleich nach Beendigung der Reha zu ihr nach Recklinghausen ziehen. Okay, Gaby sitzen zu lassen, war nicht das Schlimmste, aber was war mit seinem Haus und seiner Arbeitsstelle, die ganz schön weit entfernt von Recklinghausen lag? Außerdem war er Haus mit Garten gewohnt und würde sich nur schwer in einer Zweizimmerwohnung an einer viel befahrenen Straße zurechtfinden. So hatte er nicht gewettet. Annette war eine tolle Frau, und der Sex mit ihr war spitzenmäßig. Doch dafür alles aufgeben? Von jetzt auf gleich? Es zogen erste Wolken am Liebeshimmel auf.

Am nächsten Tag – es herrschte wieder eitel Sonnenschein zwischen den Liebenden – kamen sie auf dem Heimweg von der Wassermühle zur Kurklinik am Landhotel Gudrun vorbei. Klaus hatte in der Tageszeitung schon des Öfteren Reklame dieses Hauses gesehen. Ein riesiger Kasten, etliche Male umgebaut und vergrößert.

Gerade als sie den Eingang passierten, sprang die Glastür auf, und heraus kam das ihnen inzwischen bekannte Pärchen. Erhitzte Gesichter, unordentliche Frisuren, verknautschte Kleidung. Man konnte unschwer erkennen, was die beiden gerade hinter sich gebracht und dass sie es eilig hatten.

Annette und Klaus sahen sich an, schmunzelten und dachten dasselbe. Da nahmen die sich ein Zimmer, um das zu tun, was sie getan hatten? Oder taten sie ihnen Unrecht? Immerhin wusste Klaus nicht mit Sicherheit, ob der Mann und die Frau ein ortsansässiger Unternehmer und seine Geliebte waren. Er kannte die beiden nicht. Und woher sollte Annette sie kennen, wenn sie noch nie hier war? Vielleicht handelte es sich bei dem Paar auch um ganz normale Urlauber, die in diesem Haus abgestiegen waren.

Der Mann erschrak, als er Annette bemerkte. Und auch Annette wurde kreideweiß. Kannte sie den Mann etwa doch? Sogar persönlich? Klaus wusste nicht mehr, was er glauben sollte.

Und schon war das Paar verschwunden, ging schnellen Schrittes in Richtung Kurpark.

Die Stimmung zwischen Annette und Klaus war gedrückt. Nichts mehr mit der ganz großen Verliebtheit und der Begeisterung für den anderen, auch wenn sie sich beim Abendessen zulächelten und auch das Bett in dieser Nacht teilten, schließlich blieben ihnen nur noch sieben Tage, und die wollten sie nutzen.

Mitten in der Nacht fing Annette wieder an, ihn davon überzeugen zu wollen, seine Gaby sofort zu verlassen, nach der Reha unverzüglich mit zu ihr nach Recklinghausen zu kommen und gar nicht erst zu Gaby zurückzukehren. Er könne seine Sachen auch später aus Bochum holen, sie würde ihn begleiten. Wo war die stets verständnisvolle, selbstlose Annette und ihre nie enden wollende Sanftheit?

»So geht das nicht«, meinte Klaus nur, stieg in seine Birkenstocklatschen und verließ ihr Zimmer.

Sie standen, dieses Mal am frühen Morgen, oben an dem kleinen Zaun und schauten auf das Mühlrad und das darunterliegende Wasserbecken. Wieso sie die Treppen hinaufgestiegen waren, um sich das Mühlrad aus einer anderen Perspektive anzuschauen, konnte Klaus nicht sagen. Hatte eine innere Macht sie gelenkt? War diese Macht vielleicht Annette gewesen?

Im Becken unter dem Mühlrad lag nämlich der angebliche Unternehmer mit ausgebreiteten Armen, den Kopf unter Wasser. Klaus hatte ihn sofort an seinen Haaren und der hellen Anzugjacke erkannt.

»Wie kommt der da rein? Das war doch kein Unfall! Der Wasserstand ist viel zu niedrig, um darin zu ertrinken. Den hat einer umgebracht und da reingeworfen.« Klaus war entsetzt.

Annettes Lippen zuckten. Sie krallte sich mit den Händen an Klaus' Unterarm fest, so heftig zitterte sie. »Das war bestimmt seine Frau. Wegen seiner Geliebten. Oder die hat es getan, weil er sich nicht von seiner Frau trennen wollte.«

»Wie kommst du darauf?«, fragte Klaus überrascht.

»Wer denn sonst?« Annette starrte ihn mit versteinertem Gesicht an.

»Wir müssen die Polizei rufen.« Klaus zog sein Handy aus der Tasche.

»Wieso wir? Komm, wir hauen ab.« Annette schob ihn vom Geländer zur Treppe.

So kannte Klaus Annette gar nicht. Die immer hilfsbereite, liebe Frau mit dem großen Herzen. »Wenn jeder so denken würde ...«, sagte er nur.

Von der anderen Seite drängten sich inzwischen Passanten an das Wasserbecken und starrten auf den toten Mann. In weiter Ferne waren Polizeisirenen zu hören. Jemand anderer hatte wohl nicht lange überlegt. Bald würde es hier vor Polizisten, Kripoleuten und Kriminaltechnikern nur so wimmeln. Aus der idyllischen Anlage der alten Wassermühle würde offiziell ein Tatort werden.

Annette zitterte immer mehr, und nun war es Klaus, der sie mit aller Kraft weg vom Geschehen zog. Als er in ihre angsterfüllten, entsetzten Augen sah, konnte er nicht anders, als mit ihr das Weite zu suchen.

Drei Stunden später beim Mittagessen, als alle nach nervösem Stühlerücken Platz genommen hatten, stellte Klaus fest, dass die Stimmung im gesamten Speisesaal gedrückt war. Der schöne Raum, der mit seinen bodentiefen Fenstern und dem rosa Teppichboden, passend zur Bestuhlung, an ein Barockschloss erinnerte, strahlte plötzlich etwas Negatives aus. Schwermut und Entsetzen machten sich breit. Die Nachricht war herumgegangen wie ein Lauffeuer, die Kurgäste wussten Bescheid. Das Schlimmste jedoch war, dass jeder über den Toten im Bilde zu sein schien und die Tat vorausgeahnt hatte. Es habe ja so kommen müssen, waren sich alle einig, auch die, die den Mann gar nicht gekannt hatten.

»Allseits guten Appetit«, säuselte die ältliche Christa mit den langen Goldohrringen, die neben Annette saß. »Ich habe gehört, dass es sich um einen Unternehmer aus dem Ort handelt, der auf so eine grausame Art sein Leben lassen musste.«

»Was hast du sonst noch gehört?«, wollte die neugierige, quirlige Kathrin wissen und stieß Christa heftig in die Seite, wobei sich ihr Klimperarmband in Christas Grobstrickpulli verfing.

Christa hielt die Trümpfe in der Hand und genoss das sichtlich. »Er soll ein Verhältnis mit seiner Sekretärin gehabt haben. Und die, ein sportlicher Feger, sei nun untergetaucht.« Sie holte eine Zeitung aus der Tasche, die neben dem Unternehmensporträt ein Foto abgedruckt hatte. Darauf zu sehen waren der Inhaber und dessen Sekretärin.

Alle wollten einen Blick auf diesen Artikel werfen. An Essen war nicht zu denken, alle redeten gleichzeitig durcheinander, jeder wusste, wieso und warum der Familienvater ein Verhältnis mit seiner Sekretärin angefangen hatte. Die armen Kinder. Die arme Frau. Auch die Geliebte sei in festen Händen und pfiff etwas darauf, wusste man angeblich. Allerdings solle seit einigen Wochen dicke Luft zwischen dem Liebespaar geherrscht haben.

Klaus war sprachlos. Annette und er hatten mit ihren Vermutungen und Beobachtungen gar nicht so falsch gelegen. Er schaute Annette an, die wieder in sich ruhte und die Gespräche regelrecht in sich aufsog. Erneut kamen Zweifel in ihm auf. Was hatte diese Frau zu verheimlichen? Was stimmte nicht mit ihr? Er fand sie noch immer toll, anziehend und wie für ihn geschaffen, in jeder Hinsicht. Der Verdacht, dass sie mehr wusste, als sie preisgab, ließ ihn jedoch nicht mehr los.

Der schöne Unternehmer und sein plötzliches Dahinscheiden wurden an diesem herrlichen Frühsommerabend auf der hauseigenen Terrasse bis ins kleinste Detail durchgekaut.

Für Klaus stand fest, dass er mehr wissen und seine Augen offenhalten wollte. Das teilte er Annette noch in der gleichen Nacht auf der durchgeschwitzten Matratze ihres Zimmers mit.

Annette war weniger begeistert. »Du willst, dass wir Miss Marple und Mister Stringer spielen? Wozu soll das gut sein?«

»Mich würde interessieren, wo diese Sekretärin abgeblieben ist. Vom Erdboden verschwunden? Müssten wir unsere Beobachtungen der letzten Tage nicht der Kripo mitteilen?«

»Wieso? Was haben wir denn beobachtet? Dass sie sich in der alten Mühle und im Café Schöller gestritten haben? Und es im Hotel Gudrun eine schnelle Nummer gab? Was bedeutet das schon?«

Klaus fiel auf, wie primitiv Annette daherreden konnte, wo sie sonst so viel Wert auf eine gute Aussprache und Güte in ihren Worten legte und nur das Beste in den Menschen sehen wollte.

Annette hatte zwei Gesichter. War sie auch nicht viel besser als seine Gaby? Siedend heiß fiel ihm ein, dass er sich schon seit Tagen nicht mehr bei seiner Frau gemeldet hatte. Wenn sie ihn hatte anrufen wollen, hatte er das Gespräch weggedrückt. Was, wenn sie plötzlich auf der Matte stand, um nach ihm zu sehen? Sie brachte das fertig, befürchtete er.

Während der Wassergymnastik erzählte der Kurgast neben Klaus ihm, was heute im Westfalen-Blatt gestanden habe. Ja, es handele sich tatsächlich um den dynamischen Unternehmer. Bestimmt habe man ihn vorher vergiftet, mutmaßte der Mann. Die Sekretärin, mit der er noch kurz zuvor gesehen worden sei, sei untergetaucht, einfach verschwunden. Er näherte sich Klaus in aufdringlicher Weise und hauchte ihm ins Ohr: »Der ist doch selbst schuld! Der ging für seine Firma über Leichen, genau wie die Sekretärin, das zähe Biest. Die legte jeden flach, von dem sie sich berufliches Weiterkommen versprach. Und jetzt, wo es brenzlig wurde, hat sie sich vom Acker gemacht. Der Unternehmer hatte so eine nette Frau zu Hause. Und so süße Kinder!«

Das Gesülze des Mannes, der sich im Ort scheinbar gut auskannte, dauerte noch eine ganze Weile an, und das schlechte Gewissen von Klaus meldete sich wieder. Hätte er der Kripo – seit dem Morgen war ein Kommissar in der Kurklinik unterwegs – von seinen Beobachtungen berichten müssen?

Er hatte Annette beim Frühstück vorgeschlagen, sich mal die Firma des Toten anzuschauen, was sie total idiotisch gefunden hatte. Da würden sie sich nur verdächtig machen und der Polizei in die Arme laufen, hatte sie gesagt. Seinen nächsten Vorschlag, das Haus der Sekretärin in Augenschein zu nehmen, hatte sie noch energischer abgewiegelt. Ob er allen Ernstes denke, die würde sich in ihrem eigenen Haus versteckt halten. So dämlich könne selbst sie nicht sein.

Sosehr er Annette begehrte, sosehr ging sie ihm inzwischen auf den Keks. Alles schön und gut, ihre vielen Gemeinsamkeiten, ihre Bescheidenheit, ihr natürliches Äußeres. Doch er zählte schon die Tage, bis er zurück ins Ruhrgebiet reisen konnte. Vier Tage, und diese herrliche Auszeit mit Annette wäre vorbei. Aber eins wusste er mit Sicherheit: Er würde Gaby verlassen! Definitiv! So konnte er nicht weiterleben. Die Reha einschließlich Annette hatte ihm die Augen geöffnet. Schließlich war er kein Lakai.

Er starrte auf das Mühlrad, das traurig vor sich hin schwieg. Die Polizei hatte soeben das Flatterband entfernt und den Bereich um die Mühle wieder freigegeben, was ihn verwunderte. Er hatte sich alleine auf den Weg hierher gemacht, hatte keine Lust auf Annette gehabt, die ihn aus wütenden Augen gefährlich angesehen hatte, als er ihr mitteilte, er wolle mal für sich sein, in sich gehen.

Ahnte sie, dass ihre Beziehung sich dem Ende zuneigte?

Immer wieder schaute er in das Wasserbecken mit dem niedrigen Wasserstand und fragte sich, wieso der Mörder den Mann gerade dort abgelegt hatte. Wo hatte er ihn getötet und wie hierhergebracht? War es die drahtige Sekretärin gewesen? Wenn nicht, wieso war sie dann untergetaucht? Oder hatte der Mörder auch sie getötet und irgendwo versteckt? Fragen über Fragen fluteten sein überreiztes Hirn. Er ging ein paar Schritte, setzte sich auf die Bank und versuchte, sich mit Atemübungen, die er gelernt hatte, zu beruhigen, was ihm nach einer Stunde tatsächlich gelang. Das Volkslied »Es klappert die Mühle am rauschenden Bach« fiel ihm ein. Doch heute klapperte nichts. Tiefes Schweigen.

Ein Anzugträger mit Glatze näherte sich ihm, grüßte und fragte, ob er sich neben ihn auf die Bank setzen dürfe. Sein Gesicht wirkte eingefallen, seine Augen lagen in tiefen Höhlen.

Ohne große Worte nickte Klaus, und der Herr nahm Platz. Klaus fragte sich, ob der Mann ebenfalls ein Kurgast war, aber er hatte ihn noch nie gesehen.

Als der Mann zu reden begann, beantwortete er ihm die nicht gestellte Frage. »Ich wohne hier im Ort. Oben in der Winkelstraße, direkt am Friedhof. Bin Rentner und nach meiner Pensionierung aus dem Ruhrgebiet hierhergezogen. Gerade hatten wir uns schön eingerichtet, da starb meine Frau, und nun bin ich allein. Allein unter Fremden. Was nützt da die schöne Gegend?«

Klaus nickte nur, sagte ein paar tröstende Worte. Er wollte seine Ruhe haben.

Doch so schnell gab der alte Herr nicht auf. »Und Sie? Reha? Ist die Frau, in deren Begleitung Sie sonst immer waren, bereits abgereist? War sie auch ein Kurgast?«

»Ja, genau wie ich. Ich wollte heute jedoch mal alleine sein.«

Das Gespräch, das Klaus nicht forcierte, kam sehr schnell auf den toten Unternehmer und seine verschwundene Sekretärin. Der alte Mann enthielt sich jedoch einer Meinung, zuckte nur mit den Schultern. Es folgte eine Konversation über das Kurhaus, das Wetter und die alte Mühle, bevor Klaus sich verabschiedete.

Der alte Mann rief ihm hinterher: »Wenn ich Ihnen einen Rat geben darf: Seien Sie vorsichtig, Ihr Kurschatten ist nicht ohne. Sie war schon einmal hier. Auch in diesem Aufzug. Sie wissen schon, was ich meine. Ihr Äußeres ist ein wenig speziell. Das wirkt auf manche Männer.«

Klaus musste lachen. »Da täuschen Sie sich. Annette ist zum ersten Mal in Bad Holzhausen. Ganz gewiss!«

»Ganz gewiss nicht, junger Mann«, entgegnete der Herr sehr überzeugt.

Klaus kam ins Grübeln. Hatte der alte Mann etwa recht? Er schüttelte die trüben Gedanken ab. Der wirft da was durcheinander, sagte er sich und ging zurück zum Kurhaus.

Ihre Finger krallten sich in seinen Rücken, sie stöhnte, fletschte die Zähne, stieß Beleidigungen aus, was gar nicht ihre Art war. Gemeinheiten vom Allerfeinsten schmiss sie ihm an den erhitzten Kopf.

Klaus verstand nicht, wieso sie dermaßen ausrastete. Weil er mal einen Nachmittag für sich haben wollte? Beim Abendessen war sie schon sehr biestig gewesen, hatte ihn vor versammelter Mannschaft ausgefragt, wo er gewesen sei, ob er eine Frau getroffen habe.

Annette hatte nichts mehr von der verständnisvollen, warmherzigen Person, die sie vorgegeben hatte zu sein. Was stimmte nicht mit ihr? Hatte der alte Mann recht und sie war schon einmal hier gewesen? Was wusste Klaus überhaupt von ihrer Krankengeschichte? Nichts!

Um sie nicht noch mehr zu reizen, schwieg er und verzog sich gegen Morgen aus ihrem Zimmer.

Kurz darauf schüttete er dem Psychologen seinen Seelenmüll vor die Füße, erzählte ihm alles, in der Überzeugung, dass er der Schweigepflicht unterlag. Getröstet schob Klaus wenig später ab. Sein Gang war nicht mehr so aufrecht wie noch vor ein paar Tagen. An der Tür drehte er sich noch einmal um. »War Annette schon mal hier?«

Der Psychologe nickte.

Also doch.

Der Kommissar Herbert Weber bat auch Klaus zu einem Gespräch, als er mit seiner Kollegin die Kurklinik erneut aufsuchte und im Speisesaal eine Art Verhörraum einrichtete. Nein, Klaus hatte ihm nichts zu sagen, erzählte ihm nur, dass ihm der Unternehmer hier und da begegnet sei, in Begleitung seiner Sekretärin, er sich jedoch nichts dabei gedacht habe. Mutig geworden, fragte er den gütig wirkenden Kommissar, was denn an dem Gerücht dran sei, dass die Sekretärin ihn ermordet habe. Eifersucht sei schließlich kein schlechtes Motiv.

Herbert Weber schaute Klaus an und nahm einen kräftigen Schluck aus seinem Wasserglas, bevor er ihm antwortete. »Die Dame hat ein Alibi. Ja, sie hatten ein Verhältnis. Allerdings kriselte es in dieser Beziehung. Am Tag vor der Tat ist sie zu ihrer Schwester nach Bielefeld gefahren. Wir wissen das, weil wir sie inzwischen dort gefunden und vernommen haben. Sie brauchte einen Tapetenwechsel. Wir haben ihre Angaben überprüft. Es stimmt alles, mehrere Zeugen konnten es bestätigen. Aber eigentlich geht Sie das nichts an.« Weber bekam einen feuerroten Hals, als er bemerkte, dass er vor Klaus nicht so redselig sein durfte.

Eine innere Stimme rief Klaus zu, dem Kommissar zu sagen, er möge Annette überprüfen. Die Sache mit dem alten Mann ging ihm nicht mehr aus dem Kopf. Warum bestritt sie, schon einmal hier gewesen zu sein? Doch er hielt den Mund. Stattdessen fragte er: »Hat man ihn vergiftet, bevor man ihn in das Wasserbecken schmiss?«

»Nein, man hat ihm eins auf die Rübe gegeben. Trotzdem ist er ertrunken, denn er war bewusstlos.«

Am Nachmittag saßen Annette und Klaus wieder gemeinsam auf der Bank an der Gutswassermühle. Die Stimmung war jedoch gedämpft. Nichts mehr mit großer Verliebtheit. Annette strahlte auch keine Schönheit mehr aus. Sie wirkte verhärmt und schien um Jahre gealtert.

»Was ist denn nun? Kommst du mit mir nach Reckling-hausen? Wir haben nur noch drei Tage«, fragte sie traurig.

»Nein.«

»Du fährst zurück und wirfst dich in die Arme deiner Frau, lässt dich weiter quälen und fertigmachen?«

»Nein, ich verlasse sie. Doch ich mache es auf meine Art.«

»Sehen wir uns wieder?« Obwohl sie die Antwort bereits kannte, schaute sie ihn mit flehenden Augen an.

»Nein, du hast mich belogen.«

»Habe ich nicht. Ich habe dir höchstens etwas verschwiegen.«

Klaus hatte genug. Genug von Annette und ihren Unwahrheiten.

»Aber eine Nacht werden wir noch zusammen verbringen. Das bist du mir schuldig.«

»Nichts bin ich dir schuldig.« Und doch musste er zugeben, dass er Lust verspürte, noch einmal ihre Zärtlichkeiten zu genießen.

»Bitte …« Wehmut lag in ihrer Stimme.

Er saß auf der Bettkante ihres Bettes, das er noch vor wenigen Tagen als wohlriechend empfunden hatte. Nun fand er den Geruch nur noch widerlich. Er zog die Adidashose und das schwarze T-Shirt an. Sie hatte bekommen, was sie wollte. Eine letzte Liebesnacht. Im Licht der aufgehenden Sonne, die durch die Vorhänge schien, sah er sie an.

»Du warst schon mal hier in Holzhausen, stimmt's?« Er musste es genau wissen.

»Ja, vor drei Jahren.«

»Warum hast du es mir nicht erzählt?«

»Du hättest falsche Schlüsse gezogen.«

»Das mache ich jetzt vielleicht auch.«

»Wir hätten so gut zusammengepasst.«

»Du kanntest den Unternehmer, nicht wahr?«

Sie lachte bitter. »Ja, wir haben uns damals unter ganz mysteriösen Umständen kennengelernt.«

»Erspare mir die Einzelheiten. Du hattest ein Verhältnis mit ihm?« Klaus verzog angewidert sein Gesicht.

»Ja. Er hat mir mehr versprochen, mich aber nur an der Nase herumgeführt. Nach meiner Kur war ich bei ihm abgemeldet. Von jetzt auf gleich. Ich schwor mir, dass ich mich rächen würde.«

»Indem du ihn tötest? Du bist ja vollkommen verrückt! Wie hast du ihn umgebracht?«

»Ich bat ihn um ein Treffen an der Wassermühle. Am späten Abend.«

»An dem Abend, an dem angeblich eine Erkältung im Anmarsch war und du gleich ins Bett gehen wolltest?«

»Ja.«

»Und dann bist du direkt zur Sache gekommen und hast ihm eins übergezogen?«

»Ich wollte nur mit ihm reden. Ihn fragen, wieso er mich damals so eiskalt abserviert hat. Ich dachte, ihm würde es leidtun und er hätte ein paar Entschuldigungen parat. Doch nichts. Er war voller Hass und beleidigte mich auf Übelste. Ich möge doch mal in den Spiegel schauen. Wer wolle mich denn. Auf Dauer jedenfalls keiner, meinte er. Ich schaute in sein hasserfülltes Gesicht und fragte mich, wie ich ihn begehrenswert finden konnte. Dann war da der Stein, der oben auf dem Geländer lag, scharfkantig und schwer. Den hat mir Gott geschickt, dachte ich. Eine innere Stimme rief mir zu: Lass dir das nicht bieten! Schlag ihm den Schädel ein! Das habe ich getan. Für jedes dämliche Grinsen eins auf die Rübe. Als er bewusstlos über dem Geländer hing, nahm ich seine Beine, hob sie an und stieß ihn in das Becken. Er kam mit dem Kopf nach unten im Wasser zu liegen. Und ich bin gegangen.« Sie schaute Klaus flehend an, wusste jedoch, dass es keinen Zweck hatte und sie ihn nicht mehr umstimmen konnte. Vorbei.

»Ein gutes Stichwort. Ich gehe jetzt auch. Du wirst dich morgen beim Kommissar melden, oder ich mache es.«

Er ging Richtung Tür. Plötzlich spürte er ihren Atem im Nacken, ahnte nichts Gutes und drehte sich blitzschnell um.

Mit wutverzerrtem Gesicht stand sie direkt vor ihm und hielt den kantigen Stein, an dem noch das vertrocknete Blut des Unternehmers klebte, in der Hand. »Schau her, den habe ich noch. Du wirst ihn nun auch zu spüren bekommen.«

»Und dann? Willst du mich anschließend aus dem Fenster stoßen? Jeder wird wissen, dass du das warst.« Er schlug ihr den Stein aus der Hand, der scheppernd zu Boden fiel.

Als sie weinend auf dem Bett zusammenbrach, wählte er die Nummer des Kommissars.

9. TANZ IN DEN TOD

Das war genau das, was Margareta in ihrem Urlaub in Bad Sassendorf nicht brauchte: einen Auftrag. Davon hatte sie in der letzten Zeit genug. Der Laden lief.

Urlaub war ohnehin zu viel gesagt. Besser wäre es, diesen Aufenthalt »kleine Auszeit« oder »Tapetenwechsel« zu nennen. Wellnesstage vor der Haustür. Diese Idee stammte von Thomas, ihrem Partner, dem Ersten Hauptkommissar des KK 11 in Buer, der mit seinen 45 Jahren die Ansichten eines Großvaters vertrat. Er fand sich bodenständig und war stolz darauf.

Besser, als zu Hause hocken, war Sassendorf allemal, hatte Margareta sich gesagt und mit ihm im Internet nach einer geeigneten Unterkunft gesucht. Das Hotel Schnitterhof und den Forellenhof hatte sie schon mal besucht, aber Thomas war beides zu kostspielig gewesen. Obwohl er nicht gerade am Hungertuch nagte, drehte Thomas jeden Cent dreimal um, was Margareta oft auf die Palme brachte. Deshalb hatte er Übernachtungsmöglichkeiten der untersten Kategorie in Augenschein genommen, die für Margareta absolut nicht infrage gekommen waren. Wieso will er überhaupt mit, hatte sie sich gefragt.

Irgendwann hatten sie sich in der Mitte geeinigt und sich eine kleine Ferienwohnung über dem Café Brunnenhaus gemietet, mitten im herrlichen Kurpark. Frühstück konnten sie unten im Café dazubuchen. Margareta war zwar keine Freundin von Ferienwohnungen, doch sah sie den Vorteil,

Thomas aus dem Weg gehen zu können, was nicht schlecht war, wenn er seine Launen hatte.

Sie atmete tief durch. Ein Bouquet aus Langeweile, Leidenschaftslosigkeit, Tristesse und der billigen Gewürzseife, die Thomas benutzte, umgab sie. Sie schaute aus dem kleinen Fenster des anderthalbgeschossigen Fachwerkgebäudes in den Garten. Ein paar Gestalten mit Krücken in sämtlichen Farben humpelten trotz des Nieselregens durch den Kurpark. Nichts Fesches zu erblicken.

Um einem Gespräch mit Thomas über den neuen Auftrag zu entgehen, raffte Margareta hastig ihre Badesachen zusammen, um vor ihrer Ganzkörpermassage noch ins Thermalbecken zu springen. Ohne Thomas.

Beim Frühstück heute Morgen hatte er sie aus großen Kuhaugen angeschaut, dabei in seinem Pfefferminztee herumgerührt und versucht, ihr klarzumachen, dass sie den Auftrag nicht annehmen sollte. Mit einer unglaublichen Langsamkeit schnitt er sich ein Brötchen durch, schmierte hingebungsvoll Butter darauf, um dann mit seiner Gabel in der Aufschnittplatte herumzustochern und schließlich eine Scheibe Mortadella herauszufischen. Die andere Brötchenhälfte belegte er mit Käse. Danach vertilgte er eine Scheibe Pumpernickel mit Marmelade und dazu ein hart gekochtes Ei. Er aß jeden Morgen das Gleiche, ob im Urlaub oder zu Hause. War halt ein Opa!

Pumpernickel fand Margareta einfach nur ekelhaft. Sie hatte dieses Brot schon als Kind gehasst, war jedoch gezwungen worden, es zu essen. Horrormomente waren das gewesen, wenn die kleine Margareta in der Schule ihr Pausenbrot – eine Scheibe Graubrot, eine Scheibe Pumpernickel, dazwischen eine Scheibe Käse – hervorgekramt hatte. Doch ihr war nichts anderes übrig geblieben, wenn sie nicht mit knurrendem Magen herumlaufen wollte. So was von trocken aber auch. Es wegzuwerfen, hatte ihre fromme Mutti streng verboten, sonst passiere etwas ganz Schlimmes, von Gott Gesandtes. Einmal hatte Margareta ihr Brot auf dem Nachhauseweg in einen Briefkasten der Bundespost gestopft, ein anderes Mal hatte sie es dem Eiermann in seine Karre geworfen. Immer mit einer großen Angst, welche Folgen das haben würde, doch es war nie etwas geschehen. Wer weiß, hatte sie gedacht, als sie Thomas heute Morgen beim Frühstücken zugesehen hatte, vielleicht war Thomas ja das von Gott gesandte Unheil.

Margareta schüttelte sich, als könnte sie so die unangenehmen Gedanken loswerden. Schnell weg hier, sagte sie sich, schlüpfte in ihre Jacke und nahm die Badetasche in die Hand.

In dem Moment trat Thomas in den Flur. Margareta befürchtete, um sie aufzuhalten oder mitzukommen, doch nichts dergleichen. Er schaute auf ihre Badetasche, sagte aber nichts dazu. Stattdessen kam er noch einmal auf den Auftrag zu sprechen.

»Ich denke, wir machen Urlaub. Dass dieser Kerl es überhaupt wagt, dich in deiner Ruhe zu stören. Wusste er, dass du hier bist?«

»Wahrscheinlich hat mich jemand im Kurpark oder im Café unten auf der Terrasse erkannt und ihm Bescheid gegeben. Noch ist die Sache mit dem verschwundenen Entertainer Tommi nicht an die große Glocke gehängt worden. Die Kripo tappt noch völlig im Dunkeln. Dabei wird er seit über einer Woche vermisst. Mein guter Ruf eilt mir eben voraus. Sie erhoffen sich von mir mehr als von der Polizei.«

Margareta war sichtlich stolz, dass Wolfram Hückendüser, der Manager des verschwundenen Entertainers, sie beauftragen wollte, den Mann zu suchen. Heute am späten Nachmittag wollten sie sich auf der Terrasse des Brunnenhauscafés direkt am plätschernden Brunnen treffen, um Einzelheiten zu besprechen. Das passte Thomas natürlich nicht.

»Wenn du das Treffen nicht absagst, sollte ich wenigstens dabei sein. Schließlich bin ich von der Kripo und verfüge über ein enormes kriminalistisches Wissen.« Nervös knetete er sein Kinn.

»Genau das will Hückendüser nicht. Keine Kripo, denn die hat bisher nichts herausgefunden. Und Kripo aus Gelsenkirchen will er erst recht nicht. Warum kapierst du das nicht?«

Die Heulsuse Scheffel, wie er auf dem Kommissariat von den Kollegen genannt wurde, lief unruhig hin und her. Er war den Tränen nahe. »Und was soll ich in der Zeit machen? Sollte das nicht ein gemeinsamer Urlaub sein?«

»Was weiß ich? Trink einen Pfefferminztee oder geh zur Eisdiele und kaufe dir ein Eis.« Wütend stieß Margareta die Luft aus und war samt Tasche zur Tür hinaus, bevor Thomas noch etwas sagen konnte.

In der Nähe sah sie die schönen, denkmalgeschützten Fachwerkgebäude des Schnitterhofes und des Hotels Hof Hueck und passierte auf dem Weg ins Sole-Thermalbad Börde das neue Erlebnis-Gradierwerk, vor dem an beiden Seiten Kurgäste auf Bänken hockten, um die Sole zu inhalieren und die einzigartige Architektur zu bestaunen.

Der »Tanz im Kurpark« mit Entertainer Tommi, der diesen Sommer jeden Sonntagnachmittag stattfand, fiel flach, seit der gute Mann am vorletzten Sonntag nach dem Tanz spurlos verschwand. Er hatte noch die Toilette aufgesucht und war anschließend nicht mehr gesehen worden. Margareta fragte sich, ob er vielleicht gar keinem Verbrechen zum Opfer gefallen war, sondern die Nase voll hatte von den teilweise aufdringlichen weiblichen Kurgästen und freiwillig untergetaucht war. Na ja, heute Nachmittag würde sie mehr erfahren.

Die letzten Wochen waren sehr stressig gewesen. Industriespionage, ein untreuer Ehemann, eine diebische Kassiererin eines Autohauses. Eigentlich wollte sie sich in der einen Urlaubswoche Ruhe gönnen und keinen verzwickten Fall lösen. Doch Margareta war viel zu neugierig. Es juckte sie bereits unter den Fingernägeln, sie wollte herausfinden, wo dieser Tommi abgeblieben war. Was soll's, dachte sie, ich nehme den Auftrag an.

Ein paar Stunden später saß Margareta Tommis Manager gegenüber. Bisher kannte sie Wolfram Hückendüser nur vom Telefon, live hatte sie ihn noch nicht erlebt. Sie hatte ihn vor einer halben Stunde angerufen und ihr Treffen vom Brunnenhauscafé auf die Terrasse des westfälischen Schnitterhofs verlegt, um zu verhindern, dass Thomas plötzlich aufkreuzen würde.

Hier hatte sie schon einmal gesessen, vor vielen Jahren, als sie auf den Heiratsschwindler Simon von Brehden gestoßen war. Eine tolle Hotelanlage. Alte imposante Gebäude im Fachwerkstil umrahmten sattgrüne Wiesen und hübsch gedeckte Tische. Der alte Baumbestand spendete reichlich Schatten, sodass nur wenige Sonnenschirme die Gäste vor zu viel Sonne schützen mussten.

Hückendüser hatte ein einnehmendes Lächeln und eine charmante Art, die Margareta begeisterte. Er fragte nicht lange nach, wieso sie kurzfristig umdisponiert und den Schnitterhof als Treffpunkt vorgeschlagen hatte, sondern orderte Erdbeertorte und Kaffee und kam gleich zur Sache.

Weil der Kommissar der zuständigen Kripo und sein Kollege das Verschwinden von Tommi eher belächelten, war Hückendüser auf die Idee gekommen, ihn selbst suchen zu lassen. Ihm waren frühere Erfolge der Privatdetektivin Margareta Sommerfeld in Bad Sassendorf zu Ohren gekommen, und er hatte gehört, dass sie gerade hier ihren Urlaub verbringe. Das könne kein Zufall sein, habe er sich gedacht und Kontakt mit ihr aufgenommen. Schmatzend erzählte er von Tommi und seiner letzten Tanzveranstaltung, die ein voller Erfolg gewesen sei. Mit traurigem Blick reichte Hückendüser Margareta Tommis kleine Ledertasche. Die hatte er der Kripo vorenthalten.

»Vielleicht finden Sie darin etwas Brauchbares, irgendwelche Hinweise.« Mit wasserblauen Augen schaute er Margareta erwartungsvoll an.

Margareta nahm das abgegriffene Ledertäschchen mit Bedacht in die Hand. War das alles, was von Tommi geblieben war, fragte sie sich.

»Die Tanzveranstaltungen mit Tommi im Kurpark waren sehr beliebt. Er hatte eine nette Art, die Leute zu animieren, zum Tanzen, zum Trinken, zum Fröhlichsein.«

»Ich habe davon gehört. Und vor ein paar Jahren mal bei einem Tanznachmittag teilgenommen, damals noch bei einem anderen Entertainer. Ich blieb nicht lange alleine.« Erinnerungen kamen in ihr hoch, die sie jedoch verdrängte.

»Tommi hatte eine Geliebte, Anke Thorben. Seit einer missglückten Operation geht sie an Krücken. Sie war hier zur Kur und lernte Tommi, der mit richtigem Namen Hans-Hermann Stoyke heißt, beim Tanzen kennen. Mittlerweile wohnt sie sogar in Bad Sassendorf.«

»Was sagt die denn dazu, dass ihr Geliebter verschwunden ist?«

»Sie trauert natürlich. Nicht jedoch seine Gattin Susanne. Verheiratet ist er nämlich auch. Die ist wahnsinnig wütend und verschießt einen Giftpfeil nach dem anderen. Da könnte ich Ihnen einiges erzählen.« Er winkte mit beiden Händen ab, erwartete aber sichtlich, dass Margareta ihn aufforderte, es doch zu tun.

Sie ging nicht darauf ein. »Könnte sie etwas mit dem Verschwinden ihres Mannes zu tun haben?« Margareta war hellhörig geworden.

»Möglich. Die Kripo hält sie allerdings nicht für verdächtig.« Hückendüser schlürfte laut seinen Kaffee und dachte nach. Dann sagte er: »Susanne Stoyke arbeitet in der hiesigen Sparkasse. Kreditabteilung. Das Ehepaar hat ein herrliches Anwesen im Mozartweg.«

»Mit dem Sparkassenjob und den sonntäglichen Tanzveranstaltungen im Kurpark verdient?« Für Margareta unvorstellbar.

»Wo denken Sie hin! Hans-Hermann war Versicherungsvertreter bei der Carmenia. Den Entertainer und DJ spielte er in der Freizeit, als Nebenverdienst.«

Margareta notierte sich Tommis Anschrift und die seiner Geliebten Anke, anschließend plätscherte das Gespräch nur noch belanglos dahin.

Hückendüser wollte besonders interessante Fälle aus Margaretas Berufsleben wissen, reichte ihr nach einer Stunde seine Visitenkarte und verabschiedete sich, nachdem er ihr klar und deutlich vermittelt hatte, was er von ihr erwartete. Nämlich, Tommi schnellstens zu finden und bestenfalls zurückzubringen. Sie möge den finanziellen Verlust bedenken, den er als Manager durch die nicht stattfindenden Veranstaltungen zu beklagen hätte.

Doktor Brunnenhofer, der Arzt in der Rechtsmedizin, schlug die Plastikplane zurück und gab den Blick auf die Leiche frei. »Der Mann wurde skalpiert, und die Augen wurden ihm ausgestochen. Grausam, was? Man fand ihn im Gebüsch nahe der kleinen Waldbrücke über die Ahse. Nachdem er getötet worden war, wurde er noch tätowiert. Schauen Sie.«

Margareta blieb die Luft weg. Ein nackter Frauenbusen zierte die kahle Brust des Entertainers. Daneben der Schriftzug »Grabscher«. Margareta schaute in die leeren Augenhöhlen des Mannes wie in einen tiefen Abgrund. War das tatsächlich Tommi? Wer machte so etwas? Lange nachdenken konnte sie nicht, denn ihr wurde speiübel. Abrupt wandte sie sich ab und erbrach sich neben dem Seziertisch.

»Geht's wieder?«, wollte Doktor Brunnenhofer wissen«, als Margareta endlich nicht mehr würgte, und klappte die Plastikplane noch ein Stück weiter zurück.

Margareta atmete tief durch. Reiß dich zusammen, befahl sie sich und beugte sich vor, um sich das zerschundene Gesicht genauer anzuschauen. Dann fing sie an zu schreien.

»Margareta, wach auf! Du hast geträumt«, hörte sie in weiter Ferne die Stimme von Thomas.

Ihr Herz raste. Sie setzte sich auf, schmiss sich Thomas an die Brust und fing bitterlich an zu weinen. »Er ist tot! Tommi ist tot. Man hat ihm die Augen herausgenommen!« Sie war kaum zu beruhigen.

Ein Albtraum vom Allerfeinsten hatte sie in dieser Nacht heimgesucht. Kam das vom Wein? Hatte sie gestern Abend im Schnitterhof zu viel davon getrunken? Überhaupt war es eine irre Idee gewesen, nach dem Treffen mit Hückendüser abends noch mal dorthin zu gehen, um sich an der Bar mit Wein abzufüllen. Außerdem ein Wunder, dass Thomas sie begleitet hatte, wo er doch nach 20 Uhr gewöhnlich nur noch vor dem Fernseher lag.

Unter der Dusche kam sie langsam wieder zu sich und schaffte es, die schrecklichen Traumbilder zu verdrängen.

Das nächtliche Ereignis war Wasser auf Thomas' Mühlen. Beim Frühstück redete er ununterbrochen auf sie ein: »Ich habe es dir gleich gesagt, lass die Finger davon! Warum musstest du diesen Auftrag auch annehmen? Was zahlt der Kerl eigentlich? Wie lange hast du dafür eingeplant?« Mit mürrischem Gesicht biss Thomas in sein Käsebrötchen.

»Finanziell sind wir uns noch nicht ganz einig geworden«, sagte Margareta leise.

»Also zahlt er nichts.« Thomas nickte grinsend.

»Bist du bescheuert? Ich suche diesen Kerl doch nicht umsonst! Ich werde Hückendüser heute den Preis nennen. Mehr als drei Tage gehen sowieso nicht, da wir am Wochenende wieder nach Hause fahren. Ab Montag wartet ein neuer Auftrag auf mich, falls du es vergessen haben solltest.«

Thomas lachte hämisch. »Ich nicht, aber du vielleicht.«

»Ich denke, dass ich mit zwei Tagen hinkommen werde.«

»Und deine Anwendungen?«

»Die schaffe ich auch noch. Keine Sorge!«

»Und ich?«

»Du bekommst gleich eine Moorpackung, soweit ich mich erinnere. Genieße sie!«

Wütend schob Thomas sich das hart gekochte Ei, nachdem er es sorgfältig abgepellt hatte, in den Mund und kaute mit Tränen in den Augen darauf herum, als würde er jeden Moment ersticken.

Danach war Funkstille angesagt.

Schweigen. Jeder ging seines Weges.

Margaretas Weg führte zum Wohnhaus von Tommi alias Hans-Hermann Stoyke, vorbei an den Salinen, die auch zu so früher Stunde schon sehr gut besucht waren. Im Rhododendronpark bewunderte sie die Farben der herrlichen Blüten. Vom Ende des Kurparks aus war es nicht mehr weit bis zum Mozartweg.

Dort angekommen, wurde sie gleich fündig. Sie stellte jedoch fest, dass Hückendüser ganz schön übertrieben hatte. Tolles Anwesen? Okay, es handelte sich um ein schönes Häuschen, anderthalbgeschossig, mit gepflegtem Garten. Aber unter »Anwesen« verstand Margareta etwas anderes, ein großes Grundstück, ein stattliches Haus.

Mutig betätigte sie die Türklingel. Sie wird bei der Arbeit sein, die gute Susanne Stoyke, sagte sie sich und war umso erstaunter, als sie höchstpersönlich die Tür öffnete. In Jeans und T-Shirt, blonder Pagenkopf, verweinte Augen. Trauerte sie doch um ihren Tommi?

Fast verspürte Margareta Mitleid mit der Frau, deren Mann spurlos verschwunden war. Sie stellte sich vor und nannte den Grund, weshalb sie hier war.

»Privatdetektivin?«, giftete Frau Stoyke sie an. »Wer soll denn das bezahlen?«

Das aufkommende Mitgefühl in Margareta verschwand. Dennoch versuchte sie, freundlich zu bleiben. »Darf ich Ihnen ein paar Fragen stellen?«

Nach mehrmaligem Schnaufen und gereiztem Blick bat Frau Stoyke Margareta durch den Garten auf die Terrasse. Ein Gärtner machte sich mit einer Heckenschere am Gebüsch zu schaffen. Er trug nur eine Badehose, obwohl allerhöchstens 20 Grad herrschten, trotz Sonnenscheins. Im Mundwinkel klemmte eine Zigarette, und er hielt es nicht für nötig, zu grüßen.

Susanne Stoyke bot Margareta zwar einen Stuhl, jedoch kein Getränk an und fuchtelte nervös mit ihren Händen herum. »Kommen Sie zur Sache, ich habe wenig Zeit.« Eine Zornesfalte bildete sich über ihrer spitzen Nase.

Margareta stellte die üblichen Fragen. Wann sie ihren Mann zuletzt gesehen habe, ob vor seinem Verschwinden irgendetwas darauf hingedeutet habe, ob er tatsächlich eine Geliebte habe und ob sie bei seiner letzten Tanzveranstaltung dabei gewesen sei.

Genervt zuckte Frau Stoyke mit den Schultern. »Was hätte ich da machen sollen? Mir anschauen, wie mein Mann mit anderen Frauen einschließlich seiner Geliebten flirtet? Mein Mann und ich sind seit 20 Jahren verheiratet. Okay, zurzeit läuft es nicht so gut. Er hat sich eine Geliebte zugelegt. Sie verehrt ihn, himmelt ihn an. Wahrscheinlich braucht er das. Hören Sie, ich habe weder Zeit noch Lust, mich weiterhin diesem Thema zu widmen. Suchen Sie ihn von mir aus, aber lassen Sie mich in Ruhe.« Wütend stand sie auf und ging zum Gartentor. »Schlimm genug, was er mir antut. Ich glaube nicht, dass es sich um ein Verbrechen handelt. Er wird eine neue Dame kennengelernt und mit ihr das Weite gesucht haben. Was mich wundert, ist, dass er seine Arbeit schleifen lässt. Die war ihm bisher immer enorm wichtig.«

»Ist er Freiberufler?«

»Ja, er hat hier im Haus sein Büro, ist aber meistens im Außendienst tätig. Macht hervorragende Abschlüsse. Die Person, der er keine Lebensversicherung aufquatschen kann, muss erst noch geboren werden. Keinen Anruf, den er ablehnt, keine Mail, die er nicht innerhalb eines Tages beantwortet. Und nun lässt er seit über einer Woche alles schleifen.«

Woher weiß sie das, liest sie etwa seine Mails, dachte Margareta, sprach die Frage jedoch nicht aus und verabschiedete sich kurz und knapp.

Vom Mozartweg aus machte sie sich auf zur Sparkasse im Lohweg, um sich bei den Kollegen dieser Susanne umzuhören. Noch einmal quer durch den Kurpark und durch die City. An der Eisdiele sah sie Thomas mit einem riesigen Eierlikör-Becher zwischen schnatternden Damen im reifen Alter in der Sonne sitzen. Sofort änderte sie die Richtung. Sie wollte ihn auf gar keinen Fall treffen, lieber nahm sie einen Umweg in Kauf.

Anke Thorben wohnte in einer Zweizimmerwohnung in der Viktoriastraße, in einem nichtssagenden Wohnblock. Als Margareta das nach Tabak miefende Täschchen des Entertainers am Vorabend auseinandergenommen hatte, hatte sie die Adresse der Dame und Fotos gefunden, die eine lieb lächelnde Blondine Mitte 40 zeigten. Die Adresse stimmte mit derjenigen überein, die Hückendüser ihr genannt hatte.

Da der Besuch in der Sparkasse absolut nichts gebracht hatte – sie war nur auf mauernde, griesgrämige Kollegen gestoßen–, war sie von dort aus weiter zur Viktoriastraße gegangen.

Hier spürte man nichts mehr vom Charme des Kurortes. Tristesse pur. Eine Siedlungsstraße, wie es sie in Margaretas Heimat Gelsenkirchen zuhauf gab. Wohnungen für den schmalen Geldbeutel. Das hatte sie nicht vermutet, denn sie war, wieso auch immer, davon ausgegangen, dass es sich bei Anke Thorben um eine wohlhabende Frau handelte.

Als sie nun die Wohnung betrat, musste sie feststellen, dass dieses arme Hascherl wohl von Hartz IV lebte oder von Tommi unterstützt wurde. Anke Thorben hatte Margareta freundlich die Tür geöffnet und sie sogleich hereingebeten, kaum dass Margareta sich vorgestellt hatte. Sie hatte eine warme Ausstrahlung, wunderschöne Augen, überhaupt war sie eine attraktive Erscheinung. Die Hüft-OP schien richtig missglückt zu sein, denn ohne ihre feuerroten Gehhilfen, die an ihr klebten wie verlängerte Arme, konnte sie sich selbst in der Wohnung nicht vorwärtsbewegen.

Anke bot ihr einen Platz in der Küche und einen Kaffee an. Margareta betrachtete die spartanische Einrichtung. Das sollte also das Liebesnest des berühmten Entertainers Tommi sein? Es war zwar sauber, aber wenig gemütlich. Ich habe das Schlafzimmer ja noch nicht gesehen, dachte Margareta. Vielleicht toppt diese Liebeshöhle alles andere!

»Die Polizei war auch schon hier. Die glauben nicht an ein Verbrechen, die sind der Meinung, er sei untergetaucht. Aber das hätte Hans-Hermann nie getan! Wir lieben uns! Seit zwei Jahren. Ich bin extra seinetwegen hierhergezogen, um ihm nahe zu sein. Wie Sie sich vorstellen können, passte das seiner Frau Susanne überhaupt nicht.«

Margareta musste lachen. »Um ehrlich zu sein, kann ich Susanne verstehen.«

»Sie kennen die Umstände nicht. Susanne ist ein Teufel.«

»Mag ja sein. Warum hat sich Hans-Hermann dann nicht von diesem Teufel getrennt?«

»Das ist nicht so einfach. Sie würde das niemals hinnehmen. Das sehen Sie ja jetzt.«

»Sie meinen, Susanne steckt dahinter? Hat sie ihren Gatten verschwinden lassen?«

»Mit Sicherheit. Besser, ihn verschwinden zu lassen, als auf das Haus zu verzichten. So tickt diese Frau.« Aus großen Augen starrte sie Margareta an. »Sie werden mir helfen, ihn zu finden, nicht wahr?«

Inzwischen saßen sie im kleinen Wohnzimmer. Die Balkontür stand auf und gab den Blick auf den Hof des gegenüberliegenden Edeka-Marktes frei. Zwei Mitarbeiter waren gerade dabei, Pappkartons platt zu treten und in einen Container verschwinden zu lassen. Margareta betrachtete das Bild über dem Sofa, das einen Hirsch in einer idyllischen Bergwelt zeigte, und versprach der Frau, ihr zu helfen. Sie ließ ihre Visitenkarte zurück und verließ das armselige Paradies. Sie konnte sich noch immer nicht vorstellen, dass der aufgemotzte Tommi hier ein- und ausgegangen war. Ein Liebesnest für den schmalen Geldbeutel? Oder war das alles Tarnung?

Im Anschluss an den Besuch bei Anke Thorben war Margareta zur kleinen Waldbrücke über die Ahse gegangen. In ihrem Traum hatte man dort den toten Tommi gefunden. Weil ihr das keine Ruhe gelassen hatte, hatte sie sich die Gegend einmal ansehen wollen.

Müde und kraftlos kam sie gegen 15 Uhr am Brunnenhauscafé an und ließ sich in einen Sessel auf der gut besuchten Terrasse fallen. Immerhin hatte sie heute gut zehn Kilometer zu Fuß bestritten. Bevor sie die Stufen zu ihrer Ferienwohnung emporsteigen würde, wollte sie kurz durchatmen und den Tag Revue passieren lassen.

Die Krönung ihrer Recherchetour war eine Frau gewesen, der sie zufällig an der kleinen Waldbrücke begegnet war. Was für ein Glück sie gehabt hatte, denn die Dame hatte Tommi tatsächlich letzten Sonntag gesehen. Sie fahre jeden Tag mit dem Auto hierher, parke am Friedhof und spaziere dann eine Runde über die Wiesen und durch den kleinen Wald. Sie wisse nicht, was er hier gemacht habe, meinte allerdings, später, als sie noch tanken war, einen ähnlich aussehenden Mann drüben an der Tankstelle gesehen zu haben, wie er in einen Lkw mit gelbem Kennzeichen gestiegen sei. Nein, der Polizei habe sie nichts davon erzählt, die wüssten ja nichts von ihr.

Hatte sich Tommi nach Holland abgesetzt?

Nachdem sich Margareta ein Stück Torte und einen Kaffee bestellt hatte, zog sie ihr Smartphone aus der Tasche, um Thomas anzurufen. Sie staunte, wie schnell er unten bei ihr auf der Terrasse war.

Statt Margareta zu fragen, was sie erlebt habe und ob sie weitergekommen sei, jammerte Thomas sofort los. »Machst dich vom Acker, ohne mal an mich zu denken. Fünf Stunden warst du weg. Ich war einsam. Und mein Magen knurrt wie verrückt, weil ich mit dem Essen auf dich gewartet habe.«

»Du Ärmster! Was hast du denn nach deiner Moorpackung gemacht? Bist du noch eine Runde durchs Thermalbad geschwommen?«

»Nein, zu teuer. Gar nichts habe ich unternommen. Ein bisschen an den Salinen gesessen und auf dich gewartet habe ich. Wie immer.«

»Du hättest doch hier was essen können.«

Ein böser Blick streifte Margareta. »Ich wusste ja nicht, wann du kommst, und wollte gemeinsam mit dir essen.«

»Hat der große Eisbecher dich nicht satt gemacht?«

Das saß. Thomas sagte nichts mehr.

»Was hältst du von Italienisch? Hm? Eine schöne Pizza im ›Sasso‹?« Versöhnlich lächelte sie ihn an.

»Ja, eine Pizza wäre nicht schlecht.« Auch Thomas lächelte, wenn auch verhalten.

Sie fanden einen schönen Platz draußen vor dem Lokal, das nahe des Wildparks lag.

Von ihrem Tisch unter einem weiß-blauen Sonnenschirm hatte Margareta eine gute Sicht auf das umliegende Geschehen. Sie beobachtete die vorbeilaufenden Kurgäste und die Menschen, die an den Tischen um sie herum saßen. Zu ihrer Linken eine alte Dame mit einem jüngeren Mann, ihrem Sohn, vermutete Margareta. Rechts von ihr zwei aufgetakelte Frauen, bestimmt auf der Suche nach einem Kerl.

Sie bestellte eine Pizza mit Meeresfrüchten, dazu einen leichten Rivaner, schön kalt. Thomas orderte eine Pizza mit Thunfisch und Zwiebeln, vorweg noch Pizzabrötchen mit Tomatencreme.

Während sie auf das Essen warteten, wanderte Margaretas Blick an dem alten Gebäude hoch. Alles sehr ordentlich, musste sie feststellen. Bei ihrer Suche nach einer Ferienwohnung hatten sie gesehen, dass die Pizzeria im ersten Stock und im Dachgeschoss ebenfalls Zimmer und kleine Apartments vermietete, doch die waren alle belegt gewesen und außerdem nicht so zentral gelegen. Die Fenster der Ferienwohnung im ersten Stock waren mit modischen Gardinen bestückt. An den winzigen Gaubenfenstern im Dachgeschoss waren keine Vorhänge angebracht. Wer wohnte in diesen kleinen Zimmern, fragte sie sich und spürte – wie so oft, wenn sie der Lösung eines Falles näher kam – ein Kribbeln im ganzen Körper. Am Seiteneingang hielt gerade ein kleiner Lkw. Ein Mann lud Bierfässer aus. Ein weiterer Kerl mit muskulösen Oberarmen schleppte einen Karton ins Haus. Er sah, dass Margareta ihn beobachtete, und warf ihr einen bösen Blick zu. Und wieder verspürte sie dieses Kribbeln.

Indes redete Thomas, der durch das gute Essen versöhnt schien, pausenlos auf sie ein. »Sag mal, hörst du mir eigentlich zu? Was starrst du diesen Kerl so an?«

»Ich weiß nicht, ich glaube, mit dem stimmt was nicht.«

»Da du scheinbar nichts anderes im Kopf hast als diesen verschwundenen Entertainer, reden wir eben darüber. Wie war deine Recherche? Bist du weitergekommen?«

»Irgendwie schon.« Sie berichtete Thomas von dem Besuch bei der unfreundlichen Ehefrau des Vermissten, der netten Geliebten und von der Spaziergängerin, die Tommi gesehen haben wollte und einen ähnlich aussehenden Mann, der in einen Laster mit gelbem Kennzeichen gestiegen war.

»Hat sie sich das Kennzeichen notiert?« Thomas war hellhörig geworden, sah sich schon nach dem Fahrzeughalter fahnden.

»Nein, hat sie nicht. Sie hat sich ja erst etwas dabei gedacht, als sie hörte, dass Tommi verschwunden ist.«

Abends saß Margareta auf dem Sofa in ihrem Apartment und wühlte erneut in dem Täschchen des Entertainers. Sie zog das Notizbuch heraus, dem sie bisher wenig Beachtung geschenkt hatte. Darin wimmelte es von Adressen. Adressen von Damen, die älteren Baujahrs sein mussten, was Margareta an den Vornamen zu erkennen glaubte: Alma, Käthe, Adele, Irma ... Die Wohnorte waren über ganz NRW verteilt, zwei davon befanden sich in der Nähe. Was hatten die Namen zu bedeuten? Waren es Kurgäste, die Tommi irgendwann kennengelernt hatte?

Thomas öffnete indes das Fenster und lehnte sich weit hinaus, um sich das Konzert im Kurpark anzuhören. Die Konzertmuschel stand nur einige Meter entfernt, sodass er sogar zusehen konnte. »Unglaublich, dass nur ungefähr 30 Leute da sind. Die Musik ist wunderschön! Und das an einem so lauschigen Frühsommerabend!«

Margareta ging die Musik tierisch auf den Keks. Seit

Tagen hatte sie überall die Flyer gesehen, die auf dieses Ereignis hinwiesen. Bei ihr jedenfalls verursachte es fürchterliche Kopfschmerzen. Auch ihr Tinnitus spielte verrückt. Voller Unrast lief Margareta in dem kleinen Raum auf und ab, schubste letztendlich Thomas zur Seite und schloss energisch das Fenster.

»Schluss jetzt! Wenn du das hören willst, gehe hinunter und setze dich davor. Ich muss mich konzentrieren.«

Thomas schnappte sich wütend seine Jacke und verließ die Wohnung. »Pah! Du denkst immer nur ans Arbeiten!«, warf er ihr zornig an den Kopf und knallte die Tür zu.

Margareta setzte sich wieder auf das Sofa und schenkte ein Glas Wein ein.

Als sie sich die halbe Flasche einverleibt hatte, ging es ihr endlich besser. Sie hörte zwar das Gedudel noch durch das geschlossene Fenster, es störte sie jedoch nicht mehr.

Langsam dämmerte ihr, was die Namen der alten Frauen in dem Büchlein bedeuten könnten.

Versicherungsvertreter, Carmenia, Lebensversicherung. Vielleicht hatte Tommi den alten Frauen Versicherungen aufgequatscht, obwohl sie mit einem Bein im Grab standen? Hing sein Verschwinden damit zusammen?

Es war erst kurz nach 7 Uhr. Die halbe Nacht hatte Margareta sich um die Ohren geschlagen und eine Liste angefertigt von den Damen, denen dieser Tommi wahrscheinlich Lebensversicherungen aufs Auge gedrückt hatte. Thomas schlief noch den Schlaf des Gerechten, sägte ganze Wälder ab. Ein paarmal hatte sie ihm in der Nacht ihr kleines Nackenkissen auf den Kopf gedrückt, was ihn wie ein Ertrinkender nach Luft schnappen ließ.

Nun stand sie am geöffneten Fenster und blickte in den

Kurpark, in dem schon ein paar Frühaufsteher ihren täglichen Spaziergang hinter sich brachten. Die Sonne schien, und es versprach ein herrlicher Tag zu werden.

Nach der Dusche nahm Margareta sich die in der Nacht erstellte Liste zur Hand. Zwei Namen hatte sie rot markiert. Adele Rosinger und Irma Lange, beide wohnten ganz in der Nähe von Bad Sassendorf, die eine in Kutmecke, die andere in Erwitte. Ob man um 8 Uhr morgens schon bei den Frauen anrufen konnte? Alte Leute waren in der Regel Bettflüchter, dachte sie und wählte mutig die Nummer der Adele Rosinger.

Die hob sehr schnell ab und klang überhaupt nicht mehr müde. Nachdem Margareta ihr Anliegen freundlich, aber bestimmt vorgetragen hatte, schwieg die alte Dame zunächst. Dann gab sie zögerlich zu, Hans-Hermann Stoyke alias Tommi zu kennen, sie sei einige Male mit ihrer Freundin bei seiner Tanzveranstaltung gewesen. Er habe sie reingelegt, habe ihr mit schönen Worten eine Lebensversicherung angedreht, obwohl er das bei einer Frau in ihrem Alter nicht mehr dürfe. Aber ihr Neffe, der Dirk, habe ihr verboten, darüber zu sprechen. Schlagartig verstummte sie und beendete das Gespräch.

Müde und genervt kam Thomas aus dem Schlafzimmer und schimpfte los. Nie habe er seine Ruhe, ständig bringe sie Chaos in sein Leben.

Dem kann abgeholfen werden, dachte Margareta, schnappte sich ihre Tasche und eilte zur Tür hinaus. Soll er doch alleine frühstücken.

Unten im Café setzte sie sich in eine Ecke der Terrasse direkt am plätschernden Brunnen und atmete tief durch.

»Heute kein Frühstück?«, erkundigte sich die nette Serviererin.

»Nein, für mich nicht. Aber bringen Sie mir bitte ein Kännchen Kaffee«, erwiderte Margareta. Wie herrlich so ein früher ruhiger Morgen ist, dachte sie, zog ihr Smartphone aus der Tasche und versuchte ihr Glück bei Irma Lange.

Irma machte, als sie den Namen Hans-Hermann Stoyke hörte, sofort ihrem Ärger Luft und keifte drauflos. Angezeigt habe sie dieses Schwein, jeden Monat müsse sie von ihrer schmalen Rente 300 Euro für eine Lebensversicherung blechen, die sie gar nicht gewollt habe. Wenn sie 93 Jahre alt sei, würde sie diese ausgezahlt bekommen. Dass dieser Kerl sämtliche alten Frauen hereingelegt habe und keiner ihn stoppe, sei unmöglich.

Margareta freute sich. Also tatsächlich ein Versicherungsbetrüger. Warum war sein Arbeitgeber nicht darauf aufmerksam geworden? Tommi musste die Geburtsdaten der Damen gefälscht haben.

Wie von einem Magneten angezogen, lief sie zum Kurparkeingang und dann zu Fuß die anderthalb Kilometer bis zum Wildpark. Eine junge Frau war gerade dabei, auf der Terrasse der Pizzeria »Sasso« die Stühle abzuwischen und alles für einen anstrengenden Tag vorzubereiten. Halb zehn. Um 12 Uhr öffnete das Lokal.

Ein Golf hielt vor dem Eingang. Margareta bog schnell um die Ecke, sie wollte nicht gesehen werden. Derselbe Mann, der gestern eine Kiste ins Haus getragen hatte, sprang aus dem Wagen. Er hielt einen Stoffbeutel in der Hand, ging auf den Nebeneingang zu und schloss die Tür auf. Schon war er im Treppenhaus verschwunden. Ein paar Minuten später kam er zurück und fuhr davon.

Schweiß trat Margareta auf die Stirn. Ich muss wissen, was da oben los ist, hämmerte eine Stimme in ihrem Schädel. Vorsichtig trat sie an den Nebeneingang. Die Tür war nur angelehnt und ließ sich öffnen.

Leise zog sie sich am Geländer der Altbautreppe Stufe für Stufe hinauf. Im ersten Stock hörte sie ein Paar, das sich unterhielt. Weiter, du musst ganz nach oben, sagte sie sich.

Die Treppe endete im Dachgeschoss vor einer uralten Holztür mit wunderschönen Verzierungen. Doch wozu hatte sie einen Dietrich in der Tasche? Mutig schloss sie die Tür auf und betrat die dunkle, winzige Diele. Zwei Türen führten von ihr ab. Spontan entschied sie sich für die rechte.

Es roch fürchterlich. Nach Sauerkraut und Urin. Hielten sie hier einen Bettnässer versteckt? Oder war derjenige, der hier gefangen gehalten wurde, unfreiwillig zu einem solchen geworden? Ein Stöhnen kam aus der Ecke, das nun lauter wurde. Da wollte jemand auf sich aufmerksam machen. Margareta zog das Rollo hoch und sah in die verzweifelten Augen eines Mannes, der gefesselt und mit zugeklebtem Mund in einem alten Bett mit grausam verdreckter Bettwäsche lag. Seine Haare standen ihm zu Berge. Doch sie erkannte ihn sofort.

Bingo! Sie hatte den legendären Tommi gefunden, der in diesem Dachversteck von wem auch immer gefangen gehalten wurde. Auf dem Nachtschränkchen standen ein Glas Wasser, daneben ein Fläschchen mit einer Flüssigkeit darin, das aussah wie Medizin, und ein Teller mit Zwieback. Sie trat näher und hätte beinahe den Eimer samt Urinflasche neben dem Bett umgestoßen.

Sie riss dem verschwitzten Mann das Pflaster vom Mund. Seine Hände und Füße ließ sie weiterhin gefesselt. Vom Treppenhaus hörte sie Geräusche. Kam der Kerl zurück? Hatte er sie etwa doch gesehen?

»Binden Sie mich los. Schnell! Wenn der Typ kommt, verabreicht er mir wieder die Tropfen, und ich bin weg vom Fenster.«

»Sind Sie Hans-Hermann Stoyke alias Tommi?«

»Ja, nun machen Sie mich schon los! Oder rufen Sie die Polizei. Dieser Schwachkopf hält mich hier seit Tagen gefangen«, nuschelte Tommi verzweifelt.

»Aus welchem Grund?«

»Was weiß ich. Vielleicht steckt meine Frau dahinter. Die will mich loswerden. Ist eifersüchtig.«

»Oder es hängt mit den Versicherungen zusammen, die Sie alten Damen angedreht haben.«

Tommi war sprachlos, starrte Margareta verwundert an.

Margareta konnte sich nicht dazu durchringen, ihn loszubinden.

Nun flog die Tür auf, und der muskulöse Mann kam ins Zimmer. In der Hand hielt er eine Knarre, die er auf Margareta richtete. »Wer sind Sie?« Seine Hand zitterte.

»Margareta Sommerfeld, Privatdetektivin. Ich suche den Entertainer Tommi. Sein Manager hat mich beauftragt.«

»Wie Sie sehen, lebt er noch. Ich wollte ihm einen Denkzettel verpassen. Er hat meine Tante Adele betrogen. Hat ihr in ihrem Alter, sie ist 84, noch eine Lebensversicherung angedreht, für die sie monatlich über 300 Euro berappen muss. Er ließ nicht mit sich reden. Anderen Frauen erging es genauso. Da wollte ich ein wenig Druck ausüben, ihn zur Besinnung bringen. Aber bis jetzt vergeblich. Er ist nicht bereit, den Abschluss zu stornieren.«

»Ihn zu kidnappen und hier einzusperren, ist auch nicht die feine Art. Und wie lange wollen Sie ihn noch gefangen halten?«

»Heute Abend bringen wir ihn nach Holland, mein Kumpel und ich. Nun müssen wir Sie mit nach Holland schicken.«

»Was soll ich in Holland?« Margareta erschrak.

Der Kerl grinste dreckig. »Das werden Sie dann schon sehen.« Er fuchtelte Margareta mit seiner Wumme vor der Nase herum.

Sie bereute es inzwischen, Tommi nicht von seinen Fesseln befreit zu haben. Nun war es zu spät. Um den Mann hinzuhalten, fragte sie ihn: »Haben Sie das Zimmer extra angemietet?«

»Nein, das Haus gehört der Mutter meiner Freundin, die ab und zu unten im Lokal als Kellnerin arbeitet. Wenn es zu spät wird, übernachtet sie in diesem Zimmer. Hier kommt sonst niemand rein. Aber langsam wird es auffällig, dass ich so oft hier bin, und der Gestank ist auch nicht mehr auszuhalten. Bevor jemand was merkt, muss der Penner weg, und Sie nun leider auch.« Er zog sein Handy aus der Tasche und versuchte mit der Pistole in der Hand zu tippen, was sich als schwierig erwies.

Bei dem Gedanken, von diesem Typen und seinem Freund entführt und weggeschafft zu werden, wurde Margareta übel.

Wieder hörte sie Schritte im Hausflur. Die Tür flog erneut auf, und Thomas stürzte sich – von wegen lahmarschig – auf den Kerl, schlug ihm die Waffe aus der Hand, drehte ihm den Arm nach hinten und hielt ihn fest. Margareta rief die 110.

In wenigen Minuten traf die Polizei ein und bereitete dem Szenario ein Ende.

Nie hatte Margareta sich so gefreut, Thomas zu sehen. Ihm war ihr frühes Verschwinden spanisch vorgekommen, und er war ihr gefolgt.

Einen Tag später war Margaretas Thomas-Euphorie allerdings schon wieder verflogen, als er von ihr verlangte, das Honorar für den erfolgreich abgeschlossenen Auftrag – immerhin 800 Euro – mit ihm zu teilen.

10. DER MANN, DAS AUTO UND DAS REH

Margareta Sommerfeld schmolz dahin. Das lag nur zum Teil am herzoglichen Gartenpark von Schloss Corvey, in dem sie gerade unter riesigen Bäumen saß, sondern hauptsächlich an dem Kursleiter, dem sie lauschte. Er hatte eine unglaubliche Aura, der sie von Minute zu Minute mehr verfiel. Pater Ludgerus Blauband war ein Benediktinermönch, der durch ganz Deutschland zog, um seine Weisheiten kundzutun. Er war Teil des Seminars »Schlagfertigkeitstraining – als Frau gekonnt kontern«. Ihm stand der Part zu, den Frauen ordentlich den Rücken zu stärken. Und das verstand er. Die anwesenden Damen, acht an der Zahl, hörten ihm ergriffen zu.

Er zitierte einige lyrische Größen und sprach jede der im Kreis sitzenden Frauen auch persönlich an. Margareta kam ganz schön ins Stottern, als sie gefragt wurde, wieso sie an diesem Seminar teilnehme und wo ihre Schwächen lägen. Ja, wo liegen meine Schwächen, überlegte sie und musste schmunzeln, als sie in die braunen Augen dieses heiligen Mannes blickte. Sie konnte dem Mann kaum sagen, dass er es war, der sie momentan ganz schwach machte. Deshalb zuckte sie nur mit den Schultern.

Sie musste an ihren Lebensgefährten, Thomas Scheffel, den Ersten Hauptkommissar des KK 11 in Gelsenkirchen-Buer, denken, als sie versucht hatte, ihm zu erklären, warum sie sich für dieses Seminar angemeldet hatte.

»Das kann doch nur von Vorteil sein, gekonnt zu kontern. Als Privatdetektivin hat man es schließlich nicht immer leicht, sich durchzusetzen.«

Thomas hatte gelacht, wie er selten lachte, er war eher der melancholische Typ. »Du brauchst echt kein Schlagfertigkeitstraining. Du bist bisher mit jedem aufmüpfigen Kerl fertiggeworden. Das ist rausgeschmissenes Geld, glaube mir«, hatte er gesagt.

Margareta wusste, dass noch ein anderer Grund dahintersteckte. Er wollte verhindern, dass sie sich wieder einmal davonmachte. Seine Eifersucht war äußerst stark ausgeprägt.

Sie hatte, trotzig, wie sie war, beschlossen, nicht nur eine Übernachtung im Weser-Aktivhotel-Corvey direkt auf dem Gelände der Welterbestätte zu buchen, sondern gleich zwei.

Die Zimmer in dem altertümlichen Gemäuer waren einfach, jedoch sauber und zweckmäßig eingerichtet. Ein gutes Frühstück war inbegriffen. Mediterraner Stil, Fliesenboden, helles Holz, schöne Gemälde an den Wänden. Was wollte sie mehr?

Bereits gestern Abend hatte sie einige Frauen des Seminars kennengelernt und sich bei einem Glas Wein auf der Terrasse des Hauses mit ihnen ausgetauscht.

Margareta war begeistert von dem Gelände direkt an der Weser. Nie hätte sie gedacht, dass sie in nur gut zwei Stunden und 200 Kilometer von ihrem Zuhause im Ruhrgebiet entfernt so eine tolle Urlaubsgegend vorfinden würde. Was sie sich alles für die zwei Tage vorgenommen hatte, würde sie nie im Leben schaffen. Aber die Anlage wollte sie sich unbedingt ansehen. Dafür blieb ihr nur noch der morgige Tag.

Corvey war UNESCO-Weltkulturerbe und eine ehemalige Benediktinerabtei auf dem heutigen Stadtgebiet von

Höxter. Im Jahre 822 schenkte Ludwig der Fromme, Sohn Karl des Großen, das Land Benediktinermönchen, die Corvey zu einem geistigen und wirtschaftlichen Zentrum ausbauten. Heute zeugt von dieser Epoche nur noch das karolingische Westwerk, ein Bauteil des Kirchengebäudes. Es ist das älteste Bauwerk Westfalens und das älteste Westwerk überhaupt. Nach der Säkularisation ging das Kloster 1803 in den Besitz der Herzöge von Ratibor und Fürsten von Corvey über. Ist heute die rot-goldene Flagge auf dem Schloss gehisst, kann man Viktor Herzog von Ratibor und Fürst von Corvey antreffen. Er freut sich über Besucher und plaudert gerne mit ihnen.

Bis Mitte der 50er-Jahre hatte die Herzogfamilie allein in diesen Räumen gewohnt, danach das Schloss für Gäste geöffnet. Die Einrichtung stammt noch immer aus der Zeit um das 18. Jahrhundert. Im Nordflügel befindet sich die Fürstliche Bibliothek, die 15 Räume füllt. Übrigens eine der wertvollsten Bibliotheken des Landes, die einst der Dichter und Verfasser der Nationalhymne Hoffmann von Fallersleben auf Vordermann gebracht hatte. Er war ab 1860 Bibliothekar in Corvey gewesen und hatte über die größte Privatbibliothek Deutschlands geherrscht.

Ja, morgen wollte sich Margareta ihr ergoogeltes Wissen live ansehen, sie hatte sich schon für eine Führung eintragen lassen.

Margareta schüttelte sich und versuchte, zu den Worten des Kursleiters zurückzukehren. Über ihr zwitscherten die Vögel, und sie lauschte seiner sonoren Stimme. Doch lange konnte sie ihm nicht folgen, war hin und weg und glitt schon wieder in Träumereien ab. Wie schade, dass dieser Mann Mönch geworden war.

»Frau Sommerfeld? Hallo, Frau Sommerfeld, träumen Sie mit offenen Augen?«

Vor ihr stand Pater Ludgerus und grinste sie an.

»Ähm ... Was?«

»Ich wollte von Ihnen wissen, was Sie beruflich machen. Lassen Sie mich raten. Versicherungsbranche? Außendienst?«

Ihre Sitznachbarin, eine korpulente Blondine, die sie dem Lebensmitteleinzelhandel zuordnete, kicherte überheblich vor sich hin, freute sich über Margaretas momentane Kopflosigkeit.

Zum Glück tauchte Margareta schnell aus ihrem Tagtraum auf und gewann ihre Schlagfertigkeit wieder. »Ich bin selbstständige private Ermittlerin mit Top-Ausbildung und gutem Ruf. In der Hinsicht geht es mir also gut, die Aufträge flattern nur so ins Haus.« Das war zwar ein wenig übertrieben, aber egal.

Den im Kreis sitzenden Damen fiel die Kinnlade runter, und abrupt hörten sie mit dem Gekicher auf. Margaretas wenige Worte hatten sie wohl beeindruckt.

Ludgerus Blauband dagegen gab sich gelassen. Doch Margareta meinte, einen kleinen Zweifel in seinem Blick zu bemerken, bevor er sich der blonden Dame neben Margareta zuwandte.

Nachdem er die blonde Verkäuferin regelrecht verhört hatte, begann er von sich zu erzählen. Sein Geburtsname sei Stefan, er sei in den 1970er-Jahren als zweites Kind eines Kaufmanns geboren worden. Die Eltern hatten ein Elektrogeschäft unterhalten, und beide hatten Geschwister, die einer Ordensgemeinschaft angehörten. Mit 14 Jahren kam er ins Internat der Abtei Münsterschwarzach, wo sein Onkel Karl als Benediktiner lebte. Noch im Jahr seines Abiturs trat er in das Noviziat der Abtei ein, wo er den Ordensnamen Ludgerus erhielt. Er studierte katholische Theologie an der Benediktinerhochschule in Rom und promovierte zum Doktor der Theologie. Danach hängte er ein Betriebswirtschaftsstudium an. Seit ungefähr zehn Jahren sei er als Referent und spiritueller Begleiter unterwegs. 200 Vorträge im In- und Ausland halte er pro Jahr. Sein Schwerpunkt sei die Beratung von Führungskräften und er setze sich besonders für Frauen ein.

Margareta musste schmunzeln. Er hörte sich gerne reden, der schöne Mann, lieber als die teilnehmenden Frauen, dachte sie.

Nach der Mittagspause sollte das literarisch-philosophische Seminar zur Selbstfindung stattfinden.

Doch dazu kam es nicht mehr. Als die Damen von ihrem Mittagsimbiss in Höxter satt und zufrieden zu ihrem Platz unter den Bäumen zurückkehrten, war der Referent dieser Veranstaltung, ein Mann namens Konrad Kohlmeier, noch nicht anwesend.

Ludgerus hatte ihn schon beim Essen in der kleinen Gaststätte in Höxter vermisst und gesagt, er sei eigentlich als Mensch mit großem Appetit bekannt.

Margareta hatte während des Essens, was vor allem ihrem Sitzplatz geschuldet war, eine neue Freundin aus dem Kreis der Damen gefunden, die sie die ganze Mahlzeit über unterhalten hatte. Die Frau sah nicht nur aus wie die Heilkräuterkundige Hildegard von Bingen, sie roch auch so. Jedenfalls stellte Margareta sich das so vor. Nach Salbei, Kamille, Wacholder und Kardamom. Hildegard, wie Margareta sie im Stillen nannte, hatte lustlos in ihrem Essen herumgestochert und kein gutes Haar an den köstlichen Frikadellen, dem Möhrengemüse und dem Kartoffelstampf gelassen, jedoch von ihrem Essen daheim, besonders von der köstlichen Mutterkrautsuppe, geprahlt, die sie dreimal pro Woche esse. Dazu nehme sie mehrmals am Tag Mutterkrauttropfen, und das nicht zu knapp. Mit der Mutterkrautsalbe creme sie sich das Gesicht ein.

Margareta hatte sie gefragt, für was dieses Mutterkraut denn gut sei.

»Ja, für alles!«, hatte Hildegard patzig geantwortet.

»Für alles? Das ist aber keine genaue Indikation.«

»Die braucht man in der Naturheilkunde auch nicht. Man spürt, was einem bekommt oder nicht. Diese Frikadellen sind jedenfalls Gift.«

»Haben Sie beruflich mit Heilkräutern zu tun?« Das interessierte Margareta nicht wirklich, sie hatte die Frage aus rein höflichen Gründen gestellt.

»Natürlich. Ich bin Homöopathin. Leider fehlt es mir an Selbstbewusstsein. Deshalb bin ich hier. Ich kann mich meinen Patienten gegenüber nicht durchsetzen.«

Kann ich mir gut vorstellen, hatte Margareta gedacht, sich jedoch beherrscht und es nicht laut ausgesprochen.

Mit den guten Ratschlägen, die Margareta gar nicht hören wollte, war es noch eine ganze Weile weitergegangen. Ihr Blick hatte Ludgerus gesucht, der einen Tisch weiter seinen Platz gefunden und hin und wieder verstohlen zu Margareta geschaut hatte.

Als alle gegessen hatten, war Margareta regelrecht nach draußen gestürzt, weg von Hildegard und ihrem Mutterkraut, die ihr zum Schluss noch ihren Maitrunk angepriesen hatte und ihr einen ganzen Karton davon besorgen wollte. Zu einem Wahnsinnspreis, verstand sich.

Nun saßen die Damen auf ihren im Kreis stehenden Stühlen und warteten auf den Referenten, der die nächsten zwei Stunden seinen Vortrag halten wollte, bevor Ludgerus am späten Nachmittag wieder übernehmen würde.

Doch erstens kommt es anders, und zweitens als man denkt. Die blonde Verkäuferin schrie plötzlich auf und deutete mit ihrem Arm nach oben in einen der Bäume. »D... d... da, da hängt ein Mann.«

Ludgerus starrte ebenfalls nach oben. Direkt über ihm hing Konrad Kohlmeier, den er ehrlich gesagt nicht besonders schätzte. Er hielt seine Vorträge für nicht ganz koscher, außerdem ließen sie sich mit Ludgerus' Ansichten über die Reinheit und Gottesfürchtigkeit nicht vereinbaren. Ludgerus hatte das Programm nicht zusammengestellt, also ging es ihn nichts an, ob es fromm genug daherkam. Hatte sich nun sowieso erledigt. Ängstlich und leicht angeekelt schaute er an seiner Kutte hinunter, dann wieder nach oben zu Kohlmeier.

Was dachte er denn? Dass der Tote bereits auslief?

Auch in Margaretas Kopf lief ein Film ab. Wer hatte am helllichten Sommertag bei mäßigem Betrieb in den Schlossanlagen ungesehen diesen Mann in einen Baum gehängt? Fast unmöglich, dieses Unterfangen.

Doch er hing da. Dabei hatte Margareta sich so auf seinen Vortrag mit der anschließenden Diskussion gefreut.

Der Hildegard-von-Bingen-Verschnitt war noch blasser als vorher. Einige der Damen weinten, andere löcherten Ludgerus mit Fragen, als wüsste er, wieso der arme Mann da oben hing. Ludgerus tat das einzig Richtige. Er schickte die Frauen weg, sagte, sie sollen ins Restaurant, in einen der Vortragsräume oder an die Weser gehen, aber nicht nach Hause fahren, denn die Polizei wolle sicher mit ihnen allen sprechen.

Margareta entschied sich weder für die Weser noch fürs Restaurant. Sie ging zu einem einige Meter von der Leichenfundstelle entfernten Baum, um alles genau beobachten zu können.

Nachdem Ludgerus die Polizei verständigt hatte, kam kurz darauf ein großes Aufgebot an Polizeifahrzeugen, Krankenwagen und Zivilkarossen angefahren, alle mit Blaulicht und eingeschaltetem Martinshorn. Sie verwandelten den Schlosspark in einen großen Rummelplatz. Ein paar Minuten später traf die Feuerwehr ein. Die Feuerwehrleute lehnten eine lange Leiter an den Baum und schauten sich alles genau an. Danach forderten sie ein weiteres Feuerwehrfahrzeug mit Drehleiter an, das kurz darauf erschien. Nachdem der Notarzt den Toten in schwindelerregender Höhe in Augenschein genommen hatte, wurde Kohlmeier endlich runtergeholt.

Margareta fand ihren Beobachtungsposten ideal. Voller Spannung ließ sie sich nichts entgehen, besaß sogar die Dreistigkeit, Fotos mit ihrem Smartphone zu schießen.

Ludgerus stand mit verschränkten Armen ebenfalls nah am Geschehen, als führe er Regie bei einem Filmdreh. Als er Margareta entdeckte, ging er mit schnellen Schritten auf sie zu und packte sie am Oberarm. Automatisch zog sie den Kopf ein, da sie mit einer Abreibung rechnete. Doch nichts dergleichen. Er bat sie lediglich, sich um die anderen Damen zu kümmern und mit ihnen an der Weser spazieren zu gehen. Dabei schaute er sie bittend aus seinen braunen Augen an, sodass sie gar nicht anders konnte, als Ja zu sagen.

Die Reaktionen der Frauen waren völlig unterschiedlich. Eine redete sich die Angst von der Seele, konnte gar nicht aufhören zu schnattern. Eine weitere zählte auf, wer ihrer

Meinung nach als Täter infrage komme, noch eine andere weinte sich die Augen aus dem Kopf. Und Kräuter-Hildegard behauptete, dass der Referent nicht durch den Strang, sondern durch einen gezielten Kopfschuss gestorben sei. Sie habe das Loch in der Stirn genau gesehen.

Margareta wunderte sich darüber. Wie hatte die Frau das aus der Entfernung erkennen können? Jedenfalls hatte sie keine Lust zu dieser Wanderung, um die Frauen auf andere Gedanken zu bringen. Aber wieder einmal hatte sie nicht Nein sagen können. Das Seminar »Schlagfertigkeitstraining – als Frau gekonnt kontern« hatte noch keine Wirkung gezeigt. Wie sollte das auch so schnell funktionieren?

Also marschierten sie los. Irgendwann hüpfte Kräuter-Hilde vom Weg in die Wiese und stürzte sich auf ein angeblich seltenes Kraut, zog ein Taschenmesser aus der Hose, beugte sich runter und schnitt es freudig erregt ab.

Genau in diesem Moment fiel ein Schuss. Kräuter-Hilde, die mit richtigem Namen Rosi hieß, richtete sich abrupt auf und schaute sich suchend um.

Waren sie in eine Jagd hineingeraten? Margareta wusste, dass hier viele Wildschweine ihr Unwesen trieben, die von den Jägern in Schach gehalten werden mussten. Sie versuchte, die aufgeregten Frauen – einige schrien schon wieder wie am Spieß – zu beruhigen, indem sie ihnen davon erzählte.

»Aber dann müssten doch Warnschilder an den Wegen stehen. Oder zum Halali geblasen werden.« Die blonde Verkäuferin war in ihrem Element.

Ein weiterer Schuss fiel und gleich noch einer.

Die Frauen stoben auseinander, einige liefen in Panik davon. Margareta gab ihr Bestes, die Damen zu beruhigen und zusammenzuhalten, obwohl sie selbst große Angst davor hatte, eine Kugel in den Kopf zu bekommen. Mit lauter Stimme redete sie auf die Frauen ein und suchte gleichzeitig mit wachen Augen die Gegend ab. Wer hatte geschossen?

Auf einem Wanderparkplatz ein Stück entfernt entdeckte sie einen dunklen Geländewagen. Sie ließ die Frauen stehen und lief zum Parkplatz.

Hinter besagtem Wagen sah sie einen schmalen Mann in dunklem Regenmantel, der etwas in seinen Armen trug. Es musste etwas Großes, Schweres sein, so umständlich, wie er den Kofferraum öffnete und das Ding in seinen Armen darin ablegte. Eine Leiche? War das der Mörder des Referenten? Hatte er noch jemanden umgebracht und auch auf sie geschossen?

Der Mann hatte Margareta noch nicht bemerkt. Damit das so blieb, versteckte sie sich schnell hinter einem Baum. Sie wollte nicht Nummer drei sein.

Nun trat er vom Kofferraum weg, und Margareta erkannte, was er reingelegt hatte. Es war kein Mensch, sondern ein Reh. Hatte der Kerl einen Vogel? Am helllichten Tag jagen zu gehen und wild durch die Gegend zu ballern!

Margareta zückte ihr Handy und hielt alles bildlich fest. Gerade noch rechtzeitig, denn schon setzte der Mann sich hinters Steuer und brauste davon.

Aufgeregt stapfte sie zurück zu den Frauen, die wieder zusammengefunden hatten, aneinandergedrückt oben auf dem Weg standen und Margareta wie eine Königin empfingen.

Die Heulende hörte auf zu heulen, und die Schreiende hörte auf zu schreien, als sie erfuhren, dass es sich um einen Freizeitjäger gehandelt hatte, der wohl am frühen Nachmittag ein Reh geschossen hatte.

»Ist das erlaubt?«, fragte die Verkäuferin. »Wir sollten besser die Polizei benachrichtigen.«

»Das machen wir. Wir gehen jetzt zurück zum Schloss und sprechen dort vor Ort mit der Polizei. Das halte ich für sinnvoller«, redete sie auf die Frau ein.

Gesagt, getan. Sie marschierten an der Weser entlang, die Balsam für die erschrockenen Seelen zu sein schien, denn die Frauen plauderten schon nach Kurzem wieder fast fröhlich drauflos.

Bis auf Margareta, die nicht wirklich an einen Freizeitjäger glaubte. Hatte das geschossene Reh etwas mit dem Mord an dem Referenten zu tun? Schwer vorstellbar, doch nicht ausgeschlossen.

Sie ging bewusst ein Stück hinter den anderen, um sich die Fotos anzuschauen, die sie von dem angeblichen Jäger gemacht hatte. Da! Das Kennzeichen des Wagens war eindeutig zu erkennen. Sie musste es der Polizei melden. Und zwar unverzüglich. Nicht erst, wenn sie den Schlossgarten erreicht hatten. Doch irgendetwas hielt sie davon ab.

Weiter vorne fingen die Frauen an zu singen. »Im Frühtau zu Berge …«

Die blonde Verkäuferin hatte sich ebenfalls zurückfallen lassen und wandte sich nun an Margareta. »Ob wir die Seminargebühr erstattet bekommen? Ganz schön ärgerlich, dass das Seminar nun bestimmt frühzeitig beendet wird, oder?«

»Wie man es nimmt. Ich lerne auch daraus.« Margareta stellte sich vor, wie Thomas reagieren würde, wenn sie ihm davon berichtete.

»Inwiefern?«, wollte die Verkäuferin wissen.

»Na ja, ich bin Privatdetektivin, wie Sie wissen, und komme auch mit der neuen Situation auf meine Kosten. Also, im übertragenen Sinn. Jeder Fall bringt mir neue Erfahrungen.«

»Aha.«

Nun musste Margareta von ihren kuriosesten Erlebnissen als private Ermittlerin erzählen, und im Nu hatten sie Corvey wieder erreicht.

Am Leichenfundort angekommen, stellte Margareta fest, dass nur noch Ludgerus und einige SpuSi-Leute anwesend waren. Nichts mehr zu sehen von Polizei und dem Kommissar. Sie freute sich, selbst ermitteln zu können.

Die aufgeregten Frauen berichteten dem Benediktiner von den Schüssen und dem Reh, was dieser nur mit einem Schulterzucken beantwortete. Es interessierte ihn nicht. Alle deuteten auf Margareta, sie wisse mehr, habe den Mann, das Auto und das Reh gesehen, woraufhin er müde zu Margareta schaute, die ebenfalls mit den Schultern zuckte. Man brachte den Damen Kaffee und Kuchen, und der Mönch zog ein Büchlein aus seiner Kutte und begann vorzulesen.

Wenn du denkst, es geht nicht mehr, kommt von irgendwo eine langweilige Geschichte her, dachte Margareta.

Marita Stausberg, knapp an die 60, war Köchin in ihrer eigenen kleinen Gaststätte in Höxter und im Gegensatz zu ihrer Tochter Caroline klein, jedoch von kräftiger Statur. Die hatte sie auch gebraucht als alleinerziehende Mutter. Noch heute wohnte Caroline, 25 Jahre alt, in der Einliegerwohnung bei der Mutter. Auch sie hatte Köchin gelernt, ihre Ausbildung mit Bravour bestanden und arbeitete seither in Maritas Gaststätte.

Seit Tagen konnte Marita an nichts anderes denken. Dieser Vortrag, den Kohlmeier auf Corvey halten sollte, ließ weniger schöne Erinnerungen in ihr wach werden. Damals, im Jahre 1997, war er schon einmal auf Schloss Corvey gewesen, um ein einwöchiges Seminar abzuhalten. Und was war der dummen Marita passiert? Sie verliebte sich Hals über Kopf in diesen Schöntuer, glaubte seinen frommen Reden, seinen Versprechungen, sich von seiner Frau zu trennen und mit ihr ein neues Leben anzufangen. Am Ende der Woche jedoch reiste er ab, und Marita war vergessen. Er reagierte weder auf ihre Anrufe noch auf die Briefe, die sie ihm schrieb.

Als sie ein paar Wochen später feststellte, dass sie schwanger war, fuhr sie von Höxter bis nach Wien, wo er zu Hause war. Doch er wollte von der Schwangerschaft nichts wissen, wurde äußerst böse, stritt ab, der Vater dieses »Bastards«, wie er ihr Ungeborenes nannte, zu sein und jagte sie davon wie einen räudigen Hund.

Damals hatte sie Rache geschworen. Doch zunächst waren ihr das Leben und der Alltag dazwischengekommen. Mit Hilfe ihrer Eltern hatte sie es geschafft, Caroline aufzuziehen und weiterhin erfolgreich im Beruf zu sein, hatte sogar eine kleine Gaststätte gekauft und war seither ihre eigene Chefin. Nach ein paar Jahren hatte sie Steffen Schapers kennengelernt, einen Lehrer am Berufskolleg in Höxter. Sie hatten geheiratet, und er war ein guter Vater für Caroline gewesen, bis er vor zwei Jahren plötzlich verstorben war. Das Haus in der Bergstraße, vier Kilometer vom Schloss entfernt, gehörte ihr seither alleine, und sie führte inzwischen mit Caroline, die sich unter dem Dach ihr Reich geschaffen hatte, die kleine Gaststätte.

Erst seit Marita Witwe war, dachte sie wieder an Konrad Kohlmeier und ihre Rache. Ja, sie würde sich rächen, ihn zumindest zur Rede stellen und einen Vaterschaftstest verlangen.

Endlich hatte sie auch den Mut gefunden, Caroline zu erzählen, wer ihr leiblicher Vater war. Sie hatten vor dem Plakat gestanden, das den Vortrag von Konrad Kohlmeier ankündigte, und Marita hatte ihrer Tochter, die außer der enormen Größe nichts von ihrem Vater hatte, erzählt, wer der Mann war und was er ihr angetan hatte.

»Wie wäre es mit einem kleinen Denkzettel?«, hatte Caroline ihre Mutter gefragt. »Nur ein Denkzettel. Mehr nicht.« Durch ihre Größe war Caroline eine ausgezeichnete Leichtathletin und verfügte über enorme Kräfte. Schon des Öfteren hatte sie unliebsame Verehrer in die Flucht geschlagen. Sie wusste sich zu verteidigen.

»In Ordnung«, hatte Marita grinsend gemeint. Rache war bekanntlich süß.

Sie saßen auf der Terrasse des Schloss-Restaurants und schwiegen vor sich hin. Es war ein sonniger Abend, doch Margareta und Ludgerus erschien alles grau. Geredet hatten sie am Nachmittag, nachdem die anderen Frauen sich verzogen hatten, schon genug.

Abreisen durfte der Benediktiner noch nicht, er sollte sich morgen früh bereithalten. Der Kommissar wollte noch einmal mit ihm reden, besser gesagt, ihn verhören. Galt er als verdächtig? Er war niedergeschlagen, trank ein Bier und starrte in die Gegend. Immer wieder ging sein Blick zu dem Baum, in dem Kohlmeier gehangen hatte.

Margareta wäre unter anderen Umständen erfreut gewesen, gemeinsam mit Ludgerus hier im Sonnenuntergang zu sitzen und zu wissen, dass auch er eine Nacht im Aktivhotel verbrachte. Doch nach dem, was heute passiert war, stand ihr der Sinn nicht nach Flirten. Außerdem plagte sie das schlechte Gewissen, weil sie Ludgerus und auch dem Kommissar, der am Nachmittag noch einmal da gewesen war, nichts von ihren Beobachtungen erzählt hatte. Die anderen Frauen hatten zwar das Fahrzeug, den Mann und das tote Reh erwähnt, doch das hatte Ludgerus gar nicht richtig wahrgenommen.

Und eine neue Erkenntnis war hinzugekommen. Als sie vorhin einen Spaziergang an der Weser Richtung Höxter gemacht hatte, hatte sie den Geländewagen entdeckt. Er hatte in der offenen Garage eines Hauses gestanden. Margareta hatte das Kennzeichen mit ihren Fotos verglichen. Treffer! Die Frage, wem das Auto gehörte, hatte sich kurz darauf erledigt, denn Margareta hatte ein Schild an der Garage gesehen, auf dem stand: »Peter Müller – Arbeitsbühnenverleih«. Außerdem musste der Mann tatsächlich Jäger sein, denn die Fassade der Garage zierten sehr viele Jagdtrophäen.

Ludgerus jedenfalls erzählte sie nichts davon, sie schwiegen ohnehin die meiste Zeit. Irgendwann bestellten sie sich ein deftiges Schnitzel.

»Die anderen Frauen sind schon nach Hause gefahren. Wieso bleiben Sie noch hier? Beruflich bedingt?« Ludgerus schenkte ihr ein zaghaftes Lächeln.

»Ich hatte sowieso eine Nacht mehr gebucht, weil ich mir morgen das Schloss, die Bibliothek und die Abteikirche ansehen will.«

»Wartet zu Hause denn niemand auf Sie?« Neugierig sah er sie an.

»Doch, und gerade deshalb bleibe ich.« Margaretas Stimmung besserte sich. »Und Sie? Wer wartet auf Sie?«

»Ich müsste morgen eigentlich in Luzern sein. Derselbe Vortrag wie hier. Ich hoffe, da wird nicht auch jemand ermordet. Wird ohnehin knapp werden, rechtzeitig in Luzern zu sein.« Nervös schaute er auf die Uhr.

»Ist schon komisch. Niemand spricht hier mehr von Konrad Kohlmeier. Tot und vergessen.«

»Der war ein Arsch«, stellte Ludgerus lapidar fest.

Margareta verschluckte sich an ihrem Bier. Solche Worte hätte sie aus dem Munde eines Mönchs niemals erwartet. Kam das vom zweiten Glas Pils, das er in sich hineinschüttete?

»Der konnte die Finger nicht von den Frauen lassen, obwohl er Familie hatte. Ein geiler Bock, der sich gerne reden hörte. Sie können froh sein, dass Sie sich seine Sauereien nicht anhören mussten. Früher soll er noch schlimmer gewesen sein. Eine Handvoll unehelicher Kinder habe er in die Welt gesetzt, erzählt man sich. Auch hier in Höxter. Was starren Sie mich so an? Meinen Sie, ein Klosterbruder lebt hinter dem Mond und wisse nicht, wie Kinder gezeugt werden? Haben Sie eine Ahnung!«

»Sie meinen, der Mord könnte damit zu tun haben?« Margareta überlegte schon, ihn ins Vertrauen zu ziehen. Doch was, wenn er selbst Hand angelegt hatte?

»Kann sein.« Ludgerus spielte mit einem Bierdeckel.

»Ich frage mich, wie er in den Baum kam. Am helllichten Tag im gut besuchten Park!«

»Na, so gut besucht ist diese Ecke des Domänenhofs auch wieder nicht. Deshalb hält man dort auch die Seminare ab. Bei schönem Wetter jedenfalls.«

»Und bei schlechtem in einem Vortragsraum?«

»Genau.«

»Und, wie kam er nun in den Baum?«

»Haben Sie sich mal auf dem Gelände umgesehen? Zwei kleine Hubsteiger stehen da momentan herum.«

»Sie kennen sich gut aus.« Margareta musste sich zusammenreißen, um sich ihre Aufregung nicht anmerken zu lassen. Die Hubsteiger hatte sie nicht bemerkt. Ob die wohl von diesem Peter Müller waren?

»Ich bin ja öfters hier.«

Nun hatte Margareta es eilig. Sie verabschiedete sich von Ludgerus und sagte, sie wolle noch eine kleine Runde durch den Park gehen.

Dort sah sie an den Hubsteigern nach, ob diese ein Firmenlogo zeigten. Und tatsächlich, sie gehörten diesem Peter Müller. Das bedeutete erst mal gar nichts, aber sie wollte die Sache im Auge behalten.

Am nächsten Morgen nahmen Margareta und Ludgerus an einer Miniführung durchs Schloss teil. 1.200 Jahre Kulturgeschichte im Zeitraffer. Die Führung spannte einen Bogen über die Epochenpfeiler der Reichsabtei Corvey bis zum heutigen Wohnsitz der Herzöge von Ratibor. Die Besichtigung beschränkte sich auf die wesentlichen Highlights der Anlage. Ludgerus erklärte Margareta nebenher noch einiges mehr, sodass sich der Museumsführer schon unnütz vorkam.

Vor der Führung war der Kommissar da gewesen, hatte nicht lange drumherum geredet, seine Fragen gestellt, auch an Margareta, und sich anschließend wieder vom Acker gemacht. Eine reine Routinebefragung war das gewesen. Er hatte beiden eine Visitenkarte gegeben mit der Bitte, sich zu melden, wenn ihnen noch was einfalle, und war dann auf das Restaurant zugegangen.

Bevor Ludgerus sich nach der Schlossführung von Margareta verabschiedete, schaute er sie lange an. »Ich fand unsere Gespräche wunderbar, auch unser Schweigen. Ich hoffe, wir sehen uns im Herbst wieder, wenn das Seminar wiederholt wird.«

»Mir hat es trotz aller Widrigkeiten gefallen.« Sie reichte ihm ihre Visitenkarte und ließ sich an seine fromme Brust ziehen. Wieder nahm sie den Geruch seiner Gewürzseife wahr. Sie schloss kurz die Augen. Was für ein Mann! Für ihn würde sie Thomas verlassen. Doch ob auch Ludgerus sein Gelübde über Bord werfen und der Kirche tschüss sagen würde, wagte sie zu bezweifeln.

Kaum war er mit seinem schlichten Golf vom Hof gebraust, nahm sich Margareta vor, ihre neugierige Nase ins Restaurant zu stecken. Wer weiß, was sie aus den Gesprächen der Gäste heraushören könnte.

Marita hing ihren Gedanken nach. Gestern gegen 11 Uhr hatte sich Konrad Kohlmeier ein schönes Plätzchen auf der wenig besuchten Terrasse ihrer Gaststätte gesucht, über eine Stunde vor den anderen Seminarteilnehmern. Beiger Leinenanzug, passender Hut, smarter grüner Schal, braune Budapester an den Füßen, die er barfuß hineingepresst hatte. Gut sah er aus, hatte Marita widerwillig festgestellt.

Caroline war in der Küche beschäftigt gewesen, und Marita war zu ihr gegangen und hatte sich mit ihr besprochen. Kurz danach hatte Caroline die Gaststätte verlassen, und Marita war auf die Terrasse gegangen, hatte Konrads Tisch angesteuert und sich ungefragt zu ihm gesetzt. Ihre Angestellte hatte ihm gerade ein Kännchen Pfefferminztee serviert.

Erstaunt sah er sie an. Sein Blick wanderte an ihrem Körper hinunter und wieder hoch zu ihren blauen Augen. Plötzlich fiel der Groschen, Marita sah es ihm genau an.

Doch er fragte in ruhigem Ton: »Sie wünschen?«

»Du hast mich erkannt, Konrad. Spiele nicht den Unwissenden. Du hast mich damals eiskalt abserviert. All meine Versuche, mit dir in Kontakt zu treten, blieben erfolglos. Heute wäre ich schlauer und würde dich anzeigen.«

Nun fing Kohlmeier laut an zu lachen. »Anzeigen? Wieso?« Seine ehemals weißen Zähne waren inzwischen braun geworden und erinnerten sie an Kandis.

Geld musste er doch genug haben, wieso ließ er sich das marode Gebiss nicht überkronen, fragte Marita sich. Auch sonst hatte er ganz schön Federn gelassen, stellte sie nun aus der Nähe fest. »Unsere Woche damals ist nicht ohne Folgen geblieben, wie du ja weißt. Du hast eine Tochter. Caroline. Sie ist 25 Jahre alt.«

»Das ist mir neu! Und das fällt dir jetzt ein? Nach der langen Zeit?« Kohlmeier tat verdattert.

»Ich habe dir geschrieben, dich angerufen. Vergeblich. Außerdem habe ich dich in Wien besucht und dir von meiner Schwangerschaft erzählt.«

»Verjährt, alles längst verjährt.« Konrad Kohlmeier wurde nervös, seine Hände zitterten.

»Ich will sie dir vorstellen. Wenn du mich begleiten würdest?«

»Wo ist sie? Wenn du Geld willst, bist du bei mir an der falschen Adresse. Ich bin fast mittellos.«

»Sie wartet in der Garage eines Freundes. Es soll schließlich nicht jeder mitbekommen. Das ist wohl in deinem Sinne, oder?«

Widerwillig begleitete Kohlmeier Marita zu einem Haus in der Nähe und steuerte auf eine Garage zu, an der das Firmenschild »Peter Müller – Arbeitsbühnenverleih« prangte.

»Was soll das Ganze? Wo ist sie?« Kohlmeier wurde langsam ungehalten, hielt das für einen schlechten Scherz.

In dem Moment öffnete sich die Garage, und Marita gab Kohlmeier einen Schubs hinein.

Dort stand Caroline, die fast so groß wie ihr Vater war. Sie schaute ihn mit hasserfülltem Blick an, konnte nicht glauben, dass diese elende Kreatur ihr Erzeuger sein sollte. Ihr Vater war Steffen gewesen. Sie empfand nichts als Abscheu für diesen schrägen Vogel.

Kohlmeier betrachtete Caroline von oben bis unten. »Das soll meine Tochter sein? Einen Vaterschaftstest lasse ich nicht mehr durchführen, da könnt ihr euch sicher sein. Knete ist bei mir auch nicht zu holen, das habe ich deiner Mutter schon gesagt.«

Maritas Wut steigerte sich ins Unermessliche. Dieses Schwein!

In der Ecke stand Peter, Besitzer des Hauses und Arbeitsbühnenverleihs, außerdem leidenschaftlicher Jäger und enger Vertrauter von Marita. Sie hatte ihn gebeten, seine Garage für das Treffen nutzen zu dürfen, außerdem sollte er dabei sein, für alle Fälle. Er putzte sein Gewehr und grinste vor sich hin.

»Ich darf mich dann verabschieden?« Kohlmeier wollte die Garage verlassen, hatte die Rechnung jedoch ohne Marita gemacht.

Sie stürzte auf Peter zu, entriss ihm das Gewehr, zielte gekonnt auf Kohlmeier und drückte ab. Der Schuss saß, traf genau in den Kopf.

Kohlmeier starrte sie aus großen Augen an, ging dann in die Knie und brach zusammen.

Caroline schrie auf, Peter grinste noch immer, und Marita zeigte ein zufriedenes Gesicht.

»Was hast du getan, Mama?« Caroline konnte nicht glauben, zu was ihre Mutter fähig war.

»Wir müssen ihn entsorgen«, meinte Peter ungerührt. »Ich helfe euch. Letztens, als du sein Plakat entdeckt hast, Marita, hast du gesagt, du wolltest ihn seit damals hängen sehen. Also machen wir das! Habt ihr eine Idee, wo?«

»Die habe ich«, antwortete Marita und rieb sich begeistert die Hände. »Wir hängen ihn in den Baum, unter dem er seinen Vortrag halten sollte.«

»Sehr gute Idee, dort stehen sowieso noch zwei meiner

Hubsteiger. Demnächst müsste Mittagspause sein, die Seminarteilnehmer also bei dir in der Gaststätte, oder? Caroline, du kommst mit und hilfst mir. Marita, du gehst zurück und bewirtest deine Gäste.«

»Sollen wir nicht warten, bis es dunkel ist? Was, wenn man dich sieht?«, gab Marita zu bedenken.

»Quatsch, nachts fällt das mehr auf. Die Hubsteiger werden tagsüber genutzt. Niemand wird Verdacht schöpfen. Wenn die Luft rein ist, hängen wir ihn auf. Suche schon mal nach einem Strick«, wies er Caroline an.

»Und danach schieße ich uns ein Reh. Erstens lässt sich dann notfalls erklären, warum mit meinem Gewehr geschossen wurde, und zweitens bekommst du mal wieder einen Rehbraten in deine Küche, von dem du mir gerne was vorsetzen kannst«, rief Peter Marita hinterher und leckte sich über seine Lippen.

Die zitternde Marita lief eilig zurück in ihre Gaststätte, wo es inzwischen vor Besuchern, darunter die Seminarteilnehmer, nur so wimmelte. Sie betete, dass alles klappen würde. Jedenfalls sah sie die Gerechtigkeit wiederhergestellt.

Margareta ließ es keine Ruhe. Bevor sie die Heimreise antrat, zog es sie noch einmal zum dem Arbeitsbühnenverleih nach Höxter, in dessen Garage sie das Auto entdeckt hatte, mit dem das tote Reh abtransportiert worden war.

Und siehe da, vor ihr stand mit einem Polierlappen in der Hand der Mann, der einen Tag zuvor ein Reh geschossen hatte. Sie erkannte das Fahrzeug und den Kerl gleich wieder, holte ihr Smartphone aus der Hosentasche und konfrontierte ihn mit den Fotos.

»Musste ja so kommen. Da läuft alles wie geschmiert, und dann werde ich dabei erwischt, wie ich ein Reh schieße. Ich musste zur Ruhe kommen, und Marita wollte mal wieder einen Rehbraten in ihrer Gaststätte präsentieren.«

»Was meinen Sie mit ›Da läuft alles wie geschmiert‹?«, hakte Margareta nach.

Peter Müller atmete tief ein und sagte: »Ich meine damit, Kohlmeier unbemerkt in den Baum im Schlosspark zu hängen.«

»Haben Sie den Mann erschossen?«

Müller strich sich sein langes Haar aus dem Gesicht und stöhnte auf. »Nein, habe ich nicht. Ich habe Marita nur geholfen, ihn zu entsorgen.« Er ging zu einem Kühlschrank, entnahm ihm zwei Flaschen Bier und bedeutete Margareta, sich auf den alten Hocker an der Wand zu setzen.

Nun kam Margareta in den Genuss der Geschichte von Marita und ihrer Tochter Caroline, die vom diesem gemeinen Kohlmeier so böse im Stich gelassen worden waren.

Das Bier war irgendwann ausgetrunken, die Story erzählt und Margareta geschockt.

Peter lächelte sie an. Die Frau gefiel ihm, trotzdem fürchtete er sich vor ihr. »Ja, das Leben ist nicht immer fair. Nun können Sie den Kommissar anrufen. Bringen wir es hinter uns.«

Margareta fasste einen Entschluss. »Nein, das werde ich nicht tun. Der soll sich selbst Gedanken machen. Ehrlich gesagt würde ich mich freuen, wenn sie Marita nicht auf die Schliche kommen.« Sie stand auf und verließ zufrieden die Garage.

»Wenn Sie mal ein Reh haben möchten, jederzeit gerne.« Peter konnte sein Glück kaum fassen.

11. SCHINKENKLOPPEN

»Und? Was hast du heute so vor?«, fragte ihn sein kahlköpfiger, frühverrenteter Vater. »Wieder hier im Garten rumliegen? Dafür hast du Urlaub genommen?«

Henning Althoff schaute ihn wütend an. Am liebsten hätte er ihm mit der Gabel, die er gerade in der Hand hielt, ins Auge gestochen. »Ich habe Urlaub, um mich zu erholen. Was ich anstelle, ist meine Sache.« Er wollte noch hinzufügen, dass sein Vater ja auch täglich nur mit seinem dicken Hintern auf dem Stuhl in der Küche saß, Schinken in sich hineinstopfte und dazu Bier trank. Er verkniff es sich jedoch. Schließlich war er ein höflicher Mensch. Und dass er in seinem Job als Elektriker in letzter Zeit pro Woche mindestens zehn Überstunden ableistete, das würde sein Vater ohnehin nicht interessieren.

Hans Althoff schob sich seine verschmierte Brille mit dem schwarzen Rand hoch und aß weiter, säbelte an dem Schinkenstück, das auf dem Tisch lag, herum und packte die abgeschnittenen Scheiben fingerdick auf sein Butterbrot.

Ein Leben hatte der, dachte Henning. Klar, wenn seine Mutter, eine schnell gealterte 62-jährige Frau, die zeitlebens nur geschuftet hatte, ihm auch dermaßen den Hintern puderte. Sie hatte ihre und seine Eltern gepflegt, bis diese ihre Augen für immer zugemacht hatten, ihrem Ehemann, einem kleinen Beamten, den Rücken frei gehalten, Haus und Garten versorgt und drei Kinder aufgezogen, darunter er, der mit seinen 30 Jahren noch zu Hause lebte. Nein, so wie seine Eltern mochte er nicht enden.

Er war oft zu schwach, sich gegen ihre Wünsche zu stellen. Dem Männergesangsverein »Geölte Stimme« war er auch nur auf Drängen seines Vaters beigetreten, obwohl er Singen hasste. Singen und die alten Kerle dieses Chors, in dem er der Jüngste war. Doch Walter Ehlebracht war einem Herzinfarkt erlegen und sie hatten dringend einen Ersatzmann gebraucht.

»Heute Abend ist Chorprobe. Vergiss das nicht«, erinnerte ihn der Vater. »Und jetzt könntest du dir dein Fahrrad schnappen und zum Gut Erpenbeck fahren, um neuen Schinken zu holen. Dort gibt's einfach den besten Knochenschinken weit und breit. Kein Vergleich mit dem der Goses, auch wenn du lieber dort im Laden einkaufen würdest, stimmt's? Wegen der Anne, die meint, was Besseres zu sein, weil sie Agrarwissenschaften studiert und den Hof ihrer Eltern erben wird. Mache dir keine falsche Hoffnung. Die will dich nicht. Dich kleinen Elektriker, der mit Ach und Krach seine Prüfung bestanden hat.« Er nahm einen kräftigen Schluck aus seinem Bierglas und freute sich.

»Und warum bin ich Elektriker geworden? Weil ich kein Abitur machen durfte und unbedingt eine Ausbildung machen sollte. Du warst spitz auf das winzige Ausbildungsgehalt.«

»Abitur? Hättest du eh nie geschafft.«

»Weil du mir das eingeredet hast. Täglich hast du mir damit in den Ohren gelegen. Bis ich es selbst geglaubt habe.«

»Kein Wunder, du hast ja noch nie Schinken gegessen, dabei ist der so gut fürs Gehirn.« Der Vater schmatzte voller Vergnügen.

»Da merkt man bei dir aber nichts davon. Bei der Menge, die du dir täglich einverleibst, müsstest du einen IQ von 150 haben. Wieso bist du dann nur bei der Stadtverwaltung gelandet? Ein ganzes Berufsleben lang nur Bleistifte anspitzen und Kalenderblätter abreißen. Wie toll!«

»Wir hatten damals wenig Geld. Deine Großeltern waren arm.«

»Ja, aber du hast genug verdient. Und Mutti hatte einen tollen Job in der Kleiderfabrik. Da hätte es doch reichen müssen, um mich studieren zu lassen.«

»Mutti hatte den Job nur, bis ihr Kinder gekommen seid. Als Beamtengattin brauchte sie nicht zu arbeiten, ich habe für sie gekündigt. Wann kapierst du das endlich? Außerdem haben deine beiden Schwestern schon studiert. Zu Recht, die sind schlauer als du.«

Bevor Henning ausfallend wurde, stand er vom Tisch auf und verließ den Raum.

»Nimm das Fahrrad. Für die paar Kilometer zum Gut das Auto aus der Garage zu holen, wäre doch Unsinn. Außerdem tut es deinem Körper gut, sich mal zu bewegen«, rief er seinem Sohn hinterher.

»Dann mach es doch selber. Du fährst Rad und bist trotzdem dick. Ich fahre Auto und bin schlank.« Henning war wütend. Sein Vater war zu blöd gewesen, um den Führerschein zu machen. Noch immer brachte er neue Ausreden auf den Tisch, wieso er keinen besaß.

Ich werde ausziehen und mir war Eigenes suchen, nahm sich Henning mal wieder vor. Und zum Chor gehe ich auch nicht mehr. Diese Opa-Bande!

Mutti gab ihm Geld für den Schinken und senkte dabei den Blick, was auch immer sie damit zum Ausdruck bringen wollte. Henning holte sein Auto, einen schicken Mazda, aus der Garage, ließ den Motor mehrmals aufheulen, hupte fünfmal und fuhr vom Grundstück.

Lengerich war eine Mittelstadt in der Region Tecklenburger Land mit 22.500 Einwohnern. Unter ihnen auch einige hübsche Frauen, mit denen er schon Bekanntschaft gemacht hatte. Seit Kurzem hatte er ein Auge auf die Tochter des Gosehofes geworfen, die blonde Anne, gerade 24 Jahre alt. Doch ans Heiraten dachte er dabei nicht. Das stand gar nicht zur Debatte. Ein bisschen Spaß haben wollte er, zu mehr war er nicht bereit. Er wusste, dass er bei den Frauen gut ankam. Groß, schlank, dunkelhaarig, blaue Augen. Charmant war er außerdem. Jedenfalls solange seine Eltern nicht in der Nähe waren.

Er fuhr den Aldruper Damm entlang Richtung Gut Erpenbeck, vorbei an den Spargelfeldern, wo die Saisonarbeiter die edlen Stangen stachen.

In der Ferne sah er den über 700 Jahre alten Gräftenhof, der jedoch in der Zwischenzeit neu aufgebaut wurde. Die Erpenbecks waren lange Zeit Erbpächter der Grafen von Tecklenburg gewesen. Heute war Gut Erpenbeck ein Familienbetrieb, der besonders für seinen westfälischen Knochenschinken berühmt war. Von weit her kamen Kunden, die sich außerdem mit Wurstspezialitäten, Spargel von den eigenen Feldern, süßen Verführungen, Käse und Wein eindecken konnten. Der Verkaufsraum war ein kleiner Markt für sich, in dem es verführerisch roch. Sehr beliebt waren auch die Betriebsführungen. Die Wege rund um den Hof boten sich für einen Spaziergang durchs Münsterland an.

Als Henning am Gut ankam, fiel ihm etwas ein. Wenn er den Schinken nicht hier, sondern auf dem Gosehof kaufte, würde er vielleicht Anne sehen. Sein Vater würde das sowieso nicht merken, da war er sich sicher. Also legte Henning den Rückwärtsgang ein, wendete und fuhr weiter zum Hof der Goses.

Dort angekommen, strich er sich sein dichtes Haar glatt,

beobachtete sein Spiegelbild in der Glastür, straffte den Rücken und betrat den Hofladen. Da stand sie, hinter der Theke, und beriet einen Kunden. Die blonde Anne, die ihre Haare zu einem Zopf gebunden hatte, trug ein graues Top und eine schwarze Jeans, darüber eine kleine weiße Schürze. Sie strahlte und grüßte, während sie mit dem Kunden beschäftigt war, zu Henning herüber.

Er merkte, wie sein Gesicht heiß wurde. Ja, sie gefiel ihm, und gerne würde er einmal mit ihr ausgehen. Ob er sie einfach fragen sollte? Wenn sie Nein sagte, dann eben nicht. Er war zwar Single, doch hieß das noch lange nicht, dass er ihr in den Hintern kriechen würde. Dazu gab es zu viele andere Möglichkeiten, was klarzumachen. Aber, gestand er sich ein, so interessante Frauen wie diese Anne waren nicht dabei.

Ein großes Schild auf der Theke wies auf frisches Wild hin: Rehwild, Damwild, Wildschwein und Wildenten waren momentan im Angebot. Annes Vater, der Chef hier, war Jäger mit eigener Jagd.

»Unser Wild ist ein wahrer Genuss. Kann ich dir weiterhelfen?«

Der andere Kunde hatte den Laden verlassen, ohne dass Henning es gemerkt hatte, so in Gedanken war er gewesen.

»Ja, du kannst mir weiterhelfen, allerdings nicht mit Wild. Ich bekomme ein schönes Stück Westfälischen Schinken, geräuchert.«

»Wie viel? Ungefähr ein Kilo?« Anne nahm einen Schinken vom Haken und war im Begriff, ein Stück davon abzuschneiden, sah jedoch fragend zu Henning herüber.

Henning nickte. Los, sprach seine innere Stimme. Frag sie schon, ob sie sich mit dir treffen will.

»Urlaub?« Anne wickelte den Schinken in Papier und steckte beides in eine Tüte.

»Ja, genau.«

»Fährst du nicht weg? Bleibst du bei Vati und Mutti?« Sie schaute ihn spöttisch an und konnte sich ein Lachen nicht verkneifen.

»Im Garten kann es auch herrlich sein. Schön im Liegestuhl unterm Baum die Seele baumeln lassen. Besser, als hier zu stehen und Schinken zu verkaufen.« Kaum ausgesprochen, bereute er die Worte. So würde das nichts werden mit einer Verabredung.

Mit Schwung warf sie ihm die Tüte auf die Theke. »24 Euro.«

Zum Glück betraten weitere Kunden den Laden, und Henning machte sich mit einem kurzen Gruß davon.

Henning wusste nicht, ob er lachen oder weinen sollte. Schon zwei Tage nach seinem Besuch im Hofladen stand eine Betriebsführung auf dem Gosehof bevor. Der Männergesangsverein »Geölte Stimme« hatte seinen jährlichen Ausflug letztes Jahr zum Gut Erpenbeck gemacht, dieses Jahr wollten sie sich einen anderen Hof in der nahen Umgebung ansehen. Ausgerechnet den Gosehof!

Henning erfuhr am Vorabend davon und weigerte sich, daran teilzunehmen. Sein Vater würde ihn vor Anne mit Sicherheit bloßstellen. Außerdem, was würde sie von ihm denken, wenn sie erführe, dass er Mitglied dieses Altmännervereins war?

Doch sein Vater bettelte ihn an, er möge daran denken, dass der Frickenkötter krank geworden sei, der Haurand ebenfalls, und wie würde das aussehen, wenn nur so wenige erscheinen würden. Alles sei bezahlt, auch das gute Essen hinterher.

Henning wehrte sich mit Händen und Füßen, schmiss dem Vater üble Worte an den Kopf, was sonst gar nicht seine

Art war. Er pfeife auf diese Mahlzeit, er hasse Schinken und das ekelige Bier ebenfalls. Als die Mutter mit jammernder Stimme auf ihn einredete, er möge doch Papa zuliebe eine Ausnahme machen und über seinen Schatten springen, sagte er: »Ich springe den ganzen Tag über meinen Schatten, habe schon Arthrose in den Knien von den ganzen Sprüngen.« Er schaute in die traurigen Augen seiner Mutter, die sich die Hände an ihrer Küchenschürze abputzte, sah die Tränen an ihren Wangen hinunterlaufen.

Da knickte er ein. »Das mache ich nur deinetwegen, Mutter.« Bald bin ich hier weg, sagte er sich. Sein Kollege Jens hatte ihn heute Morgen angerufen und von einer kleinen Wohnung in der Ortsmitte berichtet. Er hatte gleich für übermorgen einen Termin zur Besichtigung vereinbart. Und mit seinem Auszug würde er auch die Mitgliedschaft in diesem bescheuerten Chor kündigen.

Vater und Sohn Althoff waren auf dem Weg zum Gosehof. Natürlich hatte sich der korpulente Vater auf den Beifahrersitz gehievt, obwohl er neulich noch gestrunzt hatte, so ein paar Kilometer könne man mit dem Rad fahren.

Am Hof angekommen, sahen sie schon einige alte Herren mit Schlägermütze und Popelineweste auf dem Parkplatz versammelt. Sie unterhielten sich lautstark und freuten sich auf die Besichtigung. Endlich kamen sie einmal von zu Hause raus, wenn auch nur für einen Tag, durften sich betrinken und Blödsinn reden.

Hans Althoff stieg aus dem Auto und ging neben Henning auf die Gruppe zu, begrüßte den ersten Vorsitzenden Fritz Pliska und stellte ihm zum mindestens 50. Mal seinen Sohnemann vor. »Sohnemann«, das sagte er. Allein das Wort hasste Henning wie die Pest.

Er schaute beschämt auf den Boden und stopfte sich ima-
ginäre Ohrenstöpsel in seine Lauscher, denn es folgten die
üblichen Sprüche der alten Kerle: »Na, haste dir Verstär-
kung mitgebracht? Hat Mutti den mitgeschickt? Passt der
auf dich auf?«

Höre nicht hin, mahnte Henning sich. Nicht mehr lange,
dann siehst du den Vater nicht mehr so oft. Er nahm sich
vor, ihn nur noch zu seinem Geburtstag und zu Weihnachten zu besuchen. Er betete, dass das mit der neuen Wohnung klappen würde.

Der Chef vom Gosehof selbst begrüßte die Mitglieder
und begann mit der Führung. Von Anne nichts zu sehen,
stellte Henning erleichtert fest.

Gose erzählte viel über den Westfälischen Schinken, die
Haupteinnahmequelle des Hofes neben dem Spargelanbau,
dessen Ernte gerade in vollem Gange sei. Er stellte verschiedene Schinkensorten sowie die geräucherten und luftge-
trockneten Würste vor. Ein Schinken verliere durch das Räu-
chern die Hälfte seines Gewichts, erklärte er.

Schinken wurde vom Stück gesäbelt und zum Probieren
verteilt. Die alten Kerle einschließlich seines Vaters stürz-
ten sich darauf, als hätten sie seit einer Ewigkeit nichts mehr
zwischen die Zähne bekommen. Es folgte ein Vortrag über
den legendären Röhrenknochen im Westfälischen Knochenschinken und den damit verbundenen nussigen Geschmack.
Tradition bewahren war das oberste Gebot. Handgepökelt,
sechs Monate gereift, bevor er in die Räucherkammer kam
und über Buchenholz geräuchert wurde.

»Und das schauen wir uns jetzt mal an«, meinte der nette
Mann lächelnd und öffnete die Tür zur Räucherkammer.

Dichter Nebel schlug den Herren entgegen, die neugierig ihre Nasen in den Raum steckten.

»Wollen wir doch mal sehen, wie weit der Schinken ist«, meinte der Chef und zog den ersten Wagen heraus, auf dem an Metallstangen appetitlich aussehende Schinken baumelten. Damit gab er den Blick frei auf den zweiten Wagen und wurde plötzlich kreideweiß.

An dem Wagen hingen zwar auch einige Schinken, doch mittendrin baumelte ein dünner Mann in Badehose, ein Seil um den Hals, dessen anderes Ende am Wagen befestigt war. Die Augen waren weit aufgerissen, die Zunge hing heraus, die Haut wirkte wie altes Leder. Zweifelsohne: Der Mann war gar!

Der Chef begann zu zittern, der Schweiß trat ihm auf die Stirn.

Henning fand als Erster wieder Worte. »Wer ist das?«, wandte er sich an den Chef.

Der kam durchs Hennings Ansprache wieder zu sich und schrie: »Raus, alle raus hier, aber schnell!«

Panik brach aus. Der Sohn des Hofes hatte wohl etwas gehört, denn er kam herbeigeeilt und half, die Leute hinauszubegleiten. Anschließend rief er aufgeregt die Polizei.

»Das ist einer vom Spargelfeld«, flüsterte er Gose senior zu.

Nun trat auch Anne in Erscheinung. Sie trug ein großes Tablett mit kleinen Gläsern und mehreren Flaschen in den Händen.

Hennings Vater war fertig mit den Nerven und ließ sich von der schönen Anne einen klaren Schnaps einschenken.

Obwohl der tote Mann Henning leidtat, freute er sich im Stillen, seinen Vater so fertig zu sehen. Das hatte er nun von seinem ach so tollen Ausflug.

Eine Stunde und einige Schnäpse später stand Hans Althoff neben Georg, einem bestrickten Rentner, an dem großen

Fischteich des Hofes, und beide erbrachen sich ins Wasser. Die Enten stoben aufgeregt auseinander.

Große Klappe, nichts dahinter, dachte Henning.

Ein fürchterliches Chaos war ausgebrochen, nachdem die Polizei, die Kripo und die Kriminaltechniker eingetroffen waren und den Fundort der Leiche gesichert hatten. Der Notarzt konnte nichts mehr ausrichten und fuhr unverrichteter Dinge bald wieder davon. Den meisten der alten Kerle ging es nicht um den armen Mann, der sein Leben lassen musste, nein, sie beweinten das, was sie nun nicht mehr bekommen würden. Die vollständige Betriebsführung und das abschließende Essen. Schließlich hatten sie dafür bezahlt. Der Juniorchef beruhigte die alten Männer und versprach, die Führung nachzuholen.

Neugierig hielten die Spargelstecher in ihrer Arbeit inne und schauten auf das Geschehen. Der Kommissar, ein wuchtiger Brummer, und seine Kollegin, das genaue Gegenteil, standen dem Vorarbeiter Adi Fritzenkötter gegenüber und nahmen ihn in die Mangel.

»Miron Lewandowski ist also seit vier Tagen nicht zur Arbeit erschienen. Haben Sie sich denn nicht gefragt, wo er abgeblieben ist?«

Otto Gose, der Chef, der mit seinem Sohn etwas abseits der Vernehmung stand, schüttelte den Kopf und ging nun auf Fritzenkötter zu, um sich einzumischen. »Wieso haben Sie das nicht gemeldet, Fritzenkötter? Das muss ich doch wissen!« Er drehte sich zu den Saisonarbeitern um. »Und ihr? Wieso habt ihr nichts gesagt?«

Eine zarte blonde Frau meldete sich zu Wort. »Haben wir doch versucht. Fritzenkötter sagte, der wird schon wieder auftauchen.«

Der Kommissar, der sich kurz vor seinem Ruhestand befand, wandte sich an den Vorarbeiter. »Stimmt das, Herr Fritzenkötter?«

»Ich habe dem keine Bedeutung beigemessen.«

»Wenn ein Arbeiter vier Tage lang spurlos verschwindet, messen Sie dem keine Bedeutung bei?« Der Kommissar war sprachlos.

Fritzenkötter zuckte nur mit den Schultern und schaute ängstlich zu seinem Chef Otto Gose.

Der Kripomann und seine Kollegin nahmen sich anschließend jeden der Leute einzeln vor.

Henning und Anne saßen auf dem Hof. Sie sprachen nicht, fanden beide nicht die richtigen Worte. Würde sie jetzt zusagen, wenn er sie für den Abend einladen würde? Vielleicht in die Gaststätte Centralhof, etwas essen und trinken, sich unterhalten? Nach dem Tag heute brauchte sie unbedingt Abwechslung, fand er.

Als er ihr mutig den Vorschlag unterbreitete, rechnete er mit einer Absage, doch Anne schaute ihn lächelnd an. »Wieso nicht? Aber auf Öffentlichkeit habe ich keine Lust. Du kannst hierherkommen, wir setzen uns in den Garten oder an den Fischteich. Ich mache uns einen Picknickkorb zurecht. 19 Uhr?«

Henning konnte es kaum glauben, er schwebte regelrecht zu seinem Mazda, um damit nach Hause zu fahren. Sein Vater lief schon unruhig auf und ab und schnaufte wütend. »Wieso kommst du jetzt erst? Wo warst du so lange?«

»Ach, sei doch still! Wieso bist du nicht nach Hause gelaufen oder mit einem deiner Sangesbrüder mitgefahren?«

Hans Althoff hielt während der Fahrt zum Glück die Klappe. Henning hätte ihn sonst aus dem Wagen geworfen. Diese ewige Bevormundung reichte ihm.

Auch zu Hause wurde über den Mord nicht groß gesprochen. Die Mutter war erstaunt, dass sie schon gegen 15 Uhr zurückkehrten, sagte jedoch nichts, als ihr Gatte ihr kurz und bündig erzählte, wieso und warum. Sie huschte eilig in die Küche, um eine Mahlzeit zu richten. Mit einem schönen Tag ohne Kochen und Bedienen wurde es nichts.

»Für mich brauchst du nichts zu machen. Ich gehe nachher noch einmal weg und esse dort«, wandte Henning sich an seine Mutter.

»Du willst noch weg? Wohin denn? Hast du nicht schon genug erlebt heute? Vielleicht sollten wir darüber reden?«

Henning platzte der Kragen. »Ich bin 30 Jahre alt und brauche dir nicht zu sagen, wohin ich gehe. Und über den Vorfall rede ich nachher noch, aber nicht mit euch.«

Sein Vater ließ den Spruch der Sprüche los: »Solange du die Füße unter meinen Tisch stellst …«

»Nicht mehr lange, Vater. Morgen sehe ich mir eine Wohnung an.« Henning betete, dass es klappen würde. »Komme mir jetzt nicht wieder damit, ich könne sie eh nicht bezahlen. Ich kann sie bezahlen, Vater, ich kann. Sie ist unwesentlich teurer als der Betrag, den ich hier an Kostgeld abdrücken muss.«

Er sagte nichts mehr, Althoff senior, schaute nur dumm aus der Wäsche.

Die Mutter lief weinend in die Küche.

Erhard Fitzner, Erster Hauptkommissar, saß um 20 Uhr noch immer in seinem muffigen Büro in der Dienststelle Münster, die für Lengerich zuständig war, und dachte nach. Seine Kollegin Kommissarin Eva Kämper war bereits zu Hause, saß jetzt im Garten und grillte mit ihrer Familie. Recht hatte sie, an diesem schönen Frühsommerabend. Und er? Er grübelte einsam in seinem Büro darüber nach, wer diesen Saisonarbeiter geräuchert haben könnte. So einen Fall hatte er in seiner langen Laufbahn als Kommissar noch nicht gehabt.

Auf einem Block skizzierte er, wer als Täter infrage kommen könnte. Die Soko Miron, eine Handvoll Schlafmützen, würde erst morgen zusammenkommen, alle Für und Wider abwägen, sich lustlos rekeln und gähnen.

Fitzner ließ den Tag noch einmal Revue passieren. Warum hatte man den jungen Mann in die Räucherkammer gehängt? Wem war er im Weg gewesen? Ein erster Bericht aus der Gerichtsmedizin besagte, dass der Mann etwa zwei Tage in der Kammer hing, nachdem er mit einem stumpfen Gegenstand erschlagen worden war. Wer hatte ein Motiv?

Der Tatort war bereits bekannt. Am Nachmittag hatte die Spurensicherung sich das Gelände und jedes Gebäude des Hofes genau angeschaut. Im Stall hatten sie Blut und einen Holzhammer gefunden. Fitzner fragte sich, warum zwei Tage lang niemand das Blut im Stall und den Toten in der Räucherkammer entdeckt hatte. Nach den Angaben des Chefs und der Tochter Gose betrete man täglich mindestens einmal die Räucherkammer, um nach den Schinken zu schauen. War der Chef selbst in die Sache involviert?

Ganz koscher erschien dem Kommissar auch der Vorarbeiter Adi Fritzenkötter nicht. Er soll sich des Öfteren mit Miron Lewandowski angelegt haben. Miron habe mehr Geld gewollt, habe sich ausgenutzt gefühlt. Außerdem habe er sich an die Frauen der Gruppe rangemacht. Jedenfalls an die, die ihm gut gefielen. Das habe unter den Männern böses Blut gegeben.

Noch stand Fitzner am Anfang seiner Ermittlungen. Chef gegen Vorarbeiter gegen eifersüchtige Saisonarbeiter. Oder kam der Mörder aus einer ganz anderen Ecke?

Stolz saß er am Ufer des großen Fischteichs. Henning hatte sich in Schale geworfen, neues Hemd und neue Jeans, mit der er jetzt auf dem Rasen saß. Anne Gose trug eine weit ausgeschnittene karierte Bluse zu einer knallengen Jeans. Die blonden Haare hatte sie zu einem Zopf gebunden. Sie roch nach Blumenwiese. Sie hatte einen Korb voll Leckereien mitgebracht und stellte diesen nun zwischen Henning und sich. Sie breitete ein kariertes Tuch aus und drapierte darauf die Dinge aus dem Korb: ein Stück Westfälischen Räucherschinken, ein Päckchen Pumpernickel, ein Ring Mettwurst, ein Glas Senfgurken und ein Glas Fruchtaufstrich. Einige Flaschen Grevensteiner Bier hatte sie auch mitgebracht.

Warum tat sie das alles? Sie hatte bei ihm nie den Eindruck erweckt, dass ihr viel an ihm lag. Ganz im Gegenteil.

»Wie geht es dir?«, wollte Henning von ihr wissen.

»Das weiß ich selbst noch nicht so genau. Alles in mir ist aufgewühlt. Miron Lewandowski war ein toller Kerl, lustig und intelligent. Ich habe gelegentlich mit ihm hier am Wasser gesessen. Mein Vater hat das nicht gern gesehen. Er wollte nicht, dass ich Kontakt zu den Saisonarbeitern habe. Beim letzten Mal, als er uns hier erwischte, ist er ausgerastet, hat Miron verjagt und mich ins Gebet genommen. Dabei haben wir uns nur unterhalten. Doch er meinte, es gebe unter den Männern böses Blut, wenn ich mich mit einem von ihnen treffe. Ich möge das endlich einsehen.«

Warum erzählt sie mir das, fragte sich Henning. Will sie mich auf ihre Seite ziehen? »Hattest du was mit ihm?«

»Nein. Aber ich bin Single und kann mich treffen, mit wem ich will. Denkst du etwa auch wie mein Vater? Sich einmal mit einem Mann zu unterhalten, heißt gleich, sich zu verloben?«

»Nein, natürlich nicht.«

»Er hat mir von seiner Heimat erzählt und mich zum Lachen gebracht. Kannst du mich auch zum Lachen bringen?«

»Heute bestimmt nicht.«

»Dein Alter ist ein komischer Kauz, was?«

»Kann man wohl sagen.« Und schon sprudelte Henning los, erzählte Anekdoten aus seinem Elternhaus, besonders von seinem Vater, diesem Choleriker. »Ich bin 30 Jahre alt und soll ihm jedes Mal Bericht erstatten, wo ich hingehe und mit wem. Kannst du dir das vorstellen? Solange ich die Beine unter seinen Tisch stelle ...« Er erzählte Anne auch, dass er sich morgen eine Wohnung ansehen würde, um endlich von zu Hause wegzukommen.

Annes Blick hellte sich auf. »Wir haben eine kleine Ferienwohnung auf dem Hof. Wenn du möchtest, kannst du die übergangsweise mieten, bis du was gefunden hast – falls es morgen nicht klappt mit der Wohnung.«

Henning verschluckte sich an dem Stück Schinken, das er sich gerade in den Mund geschoben hatte. »Ach nein, lass mal. Ich möchte nicht der Nächste sein, der geräuchert aufgefunden wird.«

»Was soll das denn heißen? Dass es meine Schuld ist, dass Miron sterben musste? Siehst du da einen Zusammenhang?«

»Es war nur ein Scherz. Vergiss es.«

Und doch standen Hennings Worte zwischen ihnen. Nichts mehr mit lockerer Unterhaltung, Schweigen war angesagt. Schweigen und wenig später Küssen. Sie suchten beim jeweils anderen Zärtlichkeit, Trost und Ablenkung.

Irgendwann schnappten sie nach Luft, ließen voneinander ab und setzten sich wieder mit Blick auf das Gewässer auf die Decke. Die Stimmung der jungen Leute hellte sich auf. Nun erzählte Anne von ihrer Kindheit und Jugend, vom eifersüchtigen Vater und der Mutter, die immer arbeitete und nie Zeit für die Kinder gehabt hatte.

Beim Stichwort Vater kam wie auf Bestellung ein Pferd samt Reiter, dem Chef, herangetrabt. Mit dabei Hofhund Carlos, der Anne sofort erkannte und wild bellte.

Anne rastete aus, stand auf, um ihren Vater, als er bei ihnen angelangt war, wüst zu beschimpfen. Sie sagte ihm Hinterherspioniererei nach und dass er nicht richtig ticken würde.

Er daraufhin: »Das ist mein Anwesen, ich kann mich aufhalten, wo und wann ich will. Wenn ich zufällig auf meine Tochter stoße, die mal wieder mit einem Kerl ihre Zeit verbringt, ist das natürlich interessant. Statt herumzuschäkern, könntest du deinem Bruder beim Kaminholzmachen helfen. Das ist wenigstens sinnvoll.«

»Heute? Spinnst du? Hast du vergessen, was heute passiert ist?«

»Nein. Und gerade deshalb muss man sich mit Arbeit ablenken. Auf geht's, ich erwarte dich am Hof.« Er schnalzte mit der Zunge, und sein Pferd trabte los.

Das Ende des Abends wurde eingeleitet. Anne raffte ihr Zeug zusammen, Henning half ihr dabei.

Henning fragte sich, ob die heißen Küsse etwas zu bedeuten hatten.

Anne lud ihn ein, am nächsten Abend hier zusammen zu angeln. Henning war perplex, er vergaß den giftigen Vater und sagte zu.

Auf dem Weg zu seinem Auto ging sein Blick zum Hochsitz, der am Waldesrand stand. Darin erkannte er eine der

Saisonarbeiterinnen, die er mittags auf dem Spargelfeld gesehen hatte. Von irgendjemandem hatte er gehört, dass sie in Miron verliebt gewesen sei.

Anne nickte traurig, als er sie auf seine Entdeckung aufmerksam machte. »Das ist Alexandra Wojcek. Wahrscheinlich wird sie mit Mirons Tod nicht fertig. Sie soll was mit ihm gehabt haben. Hast du etwa Angst vor ihr?«

»Angst nicht gerade«, meinte Henning. »Könnte doch sein, dass sie eifersüchtig war, weil Miron sich mit dir getroffen hat. Wie schon erwähnt, möchte ich ungern der Nächste sein, der geräuchert endet.«

War es den drei Flaschen Bier geschuldet, dass Anne so herzlich lachte? »Wenn du der Nächste wärst und Alexandra die Mörderin wäre, wäre sie aber nicht in Miron verliebt gewesen, sondern in mich. Und das ist sie definitiv nicht, glaub mir. Das zweite Argument, das dagegen spricht: Diese zarte Gestalt erschlägt doch keinen so großen Mann und hängt ihn in die Räucherkammer!«

»Sie könnte Hilfe gehabt haben.« Henning bereute immer mehr, Anne zum Angeln zugesagt zu haben. Er hatte keine Lust mehr auf ein weiteres Treffen. Weder auf ein Picknick noch auf eine illustre Angelpartie.

Der Geist ist willig, aber das Fleisch ist schwach.

Und so saß Henning am nächsten Tag in einem kleinen rosa Bötchen auf dem Fischteich des Gosehofes, Eimer und Angel an Bord, und wartete mit Anne, bis etwas anbiss. Ein pures Idyll zwischen den vielen Seerosen und Enten.

Nachdem es heute Morgen mit der Wohnung geklappt hatte, war er so guter Laune gewesen, dass er das Treffen mit Anne doch nicht abgesagt hatte. Die Wohnung war wie für ihn geschaffen, hatte zwei Zimmer und kostete warm nur 400 Euro. Seine Mutter würde weiterhin seine Wäsche waschen und einmal die Woche – natürlich gegen gute Bezahlung – sein Nest putzen. Der Vater sprach kein Wort mehr mit ihm, war zutiefst beleidigt.

Bevor er zum Hof gefahren war, war Kommissar Erhard Fitzner bei ihm zu Hause aufgetaucht und hatte ihm ein paar Fragen bezüglich Anne Gose gestellt. Ehrlich, wie Henning nun einmal war, hatte er dem netten Mann von dem gestrigen Treffen erzählt, dem wütenden Vater von Anne und dieser Saisonarbeiterin auf dem Hochsitz. Der ältliche Kommissar hatte geschrieben und geschrieben und ihm zum Schluss noch den Tipp gegeben, vorsichtig zu sein mit Anne. Henning hatte Fitzner gefragt, ob er schon einen konkreten Verdacht habe, doch Fitzner hatte nur gegrinst und nichts dazu gesagt. Immerhin hatte er ihm noch verraten, dass das Tatwerkzeug ein Holzfäustel gewesen sei.

Nun saß Henning angespannt im Boot, ruderte auf die Mitte des Sees zu und ließ seinen Blick in alle Richtungen schweifen. Sah überall Feinde, hinter jedem Baum und in jedem noch so weit entfernten Hochsitz.

Anne freute sich mit ihm, dass es mit der Wohnung geklappt hatte und er bald aus den Klauen des herrischen Vaters entkommen würde.

Trotzdem wurde er aus Anne nicht schlau. Wieso war sie erst so hochnäsig und frech zu ihm gewesen und suchte jetzt den Kontakt? Henning konnte sich die vielen Fragen nicht beantworten. Beißen Fische am Abend überhaupt? Ging man nicht in den frühen Morgenstunden zum Angeln? Und warum lief der Betrieb auf dem Hof ohne Pause weiter, als wäre nichts gewesen? Ihm wurde übel bei dem Gedanken, dass die Leute einen Schinken kaufen würden, der neben einem toten Menschen gehangen hatte.

In der Mitte des Sees angekommen, bat Anne Henning, anzuhalten und den Anker zu werfen. Hier würden sie angeln. Mit an Bord war ein Picknickkorb, allerdings etwas kleiner als der vom Vortag. Henning fragte sich, wieso Anne das machte. Brauchte sie Ablenkung? Ging ihr der Tod dieses Miron dermaßen nahe?

Anne lehnte sich im Boot zurück und schaute über das Wasser. »Mein Vater hat mich gestern Abend noch ganz schön zusammengestaucht. Ich möge mich, was meine Männerbekanntschaften betrifft, etwas zurückhalten. Wir könnten uns keinen schlechten Ruf erlauben. Außerdem sei er froh, wenn das Semester endlich anfangen und ich aus Lengerich verschwinden würde. Kannst du dir das vorstellen?« Sie schloss ihre graue Strickjacke. Anscheinend war ihr kalt.

Henning sagte nichts dazu. Wieder sah er sich ängstlich um. Ihm war nicht wohl, der Abend hatte nichts Romantisches. Er war grau und düster. Hätte er bloß nicht zugesagt. »Hast du schon mal geangelt?«, fragte er stattdessen, denn Anne machte absolut keine Anstalten, die Angel auszuwerfen.

»Ja klar, was denkst du denn? Ich gehe regelmäßig zum Angeln.« Beleidigt versah sie die Angel mit einem Köder und warf sie aus.

Sie schwiegen. Appetit verspürte Henning ebenfalls nicht, weder auf die Lebensmittel noch auf Anne. Lustlos trank er einen Schluck aus seiner Bierflasche.

Kein Fisch biss an, die Stimmung wurde noch schlechter, sodass die beiden gegen 21 Uhr zurückpaddelten. Eine neue Verabredung gab es nicht, Anne schien ihr Interesse an ihm verloren zu haben.

Henning half ihr, die Sachen zum Haus zu tragen, verabschiedete sich und ging zum Parkplatz. Alles ruhig und friedlich, du hast dich umsonst geängstigt, dachte er.

War da jemand? Er sah sich um. Wind fuhr durch die Bäume am Parkplatz und ließ die Blätter rascheln. Du hörst Gespenster, sagte er sich.

Doch zu früh gefreut.

Henning bemerkte einen Mann, der an den Büschen und Bäumen vorbeihuschte und sich hinter einem Baumstamm versteckte, die Kapuze tief ins Gesicht gezogen.

Er wusste sofort, um wen es sich handelte, hatte ihn an seinen Bewegungen erkannt. Was wollte er von ihm, und wozu das Versteckspiel?

Er blieb stehen, die Angst wich, er atmete tief durch. »Ich weiß, dass Sie das sind, Herr Gose. Warum verstecken Sie sich? Ich bin schon so gut wie weg.«

Gose kam hinter dem Baum hervor, zog sich die Kapuze seines Pullis vom Kopf und ging auf Henning zu. In der rechten Hand hielt er einen Holzhammer von stolzer Größe.

Henning wurde wütend. »Herrscht hier die Holzhammermethode? Nachdem Sie Miron den Schädel eingeschlagen haben, bin ich nun an der Reihe? Wie einfallslos.«

Gose blieb stehen. In weiter Ferne rief ein Käuzchen. Fast romantisch.

»Sagen Sie mal, bekommen Sie Prozente, wenn Sie gleich mehrere Hämmer kaufen? War Miron gar nicht der Erste, dem Sie den Schädel eingeschlagen haben?«

Endlich fing er an zu sprechen, während er wie ein Irrer den Hammer hin und her schwang. »Halt den Mund, du Blödmann. Bildest du dir ein, du hättest Chancen bei meiner Tochter? Kannst du vergessen. Das haben schon viele gedacht. Keine Angst, du kommst nicht in die Räucherkammer. Ich bin ja nicht blöd. Für dich habe ich mir was anderes ausgedacht. Was ganz Besonderes.«

Er kam einen Schritt näher. Der Mann war schmaler und kleiner als Henning. Und älter.

»Glauben Sie ernsthaft, ich lasse mir einfach eins überbraten, Sie Schinkenkasper?«

»Miron hat von hinten einen schönen Schlag auf den Kopf bekommen. Der hat mich gar nicht kommen hören.« Gose grinste.

»Das ist jetzt Pech. Ich habe Sie gehört.« Keine Angst zeigen, sagte Henning sich, mit diesem Würstchen wirst du fertig.

Gose kam noch einen Schritt auf ihn zu, schwang den Hammer hoch über seinen Kopf und holte zum Schlag aus, um den großen, muskulösen Henning niederzustrecken.

Henning sprang blitzschnell auf Gose zu, packte mit beiden Händen den Arm, mit dem der Bauer den Hammer hielt, und rüttelte so lange daran, bis der Kerl ihn fallen ließ. Dann stieß er ihn nach hinten, sodass er den Halt verlor und zu Boden stürzte. Henning hob den Hammer auf und stellte seinen Fuß auf Goses Brust.

Blaulichtgeflacker durchbrach die romantische Gegend. Der BMW von Fitzner hielt mit quietschenden Reifen knapp vor der am Boden liegenden Gestalt. Wenig später folgte eine herbeigerufene Polizeistreife.

»Gut, dass Sie kommen, Herr Kommissar. Der Kerl hat mich überfallen, wollte mich erschlagen«, krächzte der Hofbesitzer. Ein letzter Versuch, seine Haut zu retten.

»Alles klar«, meinte Fitzner nur. An Henning gewandt: »Ihre Verabredung heute Abend kam mir spanisch vor. Zum Glück bin ich hergefahren, um nach dem Rechten zu sehen. Wie war's beim Angeln? Wenigstens was gefangen?«

Henning schüttelte verneinend den Kopf. »Nur ihn!«

12. LECKERE HÄPPCHEN

Es regnete in Strömen. Malte fror, aber er würde das jetzt durchziehen. Seinem Chef im Rathaus hatte er erzählt, er müsse zum Hautarzt. Stattdessen stand er auf dem Wochenmarkt in seiner westfälischen Heimatstadt Nickelhausen, um den Verkaufswagen der ortsansässigen Pumpernickelbäckerei Bompur zu beobachten.

Sein Arbeitskollege Carsten Skubsch hatte ihm versprochen mitzukommen, um das zu tun, was sie sich vorgenommen hatten. Eigentlich war es sogar Carstens Idee gewesen, dem alten Bäckermeister eins auszuwischen. Doch anscheinend kam Carsten der Regen ganz gelegen. Schon gestern, bei der letzten Lagebesprechung, hatte er herumgedruckst und schlussendlich den Schwanz eingezogen. Der Bäckerei eins auszuwischen, nur weil sie beide ein Pumpernickeltrauma in der Kindheit erlitten hätten, erschien ihm doch zu übertrieben, hatte er verlauten lassen.

Nun stand Malte unter dem Vordach des Gemüse- und Obststandes und ließ sich von der Marktfrau etwas aufquatschen, was er gar nicht haben wollte. Porreestangen und Zucchini und mindestens ein Pfund Mandarinen, alles zu einem stolzen Preis.

Das strahlend weiße Gebiss des Bäckermeisters leuchtete bis zu Malte herüber. Daneben stand die Bäckereifachverkäuferin und wickelte einen Streifen Apfelkuchen ein. Der Chef nahm ein Paket des in Stanniolpapier gehüllten

Pumpernickels aus dem Präsentierregal und ließ Lobes-
hymnen über dieses Brot vom Stapel.

Als der Kunde, ein alter Mann in Regenmantel mit Hut,
gleich drei Päckchen gekauft hatte, reichte Bompur ihm
eine Etagere, auf dem sich Pumpernickel-Häppchen befanden. »Kleine Wegzehrung«, sagte der Chef und grinste. Gierig griff der Alte zu, nickte mehrmals und verschwand im
Regen.

Pumpernickel aus Westfalen hatte einen guten Ruf weit
über die Landesgrenzen hinaus. Das »kleine Schwarze«
war nicht nur in Westfalen, sondern in ganz Deutschland in allen Brotregalen zu finden. Und natürlich auch
im Bereich Damenmode, doch das wäre Thema für eine
andere Geschichte.

Das gut bekömmliche Roggenbrot wurde traditionell
mindestens 16 Stunden lang bei knapp über 100 Grad geba-
cken, was Vitamine und Ballaststoffe schonte. Die erste
Pumpernickelbäckerei entstand vor 450 Jahren. Angeblich
zog ein Bäcker in die Soester Fehde und vergaß den Brot-
teig im Ofen, den er zum Schutz hatte ummauern lassen und
der dadurch nur langsam abkühlte. Als er zurückkehrte, war
das Brot noch immer sehr saftig und genießbar.

Eine andere Legende erzählt, Napoleon Bonaparte habe,
als ihm das dunkle Brot vorgesetzt wurde, gesagt: »C'est
bon pour Nicol«, »Das ist gut für Nicol«, sein Pferd. Aus
»bon pour Nicol« sei »Pumpernickel« geworden.

Alles schön und gut, Malte hasste Pumpernickel trotzdem. Wenn er da an früher dachte ... Seine Mutter hatte nur
das gesunde Pumpernickel gekauft, damals bereits bei Bompur. Malte fand es furchtbar. Vielleicht waren seine Verdau-
ungsorgane nicht für dieses Brot gemacht. Er hatte schon als
Kind das Gefühl gehabt, dass es beim Kauen immer mehr

im Mund wurde und ihm hinterher schwer im Magen lag. Wie ein Wackerstein. Seine Eltern und seine kleinen Brüder waren ganz versessen auf dieses Brot gewesen, hatten es mit Scheibenkäse, Frischkäse oder Tomaten und Gurken belegt und, zumindest in Maltes Erinnerung, nichts anderes zu sich genommen.

Hin und wieder hatte Malte aufbegehrt: »Kauf doch mal was anderes, Mama. Ich kriege davon Bauchschmerzen. Wie wär's mit Stuten?«

»Quatsch«, hatte die Mutter abgewehrt. »So ein ungesundes Hefegebäck kommt mir nicht ins Haus! Pumpernickel ist gesund, und du isst es.«

In der Schule hatte er regelmäßig großen Hunger gehabt, weil er sein Pausenbrot – Pumpernickel mit Käse – einfach nicht essen konnte. Der Kakao, den der Hausmeister in Kästen in die Klassenräume getragen hatte, hatte auch nicht geholfen. Seinem Kollegen Carsten war es in der Kindheit ebenso ergangen. Als der neulich dann den Vorschlag machte, Bompur einen Denkzettel zu verpassen, war in Malte alles wieder hochgekommen. In der Nacht hatte er üble Albträume gehabt, sah sich selbst als Belag zwischen zwei Pumpernickelscheiben, seine Nase fest ins Brot gedrückt. Er war unfähig, sich zu bewegen, und der Geruch drang ihm bis in Mark und Bein. Schreiend war er aufgewacht und hatte sich auf dem Läufer vor seinem Bett erbrochen.

Danach hatte für ihn festgestanden, dass er Carsten helfen wollte. Bompur sollte einen Denkzettel erhalten. Vielleicht konnte er sein Trauma dadurch überwinden.

Nun hatte Carsten sich abgeseilt, doch Malte machte keinen Rückzieher, zu tief saß die Pumpernickeldemütigung. Er hatte seinen Cousin Alf eingeweiht, Chef der Nickelhausener Apotheke, denn von ihm erhoffte er sich ein Abführmittelchen.

Alf hatte ihm grinsend ein kleines Fläschchen übergeben und gesagt: »Vier bis fünf Tropfen auf jedes Häppchen reichen. Vorläufig wird keiner mehr das Brot mögen. Glaube mir!«

»Was ist das denn für ein Zeug? Kann da auch nichts passieren?«, hatte Malte gefragt. Er wollte ja niemanden umbringen.

Alf hatte abgewunken. »Sagt dir sowieso nichts. Die Leute verbringen einen Tag auf dem Klo, mehr nicht, vertrau mir.«

Der Regen wollte einfach nicht nachlassen. Maltes Blick ging immer wieder zum Verkaufswagen vom Bompur. Unter dem kleinen Vordach hatten sich mindestens fünf Kunden versammelt. Jeder nahm außer süßen Backwaren auch den berühmten Pumpernickel mit.

Malte war schon völlig durchnässt, weil er den Schirm nicht direkt über sich hielt, sondern so, dass er nicht gesehen wurde.

Soeben verließ der Chef den Verkaufswagen, wahrscheinlich musste er mal. Blöd, dass das Bäckermädel noch da war. Trotzdem wagte Malte es, denn der letzte Kunde war gerade abgezogen und neue waren noch nicht in Sicht. Jetzt oder nie, sagte er sich.

Er ging zum Verkaufswagen, grüßte die junge Frau freundlich und plauderte ein bisschen mit ihr.

Sie sei froh, wenn Feierabend wäre, ihr gehe es heute nicht besonders, sie glaube, sie werde krank, erzählte sie ihm. Hoffentlich käme ihr Chef bald zurück, der sei gerade zur Toilette und wolle auf dem Rückweg noch beim Eiermann vorbei. Sie wolle sich gleich was in der Apotheke holen, um den heutigen Tag durchzustehen.

Malte schaute zur Apotheke seines Cousins, die keine 40 Meter entfernt lag. »Geh doch jetzt schnell. Ich passe solange auf.«

Die Verkäuferin blickte Malte skeptisch an. Sie kannte ihn zwar vom Sehen, aber ihm den Wagen anvertrauen?

»Nun lauf schon«, meinte Malte. »Du kannst dich auf mich verlassen.«

»Okay, ich bin gleich wieder da. Danke schön!« Sie griff nach ihrem Schirm und eilte rüber zur Apotheke.

Jetzt musste es schnell gehen. Malte näherte sich der Etagere mit den drapierten Pumpernickelhäppchen. Ekel überkam ihn. Warum mögen das nur so viele Leute, fragte er sich. Schnell holte er das kleine Fläschchen aus seiner Hosentasche und träufelte einige Tropfen auf fünf der kleinen Türmchen. Mehr schaffte er nicht, denn eine Kundin näherte sich. Als die Frau am Wagen ankam, war das Fläschchen in seiner Tasche verschwunden.

Er wollte der Frau gerade erklären, dass sie noch kurz warten müsse, da erschien das Bäckermädel bereits wieder auf der Bildfläche und bedankte sich bei Malte. Der trat eilig den Rückzug zu seinem Beobachtungsposten am Gemüsekarren an.

Gleich mehrere Kunden auf einmal erschienen am Bäckerwagen. Nachdem sie ihre Einkäufe getätigt hatten, griffen sie gierig nach den Häppchen.

Malte war zufrieden und machte sich auf den Weg zum Rathaus, wo seine Kollegen sicherlich schon auf ihn warten würden. Er schaute auf die Uhr. 11 Uhr. Wie sollte er seinem Chef bloß diesen langen Aufenthalt beim Hautarzt erklären? Trotzdem war er froh, es getan zu haben. Viele Eltern würden sich in Zukunft überlegen, ob sie ihren Nachwuchs weiterhin mit Pumpernickel vollstopfen würden. Er sah schon die Schlagzeile in der morgigen Zeitung: »Durchfallerkrankung nach Pumpernickelverzehr.«

Die Kopfwäsche seines Chefs hatte Malte sich schlimmer vorgestellt. Doch er hatte ihm auch eine gute Geschichte aufgetischt, nämlich dass er eine schwere Hauterkrankung habe, er aber auf eine Arbeitsunfähigkeitsbescheinigung über eine Woche verzichtet hätte, weil er seiner Arbeit nicht fernbleiben wollte.

Carsten Skubsch, sein Kollege, schaute ihn skeptisch an und wunderte sich über die gute Laune, die Malte an den Tag legte, fragte ihn jedoch nicht.

Bereits nach der Mittagspause, sie kamen aus der Kantine zurück, ging die Schreckensnachricht wie ein Lauffeuer durch das ganze Rathaus. Fünf Kunden, die sich beim Bäckerstand der Bompurs an Pumpernickelhäppchen bedient hatten, seien zusammengebrochen. Drei noch auf dem Wochenmarkt, zwei weitere hätten es bis nach Hause geschafft. Die Rathausmitarbeiter hielten sich mit dem regionalen Radiosender auf dem Laufenden. Sogar freiwillige Überstunden wurden abgeleistet, man wollte zusammen sein und den schrecklichen Neuigkeiten lauschen.

Gegen 17 Uhr waren drei der Kunden im Krankenhaus verstorben, zwei alte Frauen und ein älterer Herr. Zwei weitere Kunden, junge Frauen, kämpften noch um ihr Leben.

Als Carsten und Malte einen Moment allein waren, fasste sich Carsten an seine verschwitzte Stirn. »Sag mal, was hast du denen verabreicht? Es war von Abführtropfen die Rede, nicht von Gift. Du hast sie umgebracht! Jedenfalls drei von ihnen – bis jetzt.«

»Gar nichts hab ich. Es waren Tropfen gegen Verstopfung, die ich vom Apotheker Alf bekommen habe. Die Leute sollten Durchfall bekommen, mehr nicht. Von Gift war nie die Rede! So schlimm ist der olle Pumpernickel auch wieder nicht.«

Hastig zog Malte sein Smartphone aus der Tasche und versuchte seinen Cousin, diesen Quacksalber, zu erreichen.

Zuerst ließ er sich verleumden. Nach einer Stunde erreichte Malte ihn endlich, doch er gab sich unwissend und war pampig. Malte möge ihn in Ruhe lassen, sagte er zum Schluss in scharfem Ton und beendete wütend das Gespräch.

Malte brach der Schweiß aus. Warum war Alf plötzlich so feindselig?

»Du musst zur Polizei.« Carsten redete auf ihn ein wie auf einen kranken Gaul. »Hast du das Fläschchen noch?«

Malte spürte es in seiner Hosentasche, verneinte jedoch Carstens Frage. Nein, er würde nicht zur Polizei gehen. Würde die Sache laufen lassen und abwarten. Den Kopf in den Sand stecken sozusagen.

Am Abend wartete zu Hause in seiner kleinen Wohnung seine Freundin Uta schon auf ihn, um ihm die furchtbare Nachricht gleich um die Ohren zu hauen. Doch Malte hatte absolut keine Lust, die schlimme Geschichte auch noch mit Uta durchzukauen. Redete sie in dem Friseursalon, in dem sie beschäftigt war, nicht genug belangloses Zeug den ganzen Tag über? Sie schien jedenfalls völlig aufgelöst und konnte sich gar nicht beruhigen.

»Okay, dieser Bompur ist nicht der freundlichste Zeitgenosse, doch ihm so etwas Furchtbares anzuhängen? Vorläufig wird keiner mehr sein Brot kaufen, weil nun alle Angst haben.« Sie berichtete ihm, wer ihr heute was darüber erzählt hatte und dass Frau Neugebauer ihn, Malte, gesehen habe, wie er am Rande des Marktplatzes stand. Uta wollte wissen, was er da gemacht habe im strömenden Regen und ob er etwas mit der Sache zu tun habe. Schließlich habe er immer wieder davon gesprochen, dem Pumpernickelbäcker mal eins auszuwischen.

»Ich war beim Hautarzt, das habe ich dir doch gesagt. Anschließend bin ich noch über den Markt gelaufen, ich brauchte frische Luft.«

»Im Regen?«

Malte zuckte nur mit den Schultern.

Da endlich hielt die schnatternde Uta den Mund und wandte sich, einen Eimer Erdnussflips auf dem Schoß, dem Fernseher zu.

Malte ging Alfs Feindseligkeit nicht aus dem Kopf. Sollte er das Fläschchen verschwinden lassen oder tatsächlich zur Polizei gehen und Farbe bekennen?

Gegen 22 Uhr sagte er, er wolle kurz raus, um sich die Beine zu vertreten. Sein Blick ging zu Bompur, dessen Backstube etwa 600 Meter entfernt lag. Was da heute Abend wohl los war in der Familie? Darüber durfte er gar nicht nachdenken. Das hatte er jedenfalls nicht gewollt!

Er versuchte erneut, Alf zu erreichen, der erst nach einer halben Stunde und dem zigsten Versuch an sein Handy ging.

»Was willst du, Malte? Ich habe dir Abführtropfen gegeben, für wen auch immer du sie haben wolltest. Hätte ich gewusst, was du damit vorhast, hätte ich da nicht mitgespielt.«

»Warum lügst du mich an? Du wusstest es genau, hast mir ja noch gesagt, wie viele Tropfen ich auf jedes Häppchen geben soll. Hast du das Gift reingefüllt? Ich habe das Fläschchen noch und werde damit zur Polizei gehen.«

Schweigen.

Dann: »Ich habe das Rizin nicht reingefüllt.«

»Wie kommst du auf Rizin? Das Wort ist noch nirgendwo gefallen.« Maltes Alarmglocken klingelten unüberhörbar.

»Rizinusöl ist ein bekanntes Abführmittel.«

»Veräppel mich nicht! Selbst ich als Laie weiß, dass Rizinusöl nicht dasselbe wie Rizin ist. Es ist nicht mehr giftig, weil es erhitzt wurde. Als ob dir als Apotheker so ein Versprecher, geschweige denn Versehen unterlaufen würde!«

Hatte Alf ihm absichtlich das hochtoxische Rizin in das Fläschchen gefüllt? Oder hatte da noch jemand seine Finger im Spiel?

Horst Grundmann, ein Mann in den besten Jahren, graue, sportliche Frisur und einen dazu passenden Bart, saß am Samstagmorgen mit seiner Gaby am Frühstückstisch und blätterte in der Zeitung, während er laut seinen Kaffee schlürfte. Da war die Presse aber schnell, dachte er. Der Giftanschlag am Verkaufswagen von Bäcker Bompur wurde auf einer ganzen Seite präsentiert.

Marcus Schinner, sein Kollege im KK 11 war heute schon unterwegs, um Passanten zu befragen, auch in den umliegenden Geschäften. Gestern Abend waren Horst und sein Team noch im Kommissariat zusammengekommen. Schnell war eine Soko Bompur aus dem Boden gestampft worden. Der erste Bericht der KTU lag auch schon vor. Irgendein schnell wirkendes Gift hatte den Tod der Menschen verursacht, der Gerichtsmediziner tippte auf Rizin. Mit Sicherheit könne er das allerdings noch nicht sagen, denn es sei schwer nachzuweisen.

Die gestrige Befragung vor Ort hatte sich als schwierig gestaltet, denn bis dahin waren die drei Menschen zwar vor Ort zusammengebrochen und ins Krankenhaus gebracht worden, doch keiner hatte zu diesem Zeitpunkt an Gift und

Tod gedacht. Als dann die schreckliche Nachricht kam, dass die drei verstorben waren, war der Markt längst zu Ende und Besucher wie Marktanbieter zu Hause gewesen. Das meiste basierte deshalb bisher auf Vermutungen.

Obwohl Horst heute eigentlich frei hatte, brannte ihm dieser Anschlag unter den Nägeln. Hier zu Hause würde er keine Ruhe finden. Das spürte auch seine Gaby, die ihn lieb anlächelte. Er griff zu seinem Smartphone und rief Doris Grönemeyer, seine Kollegin, an. Es könne ja nicht schaden, sich mal bei Bompur in der Backstube umzusehen.

Doris sagte, dass Marcus Schinner heute früh bereits in Begleitung zweier Streifenbeamten dort gewesen sei.

Horst Grundmann schwoll die Brust vor Stolz. Ja, auf seine Leute war Verlass. Sie konnten mitdenken und eigenständig handeln. Dennoch beschloss er, dem Bäcker selbst einen Besuch abzustatten, und bat Doris, ebenfalls dorthinzukommen.

Nikolaus Bompur, der Chef der Pumpernickelbäckerei, stand Grundmann wenig später mit hängenden Schultern gegenüber. In seinen Augen sammelten sich Tränen, die jeden Moment überlaufen würden.

Doch nicht so ein harter Kerl, wie behauptet wird, dachte Horst Grundmann.

Der Backstubenbetrieb ging auch heute weiter, schließlich war der Kunde König und die Arbeit eine willkommene Ablenkung von dem grausamen Vorfall gestern.

»Ich kannte die beiden alten Frauen und auch den netten Herrn, die verstorben sind – angeblich von meinen Häppchen. Jahrelange gute Kunden. Auch die Familien sind mir bekannt. Wer macht so etwas? Das kann nur am Wagen passiert sein. Ich war zwischendurch kurz zur Toilette und am

Eierstand. Hatte mit dem Erich noch was zu besprechen. Zeitgleich hat meine Angestellte die Apotheke aufgesucht. Ein Mann, den sie vom Sehen her kennt, habe solange auf den Wagen aufgepasst, hat sie mir erzählt. Seinen Namen wusste sie nicht. Er könnte es gewesen sein. Vielleicht hat er die Häppchen vergiftet? Haben Sie schon etwas von den beiden jungen Frauen gehört, die im Krankenhaus liegen?«

Grundmann hatte Mitleid mit dem armen Geschäftsmann. Die Zeiten waren ohnehin schwer, und nun dieses schreckliche Verbrechen. »Noch leben die beiden. Es sieht allerdings nicht gut aus. Beide sind junge Mütter mit Kindern.«

Doris Grönemeyer vernahm inzwischen die junge Verkäuferin, die gestern mit im Bäckereiwagen war. Auch sie konnte die Tränen nicht zurückhalten, beantwortete die ihr gestellten Fragen mit leiser Stimme und erwähnte immer wieder, wie leid es ihr tue, dass sie den Wagen kurz diesem Mann anvertraut habe.

»Wissen Sie, wie der Mann heißt?«

»Nein, leider nicht. Aber mir ist wieder eingefallen, woher ich ihn kenne. Ich glaube, er arbeitet im Rathaus.«

»Na, das ist doch schon mal was«, meinte Doris und klopfte der jungen Frau tröstend auf die Schulter. »Machen Sie sich keine Vorwürfe. Eine Verkettung unglücklicher Umstände. Noch wissen wir nichts Genaues.«

Bevor Horst Grundmann die Backstube verließ, drückte der Chef ihm zwei Päckchen Pumpernickel in die Hand. Er zitterte am ganzen Körper. »Oder wollen Sie das jetzt nicht mehr essen?« Mit traurigen Augen sah Bompur den Kommissar an.

»Erzählen Sie keinen Quatsch, guter Mann«, sagte der Kommissar, nahm die beiden Päckchen entgegen, nickte und bedankte sich.

Da seinem Kollegen Marcus und den zwei Streifenbeamten bei ihrem frühmorgendlichen Besuch nichts aufgefallen war – sie hatten sich inzwischen telefonisch kurzgeschlossen –, beließ der Kommissar es bei der Unterredung und verzichtete auf den Rundgang durch die Bäckerei. Leichtsinn?

Als Nächstes gingen Grundmann und Grönemeyer zum Marktplatz, um die umliegenden Geschäfte noch einmal aufzusuchen. Den Anfang machten sie in der Apotheke.

Der Geruch von Kampfer, Arnika und Moder schlug ihnen entgegen. Trotz Mai und einer angenehmen Wärme draußen herrschte hier drin eine Temperatur wie im Kühlschrank.

Der Apotheker Alf schlurfte aus dem Hinterzimmer. Er sah mitgenommen aus. An Freundlichkeit ließ er es ebenfalls mangeln, grunzte nur eine unverständliche Begrüßung in den nicht vorhandenen Bart.

Seine Angestellte, eine honigblonde Frau mittleren Alters, unterschied sich in Sachen Freundlichkeit kaum von ihm. Sie war dabei, Medikamente in Schubladen zu räumen. Die Ohren voll auf Empfang.

Als Grundmann seinen Ausweis zückte und sich und seine Kollegin vorstellte, wich das letzte bisschen Blut aus dem Gesicht des Apothekers.

»Sie haben sicherlich mitbekommen, was gestern hier auf dem Marktplatz am Bäckerwagen passiert ist. Dazu haben wir ein paar Fragen«, kam der Kommissar zur Sache.

»Damit habe ich nichts zu tun! Was für Fragen? Heute Morgen war bereits ein Kollege von Ihnen hier.«

»Was regen Sie sich so auf? Eine Routinebefragung. Mehr nicht. Wir suchen alle Geschäftsleute rund um den Marktplatz auf, manche auch mehrmals. Haben Sie etwas zu verbergen?«

Nun wurde der große Mann laut. »Ich? Nein, wieso?«

Seine Angestellte machte sich am Ständer mit den Stützstrümpfen zu schaffen. Als Doris Grönemeyer sich ihr näherte, grinste sie und fragte: »Wie kann ich Ihnen helfen? Ein paar Stützstrümpfe gefällig? Der Chef nimmt gerne Maß bei Ihnen.«

Doris schmunzelte. Mit einem Blick auf den Apotheker antwortete sie: »Nein, danke. Das hätte mir gerade noch gefehlt. Außerdem sind meine Beine völlig intakt.«

Nachdem sie die Befragung der beiden Personen nicht weiterbrachte, verließen sie den Laden.

Draußen schüttelte Grundmann den Kopf. »Irgendwas stimmt da nicht, das spüre ich.«

Ein kleiner Bäckerladen kam als Nächstes an die Reihe. Er war der Konkurrent von Bompur hier im Ort, wodurch sich ein naheliegendes Motiv ergab.

Freundlichkeit pur empfing die beiden. Sie bekamen einen Kaffee eingeschenkt und lauschten den beiden älteren Damen, die bereitwillig alle Fragen beantworteten.

Auch im Drogeriemarkt kurz darauf stieß man auf Entgegenkommen. Das Friseurgeschäft war die nächste Station. Alle Friseurstühle waren mit dauergewellten Omis besetzt, mit denen die Friseurinnen den üblichen Small Talk betrieben: Wetter, Kinder, Küche.

Das Sagen hatte eine wasserstoffblonde Uta, die ihre Augen und Ohren überall hatte und jedes noch so nichtige Gespräch an sich zog. Wie schlimm sie das schwere Verbrechen finde, sagte sie und zählte mögliche Verdächtige auf.

Mit ihrem Plappermaul brachte sie sogar ihren Freund in Verdacht. Grundmann wurde hellhörig, als sie erzählte, dass ihr Freund gestern auf dem Markt gewesen sei und das Treiben am Bompur-Wagen beobachtete habe. Er sei beim Hautarzt gewesen und habe anschließend eine Runde über den Wochenmarkt gedreht. Ja, bei dem Regen, erwiderte sie auf die Frage des Kommissars. Er arbeite im Rathaus, sein Weg vom Arzt zur Arbeit habe sowieso über den Marktplatz geführt.

Ein Rathausmitarbeiter, der auf dem Wochenmarkt gewesen war? Das musste dieser Mann sein, der Bompurs Wagen kurz beaufsichtigt hatte. Grundmann liebte geschwätzige Friseurinnen! »Wie heißt denn Ihr Freund?«, fragte er.

»Malte Kapteina.«

Bingo!

So führte der Weg der beiden Kommissare sie anschließend zu diesem Malte. Sie hatten zuvor seine Adresse von der Dienststelle angefordert, denn heute war Samstag und die Touristikzentrale, in der Kapteina beschäftigt war, nicht besetzt.

Unterwegs unterhielten sie sich über die Friseurin Uta.

»Wie naiv kann man denn sein? Die tratscht auch über alles und jeden, nicht mal bei ihrem Freund nimmt sie sich zurück.« Grundmann schüttelte den Kopf.

»Vielleicht ist die gar nicht so blöd. Kann doch alles Taktik sein.« Doris Grönemeyer sah Grundmann mit ernstem Blick an.

Eine halbe Stunde später waren sie an dem gepflegten Wohnhaus angekommen, in dem Malte Kapteina und diese Friseurin wohnten. Er öffnete prompt nach dem ersten Klingeln. Zum Glück wohnte er im Parterre, was Grundmann zufrieden hinnahm, seit er Probleme mit dem rech-

ten Knie hatte. Auch Doris Grönemeyer war rückenge-
schädigt und froh, keine Treppen steigen zu müssen.

Malte sah die beiden verdutzt an und ließ die Kommissare eintreten, nachdem sie ihre Dienstausweise gezeigt
hatten. Er führte sie ins Wohnzimmer, in dem der Fernseher lief. Mitten im Zimmer stand ein Bügelbrett mit
einem hochkant stehenden Bügeleisen. Grundmann musste
schmunzeln. Er konnte sich nicht erinnern, jemals selbst
ein Bügeleisen in der Hand gehalten zu haben. In dieser Hinsicht war er ein Macho, wie seine Gaby immer
behauptete.

»Sie können sich denken, wieso wir hier sind?«, fragte
Grundmann.

»Ja, bestimmt wegen der Menschen, die sich auf dem
Markt vergiftet haben. Die Tat eines Irren. Was habe ich
damit zu tun?« Malte wurde schlecht, sein Herz begann
heftig zu klopfen. Was wollten die hier? Wie kamen die so
schnell auf ihn? Hatte ihn jemand beobachtet?

»Ihre Freundin, bei der wir gerade waren, erzählte uns,
dass Sie gestern auf dem Markt waren. Dazu hätten wir ein
paar Fragen.«

Malte dachte, er höre nicht richtig. Hatte Uta noch alle
Tassen im Schrank? Da er nicht wusste, was genau sie gesagt
hatte, musste er auf der Hut sein. Er tischte ihnen die Story
mit dem Hautarzt auf.

»Und dann sind Sie zum Bäckerwagen gegangen und
haben aufgepasst, weil der Chef nicht da war und die Verkäuferin kurz zur Apotheke wollte. War es so?«

»Ja. Man hilft schließlich, wo man kann.« Das wusste er
also auch schon, dachte Malte. Von wem? Von Uta oder von
der Bäckergehilfin?

»Wie lange waren Sie alleine an dem Stand?« Grundmann

sah Malte streng an. Der Kommissar verstand es, einen Verdächtigen mit Blicken in die Enge zu treiben. Da machte ihm so schnell niemand etwas vor.

»Insgesamt vielleicht eine Viertelstunde. Nach fünf Minuten kam eine Kundin, mit der ich mich unterhalten habe.«

»Sie hätten also Zeit gehabt, diese Häppchen, die auf der Theke standen, zu präparieren?«

»Wenn ich mich beeilt hätte, schon. Aber warum hätte ich das tun sollen?« Wieder wurde Malte heiß und kalt. Das Zeug musste weg. Diese dämlichen Tropfen. Er spürte das Fläschchen noch immer in seiner Hosentasche, fühlte sicherheitshalber mit der Hand danach.

Doris Grönemeyer begann, die Schubladen des Wohnzimmerschranks zu öffnen und ihre Nase hineinzustecken.

»Dürfen Sie das? Haben Sie überhaupt einen Durchsuchungsbeschluss?«

»Können wir ganz schnell besorgen. Wenn Gefahr im Verzug ist, dürfen wir das auch ohne«, meinte Doris und wühlte weiterhin in den Schubladen. Sie war für ihre Dreistigkeit bekannt.

Kollege Grundmann war mit ihrem Verhalten einverstanden.

»Was sollte ich hier verstecken?«

»Vielleicht das Gift?« Grundmann sah Malte noch einmal eindringlich an und gab Doris mit einer Wendung des Kopfes Richtung Haustür zu verstehen, dass sie vorerst hier fertig waren. An Malte gewandt sagte er: »Wir kommen wieder, Kollege.«

Irgendetwas stimmte mit Malte Kapteina nicht, da war Grundmann sich sicher. Doch welches Motiv könnte er haben? Vielleicht sollte er noch einmal mit dieser Uta sprechen, die nicht die hellste Kerze auf der Torte zu sein schien.

Oder spielte sie tatsächlich nur das Dummerchen, wie seine Kollegin behauptete?

Malte hatte sich den restlichen Tag über unter eine Decke auf das Sofa gelegt und versucht, sich mit dem Fernsehprogramm abzulenken.

Als Uta von der Arbeit heimkam, plapperte sie wie immer fröhlich vor sich hin und erzählte ihm, dass die Kripo im Laden gewesen sei.

»Wieso hast du denen gesagt, dass ich auf dem Markt war?«, fragte er sie.

»Hätten sie doch sowieso erfahren«, meinte Uta gleichgültig, blätterte in dem Prospekt vom Pizzadienst und sah ihn dabei nicht einmal an. »Die Kripo war also hier?«, wollte sie gelangweilt wissen. »Sei doch froh, dann hast du es hinter dir«, meinte sie lapidar. Sie tat so, als sei sie mit der Wahl einer Pizza beschäftigt.

Ihm war der Appetit vergangen. Er bekam Schüttelfrost und verkroch sich in sein Bett. Er grübelte darüber nach, wieso Alf alles abstritt. Malte hätte der Kripo das Fläschchen übergeben und ihm von Alf erzählen sollen. Was spielte Alf für ein Spiel? Wie viel wusste Uta? Hatte sie seine Sprüche, dem Bompur eins auswischen zu wollen, die er seit Langem beiläufig hier und da hatte fallenlassen, ernst genommen? Oft hatte sie gelacht, hatte es als Kinderkram bezeichnet, dass er der Bäckerei wegen seiner Pumpernickel-Abneigung einen Denkzettel verpassen wollte.

Er lag lange wach in der Nacht und beschloss, gleich am Montag in der Apotheke aufzuschlagen, um von Angesicht zu Angesicht mit Alf zu reden. Wie sollte er bloß den Sonntag überstehen?

Irgendwann schlief er vor Erschöpfung ein, zuckte jedoch wenig später hoch. War da jemand? Er nahm den Schatten einer Person wahr. Uta! Warum schlich sie im Schlafzimmer rum? Er stellte sich schlafend und beobachtete, wie sie zu dem Stuhl ging, auf dem seine Kleidung lag, und in den Taschen seiner Jeans herumwühlte. Suchte sie etwa nach dem Fläschchen? Da konnte sie lange suchen! Wie gut, dass er es nach dem Besuch der Kripo in Sicherheit gebracht hatte. Was wollte sie damit? Er hörte ihr wütendes Schnaufen. Kurz darauf lief sie ins Wohnzimmer und warf sich fluchend auf die Couch.

Malte stand auf und ging auf leisen Sohlen bis zur Wohnzimmertür. Er sah, wie sie zu ihrem Smartphone griff und es sich wenig später ans Ohr hielt. Wen rief sie an? Sie habe nichts gefunden, sagte sie flüsternd.

Er huschte zurück ins Bett und stellte sich wieder schlafend. Einen Augenblick später legte Uta sich neben ihn. Diese falsche Schlange!

Der Sonntagmorgen war grau wie Maltes Stimmung. Beim Frühstück sprachen die beiden kein einziges Wort miteinander. Eingekauft hatten sie auch nicht. Malte hatte gedacht, das erledige Uta, und Uta hatte gedacht, Malte kümmere sich darum.

Uta fand noch eine Scheibe Knäckebrot. Missmutig setzte sie sich an den Tisch. Wenn er schon auf dem Wochenmarkt war, hätte er auch was zu essen mitbringen können, dachte sie. Überhaupt ging ihr der Kerl ziemlich auf den Keks in den letzten Wochen. Seine lahme, langweilige Art passte nicht zu einem so jungen Mann. Sie erlebte nichts mit ihm. Jeder Tag war gleich. Sie würde die Beziehung beenden. Endgültig. Von wegen, im nächsten Sommer heiraten. Niemals!

Während sie auf dem harten Knäckebrot herumkaute, auf das sie den Rest Erdbeermarmelade aus dem Glas gestrichen hatte, meinte sie, gleich zu ersticken. Sie schüttete sich die Tasse Kaffee auf ex in den Hals, doch das Gefühl, keine Luft mehr zu bekommen, wurde immer schlimmer. Sie sprang in Panik auf und setzte sich auf die Couch ins Wohnzimmer. Aber auch das Gezappe durch das TV-Programm beruhigte sie nicht.

Sie musste umplanen und sich jetzt schon vom Acker machen. Sie ging ins Schlafzimmer, riss ihren Schrank auf, holte den neuen Weekender heraus und füllte ihn mit dem Nötigsten.

»Wo willst du hin?« Malte war ihr ins Schlafzimmer gefolgt.

»Zu meiner Mutter nach Bielefeld. Ich brauche einen Tapetenwechsel. Morgen Abend bin ich wieder zurück.« Oder auch nicht, dachte Uta. Zum Glück hatten Friseursalons am Montag geschlossen. Sie hoffte, dass Malte bei ihrer Rückkehr schon verhaftet sein würde. Wo hatte er bloß dieses Gift versteckt? Sie musste zugeben, dass er nicht so dumm war, wie sie angenommen hatte.

»Ich dachte, die sei eine blöde Ziege? Was willst du dort?«

»Was will ich hier?«

»Warum hast du heute Nacht in meinen Sachen gewühlt?«

»Du weißt es doch. Wieso fragst du noch?«

Am liebsten wäre er zu ihr gegangen und hätte ihr eine runtergehauen, dieser falschen Schlange.

»Wenn wir schon bei den unschönen Wahrheiten sind: Du hast schon wieder 500 Euro von meinem Konto abgehoben. Geht's noch?«

»Meins ist total überzogen. Du kriegst es wieder.« Oder auch nicht, dachte Uta erneut. Bald würde es ihr finanziell besser gehen. *Er* war zwar nicht so gut aussehend wie Malte, eher das ganze Gegenteil, doch er war gut betucht, das durfte man nicht vergessen.

Malte schwieg und sah ihr dabei zu, wie sie hektisch den prall gefüllten Weekender durch die Wohnungstür zerrte. Sollte sie doch gehen, glücklich war er schon lange nicht mehr mit ihr. Als sie die Wohnung verlassen hatte, schaute er zum Küchenfester hinaus in der Hoffnung, dass sie nicht auch noch sein Auto nehmen würde. Wie er sie kannte, war bei ihrem kleinen Polo mal wieder der Tank leer.

Glück gehabt, der Motor ihres Autos heulte auf, und weg war sie.

Am Montagmorgen stand er schon vor der Apotheke, als diese aufgeschlossen wurde. Jedoch nicht von Alf, sondern von dessen Kollegin, mit der Alf nicht nur arbeitete, sondern auch lebte. Sie hatte nicht die beste Laune. Nicht mal einen Gruß hatte sie für ihn übrig.

»Alf ist nicht da«, sagte sie kurz angebunden.

»Wo kann ich ihn denn finden?«

»Nirgends, er ist mit Ihrer Freundin auf und davon. Ja, da brauchen Sie gar nicht zu staunen. Wussten Sie nicht, dass die beiden ein Verhältnis haben? Gestern hat er seine Klamotten gepackt und ist abgehauen mit dieser dämlichen Kuh.«

Malte war sprachlos. Alles hätte er sich vorstellen können, jedoch nicht, dass Uta und Alf zusammen waren. Wie naiv er doch gewesen war. Im Nachhinein ergaben viele Dinge nun einen Sinn.

»Falls Sie eine Zeugin brauchen, können Sie sich gerne an mich wenden. Ich habe ihn beobachtet, als er Rizin ins Fläschchen füllte. Er hatte großen Spaß bei dem Gedanken, dass Sie von einem Abführmittel ausgingen und bald im Gefängnis landen. Uta sollte das Fläschchen wohl finden und als Beweis bei der Polizei abliefern. Er wusste nicht, dass ich gesehen habe, was er ins Fläschchen füllte, und dachte vermutlich, es gebe keine Zeugen. Er hätte vor der Polizei mit Sicherheit alles abgestritten.«

Malte hatte einen Entschluss gefasst. Er wollte der Polizei die Wahrheit erzählen. Mit der Aussage der Apothekerin konnte ihm nicht allzu viel passieren. Er klemmte sich hinter das Lenkrad seines Wagens und fuhr zum Polizeipräsidium.

Eine halbe Stunde später saß er dem Ersten Hauptkommissar Horst Grundmann in dessen Büro gegenüber. Mit einem lauten Knall stellte er das Fläschchen auf den Tisch. Er ließ nichts aus, nicht das Verschwinden seiner Freundin mit seinem Cousin Alf und auch nicht die Tatsache, dass er von Alf ein Abführmittel verlangt hatte, um Bäcker Bompur eins auszuwischen. Nur Durchfall sollten die Kunden bekommen, mehr nicht. In der Nacht habe Uta die ganze Wohnung auf den Kopf gestellt und dieses Fläschchen gesucht. Er hatte es in der Tasche seiner Jogginghose versteckt, die er in der Nacht getragen hatte.

»Ich bin kein Mörder, Herr Kommissar.«

Geschlagen machte sich Malte wenig später auf den Heimweg. Natürlich würde er nicht ungestraft davonkommen, doch einsperren würde man ihn nicht.

Pumpernickel konnte er jetzt erst recht nicht mehr ausstehen.

Am späten Nachmittag kam ein Anruf von Grundmann. In dem Fläschchen habe sich tatsächlich Rizin befunden. Apotheker Alf sei zur Fahndung ausgeschrieben. Und die zwei jungen Mütter seien über den Berg.

ENDE

Margareta Sommerfeld ermittelt:

GMEINER SPANNUNG

WWW.GMEINER-VERLAG.DE
Wir machen's spannend